U0854784

戊戌年夏於桂林
羅克中

为散文蚂蚁比人早吃瓜
作插图黄瓜
羅志中

羅走中作於戊戌年夏

戊戌年夏作
羅先中

岁寒三友松、竹、梅之作
羅建中

为散文夜
雨桃花作
插畫
羅走中
作於二〇一八年
八月

采菊东篱下
悠然见南山
戊戌年夏作

中国当代
原创文学

傅菲·饶北河系列

草木：古老的民谣

CAOMU: GULAO DE MINYAO

傅菲 著

GUANGXI NORMAL UNIVERSITY PRESS
广西师范大学出版社
·桂林·

图书在版编目（CIP）数据

草木：古老的民谣 / 傅菲著. 一桂林：广西师范大学出版社，2018.10（2019.3 重印）
（中国当代原创文学）
ISBN 978-7-5598-1166-0

Ⅰ. ①草… Ⅱ. ①傅… Ⅲ. ①散文集－中国－当代 Ⅳ. ①I267

中国版本图书馆 CIP 数据核字（2018）第 202146 号

广西师范大学出版社出版发行
（广西桂林市五里店路 9 号　邮政编码：541004
网址：http://www.bbtpress.com）
出版人：张艺兵
全国新华书店经销
桂林日报印刷厂印刷
（广西桂林市八桂路 1 号　邮政编码：541001）
开本：880 mm × 1 240 mm　1/32
印张：7.875　　字数：200 千字
2018 年 10 月第 1 版　　2019 年 3 月第 2 次印刷
定价：36. 00 元

如发现印装质量问题，影响阅读，请与出版社发行部门联系调换。

目　录

酸　橙

教拳脚的师父来我家，带了一麻袋的橙子，做伴手礼。师父是金华人，三十来岁，满口浙江话，说话的时候，口腔里像含着什么东西。他是我三姑父的结拜兄弟。他姓什么，我忘记了。每年过冬时，他便驻扎在三姑父家，收几个徒弟。他常来我家吃饭，特别喜欢吃油炸薯片，睡在床上还吃。他说他那一带穷，穷得过年猪也杀不起。他吃薯片，我们吃橙。黄黄的皮，个头比柚子小一些，圆圆润润，握在手心，好舒服。橙甜，汁液淌嘴角。吃了橙，手也舍不得马上洗，用舌头舔一遍，把橙汁舔干净。村里没有人种橙，起先我们还以为是橘子呢。可哪有那么大的橘子啊。过了冬，我父亲对师父说："这个橙好吃，比红肉瓢柚子好吃，比常山橘好吃，你下次来时带两棵橙苗来，我们也种上。"

第二年，我家种上了橙子树，种了两棵。后院有一块空地，平日堆柴火或农家肥。树苗有火叉柄粗。过了半年，死了一棵。

父亲很是惋惜，说，有两棵多好，可以慢慢吃，过了元宵也吃不完。

又三年。橙子树高过了瓦屋，开了花。树冠圆圆的像撑开的伞一样。橙子花白白的，五片花瓣，中间一支黄色的花蕊。满树的花，绿叶白花披在树上。我每天早上，起床第一件事，便是去看橙子花。花开时节，正是雨季，雨滴滴答答，也不停歇。每下一次暴雨，花落一地，树下白白的一片。雨季结束，花也谢完了。花凋谢后，青色的黄豆大的橙子，结了出来。

过了六月六，橙子有鸡蛋大，可是每天都有橙子落下来，好惋惜。落一个小橙子，便少吃一个甜橙。中元节之后，树上的橙子一个也没有了，全落了。让我伤心。我们都不知道为什么会这样，是不是橙子树得了致命的病虫害。一次，邻村一个种果树的人来玩，说，栽种的果树，第一年的果子，会谢掉夭折，以后就不会了，即使不谢，也要把果子剪掉，让果树完全发育成熟强壮，抵抗力强，营养足，果子才会甜。

又一年。橙子的皮还没发黄，青蓝青蓝，但个头已经塞满一只手掌心了。我便去摘橙子吃，用刀切开，掰开肉瓤，黄白色，汁液饱胀。我塞进嘴巴，又马上吐出来，眯起眼睛，浑身哆嗦。母亲笑了起来，问是不是很酸啊。我说，牙齿都酸痛了，没见过比它更酸的东西，比醋还酸。母亲说，没熟透的柚子、橘子、橙子、杨梅、葡萄，都酸不溜秋的，熟透了，酸就变成甜了。酸为什么会变甜？不知道。奇怪的东西。

皮黄了，和油菜花一样黄得澄明纯粹。摘橙子的季节到了。

可橙子还是酸得牙齿打战。我对这棵橙子树，完全绝望了——再也指望不了吃上它。我父亲不死心，说，还是霜降呢，冬至以后肯定甜蜜蜜，野柿子也是冬至后甜蜜蜜的。

过了冬至，剥橙子吃，还是酸。橙子吊在树上，再也无人问津了。有客人来，看见树上黄澄澄的橙子，说，这么好的东西还舍不得吃呀，再不吃，只有放在树上烂了。父亲笑眯眯地说："橙子太甜了，甜得腻人，要不你吃一个？"客人摘一个吃，连连伸出舌头，吐口水，说，酸得背脊发凉。

金华的师父又来过冬了，看见树上亮晃晃的橙子，说，橙皮发皱了，像老年人的额头，还不摘下来吃啊。我父亲笑眯眯地摘一个下来，说，等你吃呢，你不开吃，我也不吃，好东西留着敬客。师父拱手，说，舅舅真好，橙子熟了，还留给我先吃。

我们看着师父吃，津液翻涌。师父掰开一瓣，塞进嘴巴里，嘴巴立马张得像个山洞，口水四射，说："怎么会这样呢？会这么酸呢？"我父亲说："你肯定嫌弃我家的饭菜不好吃，给我栽这么酸的怪物。"父亲读过几年书，说道："春秋时的晏子讲'橘生淮南则为橘，生于淮北则为枳，叶徒相似，其实味不同'。橘甜枳苦，都是水土不一样的缘故。"师父说："产橘的地方，可以产橙，橘橙是胞兄弟呀。"

不是水土的缘故，原本种下的，就是一棵酸橙子树。师父带错了苗。这让我们空欢喜了好几年。

橙子树，再也无人关心了。

大哥拿起柴刀说，把橙子树砍了吧，树冠大，把牛圈的阳光遮挡了。父亲说,牛圈要阳光干什么,通风就可以了。大哥把农家肥堆在树下,父亲看见了,说,肥会发热,把树烧死。大哥说,烧死就烧死吧,橙子又吃不进嘴里。父亲说,树是树,和树上的果子有什么关系呢?果子不能吃,可不能怪树。母亲把一些不及时用的重物,也挂在树上,以前是挂在木梁上的,如待修的水桶、漏水的锅、猪槽。父亲又说,挂在树上多难看,还会把枝丫压坏了,树上开满了花,花下是猪槽,看起来就不像话。

橙子像个小篮球。我摘一个,抱到学校去,抛来抛去,当玩具。青皮磨出青色的汁,有些刺激眼睛。手反复搓青皮,手掌也发青,抹到女同学的脸上,让她一节课掉眼泪。

橙子熟了,唯一吃它的,是鸟。黄黄的橙子,墨绿的树,鸟躲在树叶下,吃得忘乎所以。树上有了许多鸟巢。大山雀、斑鸫、树莺,都有。还有松雀,在花开的时候,它来了,羽毛暗绿色,啄食花朵,嘘嘘嘘地叫,像孩子吹不着调的口哨。鸟啄食的橙子会腐烂,掉下来。没有啄食的橙子,不落地,还吊在枝丫上,第二年又返青。代代橙子,四季黄。

过了几年,橙子树蓬蓬勃勃,树冠有一个稻草垛那么大。看着满树的花,大哥不免叹气,说,这棵橙子树,像一个漂亮的女人却生出了畸形怪胎。我书读不好,母亲以橙子树作例子,教育我:“你看看这棵橙子树,好看,结的橙子却难吃,谁都厌恶。做人也一样,光有外表漂亮,内里无货,也是没用的。”

据说,有一种虱子,不寄生在人或动物身上,而是寄生在植物身上,尤其是果树上,如橘子树、桃树、猕猴桃树。有一年,橙子树干上，起了密密麻麻的黑斑，就是虱子寄生长出来的。父亲是这样说的。黑斑像牛皮癣，树皮一层层脱落。大哥把刀磨得雪亮，笑哈哈地说，这下好了，可以砍了当柴火烧。父亲买来呋喃丹，拌在石灰水里，涂满了树身。第二年开春，树身又发了新皮出来，青黄色，有亮亮的油光。以后再也没过病虫害了。

一次，童山表哥来，看着黄橙子烂在树上，觉得很是惋惜。他是镇里有名的厨师，善于烧酒席。有人做喜事了，能请他掌勺，可是莫大的面子。他对我母亲说："二姑，这是好东西，烧鱼，用半个橙子，放点盐花煮，比什么都鲜，其他什么佐料也不用放，做酸汤也好，不用醋不用酸菜，是做酸汤最好的料了。"我母亲说，哪有用酸橙子烧菜的。表哥掌勺，烧了鱼，烧了酸汤。我母亲吃了，说，确实是好味道，一个酸橙，烧出两个好菜。

邻居也知道酸橙可烧鲜鱼，烧酸汤，家里做喜事，提一个篮子来，向母亲要十几个酸橙。提篮里，还拎十几个鸡蛋。母亲怎么也不收，说，以前是烂在树上的，现在可以提鲜，算是没白白种了它。

中年以后，父亲患了一种病，就是打嗝。呃，呃，呃，怎么也控制不住。父亲是很少干重体力活的，不会因受力过重而劳伤。去市里的几家医院，都没检查出病因。中医也看了好几家，中药吃了几箩筐，也没效果。母亲提心吊胆地担忧，没检查出病因的毛病，像一颗地雷埋在身体里，可地雷在哪儿，查找不出来，多让人害怕。父亲是个乐观派，说打嗝怕什么，不就是喝水噎着吗？吃饱了撑着吗？有人说，喝黄鳝血治打嗝，他三天两头，晚上提一个松灯,去田里照黄鳝,杀黄鳝吃。有人说,喝番鸭血治打嗝。他又各家各户去请求,谁家杀鸭子了把鸭血留下他喝。

喝了三年多,打嗝也没停下。停下了,便是睡熟了。父亲说,医生也求了,给菩萨也上了香,土地庙也上了猪头请,算是神仙也无计了,再也不管打嗝了。一次,一个原来下放的上海知青,回村里探访,见我父亲三五分钟打一个嗝,便问这个病好几年了?父亲说,是啊,大小医院看了十几家,都没结果。知青是个医生,返城后学了七年的中医,他说,有一样东西,可以断病根,只是很难找。父亲说,打嗝太难受了,难找也要找。知青说,说难找也好找,用酸橙泡水喝,喝三个月,便好了。父亲把他拉到后院,问这是不是酸橙。知青说,甜橙熟后会自然落蒂,酸橙不会,这棵就是酸橙子,不采摘,四季有鲜果。

有一年,一个收木料的人,来村里收木料,拉到浙江做木雕家具。他见我家的酸橙树,对我父亲说,这棵树要不要卖呢?按老樟木的价格算。父亲说,酸橙树收去干什么,又不是酸枝。收木料的人说,酸橙木打木床,比任何木头都好,蚊子不入屋子。父亲说,钱再多,也会用完,树却年年开花,是钱换不来的。

一葛一裘经岁

沪昆高速公路上饶段两边的护坡上,被一种藤蔓植物遮蔽着,叶掌肥厚如盾,青绿如漆。藤蔓爬上了矮松树,爬上了铁丝护栏和陡峭的岩石。在仲夏,浅紫的花,鸡毛掸子一样翘在坡面。满眼的花,一路延伸在路的尽头。北方的客人见了会问:"这是什么花啊,随风荡漾。"

这是葛花。

北参南葛。葛是南方植物,虽是把葛与人参等同看待,可葛在南方,无论是山区、丘陵,还是平原地带都随处可见,如地锦匍匐大地。葛是豆科植物,喜阳,适于在沙地生长。在荒坡,在溪头,在坟地,葛一岁一枯荣。

赣东有一个县,叫横峰,明末清初时期,以出土匪闻名,民国时期以方志敏领导的横弋起义闹革命闻名。横峰县下有一个镇,叫葛源。葛源坐落在灵山山脉西北,像灯塔下的一滴蜡烛油。东晋方士葛洪喜欢筑炉深山白云间，大地成了他的炼丹房。他在灵山隐而不居，四处游走。他到了灵山脚下的盆地，中暑得很厉害，饥渴难忍，四肢无力，晕倒在溪边。溪边的野花，迎阳而艳。他摘野花充饥，竟然解了他的暑气。这个自号抱朴子的人，知道了这种花解肌退热、生津、透疹、升阳止泻，有起死回生之药效。溪流明净如洗，山峦如怀，遂名葛溪。

葛溪之源头的小镇遂名葛源，人类繁衍于此已千年。葛源是中国葛之都。镇里，有一个人，他的父母目不识丁，给他取了一个土名，叫葛根生。这个人到了二十多岁，胃溃疡很严重，四处求医也没看好。一日，来了一个化缘和尚，对他说，有一偏方可治，只是很难吃下去。葛根生说，再难吃，也比天天胃疼好，病恹恹的人如烂稻草，命都不值钱。化缘和尚说，救一生而杀生无数，罪过。葛根生说，杀无数生而救一生，那我也育无数生。化缘和尚说，行善之人有德福。化缘和尚给的偏方很简单，用葛叶包活青蛙生吃，一天吃九只青蛙，吃三年，胃溃疡便好了。

葛根生从这一年开始，在村里的荒地种植葛，种了二十多年，满山满坞爬满了葛藤。

吃青蛙能治愈胃溃疡，只是一种传闻，茶余饭后的谈资。我也无从考证，不得当真。

可葛源人种葛是真的。

中国人对植物的认识，如对身体的认识一样，古老深入，源远流长。《诗经》有《葛覃》："葛之覃兮，施于中谷，维叶萋萋。黄鸟于飞，集于灌木，其鸣喈喈。葛之覃兮，施于中谷，维叶莫莫。是刈是濩，为絺为绤，服之无斁。言告师氏，言告言归。薄污我私，薄浣我衣。害浣害否？归宁父母。”我读的时候，便想起了山谷之中，卷席而来的绿葛。深秋了，葛叶凋谢，藤蔓枯黄，乡人开始割葛藤挖葛根。“为絺为绤，服之无斁。”穿葛布织的衣服，穿葛藤编的鞋子，从来不会厌倦。

葛布织的衣服，我没见过。我揣想，织葛布和织麻布，是差不多的，都是提取植物的粗纤维为布原料，浸泡，捶丝，团丝，纺织。葛藤鞋，我是见过的，比稻草鞋耐穿，比棕丝鞋更养脚。棕丝鞋虽然耐磨，可太粗糙，脚背足弓脚踝的皮肤，都会磨出血。镇里有一个打鞋子卖的人，板壁上挂满了草鞋、棕丝鞋、葛藤鞋。他坐在门店的角落里，腰上扎一条麻布围裙，留一撮灰白的胡楂，打鞋子。凳子是长板凳，一端有一个箢爪，用箢爪拉丝编绳线。一个三角形的转轮，在手上呼呼地转，把葛藤丝转成线圈。买草鞋买棕丝鞋买葛藤鞋，都去他那儿。

夏秋季，男人除了光脚的，就是穿打鞋的。打的鞋子，透气耐磨，价格低廉。现在有一个词，形容底层的，叫草根。草根出身，草根人物。在物质贫乏的年代，谁说这个词，估计会被人当二百五取笑：头低下去，哪一双脚上穿的不是草鞋啊。古人不说草根，也不说平民，说布衣。布以名词动用解，穿粗布衣服的人，形象贴切，但不会让穿粗布的人自卑。西汉桓宽《盐铁论·散不足》有云：“古者庶人耋老而后衣丝，其余则麻枲而已，故命曰布衣。”粗布，也就是葛布麻布，而不是蚕丝貂裘。诸葛亮在《出师表》里说：“臣本布衣，躬耕于南阳，苟全性命于乱世，不求闻达于诸侯。”一介布衣，并不失去自己的雅气和胸怀。布衣之交，如清泉。

下雨时，穿在脚上的葛藤鞋，脱下来，翻下鞋跟头，挂在锄头上，用一张芋头叶盖着回家。葛藤浸泡捶丝，比麻还白。

《诗经》在《采葛》中又说：“彼采葛兮，一日不见，如三月兮！彼采萧兮，一日不见，如三秋兮！彼采艾兮，一日不见，如三岁兮！”那个采葛的人啊，一天没看见，好像隔了三个月，教我如何不想她。一个年轻的姑娘，在初夏，提个篮子采葛花，轻唱着歌谣，怎么不叫人动心呢？

虽是一首情诗，也可见两千多年前的民俗。葛花入茶入食入药在我们文明的起始年代，已经有了。南方仍有这样的传统。但采葛花的人，都不是年轻的姑娘，而是耄耋之年的老阿婆。年轻的姑娘去了城市的工厂，去了霓虹灯闪烁的地方。她们出门的行李里，不会忘记带一包葛粉。上火，泡一杯喝。失眠了，泡一杯喝。想吃蒸肉了，用葛粉当米粉用。

葛粉来自葛根。葛根是葛的茎块，从地里挖上来，放在河里洗净，捶烂，研粉，过滤，沉淀。沉淀下来的白色物质叫葛粉。挖葛根，是重体力活，比挖番薯累多了。葛根深入地下三五米，最深的达十几米。根越深，葛根越粗，有时一天只能挖一根。一根挖出来，抱在手上，几十斤重。我有一个教书的同学，在工资每月不足百元的年代，他一年卖葛粉赚几千块。有一次，在他教书的村庄看见他，我和他握手，他的手掌像树皮一样。我说，板书的手怎么像做砖块的手呢？他说他挖葛根，入秋后每天放学去挖。我说不出的感慨。一个教师，为了改善生活，挖三个月的葛根。

有一种虫蛹，在饶北河一带，叫尿床狗。孩子尿床，吃三五十条尿床狗后就绝对不尿床了。尿床狗白白胖胖，像蚕蛹，炒菜的时候，把虫蛹用热油爆几秒钟，铲上来，白口吃。尿床狗寄生在葛根里。挖葛的人，把葛根挑回家，劈两片，掰开找尿床狗。尿床狗蜷缩在腐殖里，一副睡不醒的样子。用筷子把它夹出来，积在碗里。上饶菜市场到了冬天，也有人卖尿床狗，一个碗摆在地上，十几二十条，五块钱一条。我每次见了，都全部买了。给我安安吃，他浑身哆嗦。村里孩子有尿床症，从不看医生，捉尿床狗给孩子吃。我祖父用它泡酒，他说，这是比人参还好的东西。

第一次听说葛粉蒸肉，比米粉肉好吃，是在1997年。我同事从葛源采访回来，兴冲冲地告诉我，第一次吃葛粉蒸肉，味道好得没法说。我第二个星期，去了葛源。朋友杨朝雪在当地工作，见了我颇感意外，以为我还有什么重要事托办。我说，坐了半天多时间的车，就为了吃葛粉蒸肉。杨朝雪蒸了一笼上桌，说趁热吃，冷了会板结。我也顾不上答话，埋头苦干吧。

我家里有两样东西，永远不会断，哪怕断米断油，我也不会断葛粉和蜂蜜。葛根“主要成分有黄酮类物质、β-谷甾醇、淀粉等，有扩张冠状动脉血管和脑血管、增加冠状动脉血流量……降血糖等作用。”（引自《辞海》）自古以来是养生的上品。有一次，我和徐鋆、饶祖明去宁波，当地朋友喜欢喝酒热闹。他说，喝了酒后，再喝一杯葛羹，很快会醒酒。我说：“哪有这么神奇的葛粉，我都是当芡粉烧菜的。”他用拳头打我，说：“你生在一个好地方，你在暴殄天物啊。”我说，回头给你寄来，管够。也算我狠，寄了十二斤。

去年冬，我一个朋友，口腔疱疹造成口腔溃疡，很严重，吞咽不了食物，喝水都成了问题，看医生也不见效。我把自己珍藏了三十年的陈葛粉，快递给朋友，并把怎么泡葛粉，怎么调蜂蜜下去的流程图发给了他。过了一个星期，朋友的口腔溃疡愈合得差不多了。葛粉有泻火气、解毒、补充元气的功效。葛粉存放时间越长，解毒能力越强。

葛粉不溶解于水，会沉淀，以至于葛粉做不了饮品。葛粉主要是调羹喝。当然这是以前的事了。横峰在十余年前，和科学家合作，解决了淀粉沉淀的难题，生产了一种叫“葛佬”的饮料。北京的单听零售价格，是横峰的四倍，还常常断货。可惜的是，“葛佬”添加了糖分，让我不能喝。

辛弃疾在《水调歌头》中言：无穷宇宙，人是一粟太仓中。一葛一裘经岁，一钵一瓶终日，老子旧家风。

每每读之，我便想到郁郁又豪放的词人，在上饶带湖生活，看见带湖四周的野葛，不免觉得人如粟米。亘古的苍生其实一直活得艰难且渺小，一葛一裘，一钵一瓶，是人活的常态，也是一种活的境界。人如草芥，但愿如葛。

孩子的乐器

我有过很多乐器，哨子、笛子、莲花板、葫芦、木鱼，还有过一把二胡。这些乐器都是自己动手做的。

四月，柳树已经披绿了，新长的柳枝水分充足，砍一枝新柳下来，剁成手指长的一节，用手来来回回地搓，圆圆的木质和柳皮分离，把木质抽出来，留下空皮壳。把皮壳的一端，用铅笔刀慢慢削薄，白色的纤维像两片纸，抿几分钟，吹，嘘嘘嘘，皮壳流出黏滑的液，白白的泡泡一圈圈飞出来。白泡飞没了，可以吹出弯弯扭扭的曲调。

这就是柳笛。柳笛的声音，尖，沙哑，嘟嘟嘟，嘟嘟嘟，曲调简单。我们一群孩子，一边走路一边吹。去田野，去河滩，去幽深的峡谷，柳笛声响彻。四月，是柳笛的四月，依依的柳树下，一群少年面目洁净。我们鼓着圆嘟嘟的腮帮吹，吹得不知疲倦。第一次吹，吹不出声音，只有呼呼呼的空气在笛管里，沉闷地打转，腮帮发酸，吃饭时也没办法咀嚼。吹了三五天，奇妙的声音出来了，我们吹不了调子，笛声高高低低，像一片被风拖曳的云。

柳笛只能吹一天，过了一夜，柳树的皮壳变成了麻色，发干收缩，开裂出细缝。柳树皮，一天就干裂了。皮的生命力短促。树皮是植物的主要呼吸系统之一。我栽过柳树，在河边的淤泥滩扦插了十几株，其中五株剥了皮扦插。过了两个月，剥了皮的柳枝抽干了水分，发黑腐烂。柳笛声也许是柳树呼吸的延续，虽然只有短短的一天。但我可以让柳笛保存十几天。不吹的时候，把柳笛浸在水池里，要吹的时候，把它取上来。

还有一种笛子，制作更简单。割麦时，坐在田埂上歇息，取一根麦秸，去麦衣，剪一节，把一端用牙齿慢慢嚼薄，就可以悠长地吹了。大人挑着麦子回家，我们吹着麦笛。麦笛声清脆，如金色的阳光般洒遍大地。麦秸通透，黄白色，摸起来有稀稀的油脂。麦秸做蒲扇，做蒲团，做蒲垫，做碗垫，这是大人的事。我们去上学，帆布书包里，带一个桂竹筒，桂竹筒里装着麦笛。麦秸吹肥皂泡，边吹边打闹，肥皂泡飞在衣服上，飞在头发上，飞在课桌上，飞在课本上，一会儿就灭了。也吹麦笛，坐在课桌上，几个人对着吹，摇头晃脑，睨着眼睛，看谁吹的时间长。

吹麦笛的时候，枇杷正黄。田畴油绿，瓜花满架。我们的衣兜里，随时可以摸出几根麦笛。忘忧的少年，像瓜一样发育。我们在路上推铁环，也吹麦笛。

最难吹的，是哨子。哨子是苦槠子哨子。把苦槠子的果蒂，用螺丝刀撬开，掏出果肉，把切口磨圆，放在嘴巴里吹。我们只能吹出嘘嘘嘘的声音，却吹不出调子。村里有一个叫兴的人，哨子吹得特别好。我们远远就能听到他的哨声。他吹的歌曲，都是我们随口可哼的——《大海啊故乡》《水兵之歌》《茉莉花》《阿里山的姑娘》。他高中刚毕业，穿喇叭裤白衬衫，卷卷的头发，还会吹口琴和竹笛。当然我们更喜欢他吹哨子。中午上学时，我们在他房间里玩十几分钟再去学校。他有一张书桌，一个抽屉里都是褐黄色的苦槠哨子。他会做很多乐器：竹笛、箫、葫芦丝和二胡。他无师自通。他有一个书架的书，都是音乐书和音乐杂志。我记得有《歌曲》《音乐杂志》《歌词》等杂志。他每天早上，在后院桃树下拉二胡。桃树枝上挂一面镜子，他对着镜子拉。很多年的早晨，他都在拉。他还会自己谱曲，用一支铅笔，在纸上写简谱，一边写一边轻轻哼唱，唱完了，问我们："谱子好不好听？"我们异口同声地说："好听。"他孩子一样笑了，露出酒窝。他一直报考音乐学院，都没录取。他高兴时会送我们苦槠哨子、竹哨子，我乐颠颠地上学了。他现在是乡村乐队的二胡手，兼歌手。背一个帆布袋，出现在红白喜事的酒席场上，头发过早地麻白了，驼一个虾公背，穿褪色的军绿棉袄，厚厚的。他老婆喜欢打麻将，穿着棉袄睡衣，晚饭后出现在杂货店，吆五喝六。他跟在老婆身后，把手抄进袖筒里，嘿嘿地笑。他畏惧老婆，据说他老婆自小习武，夫妻干架的时候，把他骑在地上用洗碗布塞他嘴巴。

但他年轻时站在河堤上吹哨子的神采，在我心里不曾改变。他高挑的个头，白衬衫被风吹动。悠扬的哨声，在河边激荡。我不知道是什么改变了他，那个叫生活的东西，是个该死的。我每次回家，看见他坐在酒席场，在厅堂的角落里，靠着墙壁，吸着劣质纸烟，拉着蚂蟥一样软绵绵的曲调，唱丧曲悲歌，我便无限悲伤。

我还做过风哨。风哨，就是自然风吹的哨子。我砍来斑竹，留一节，锯断插在土坯房墙缝里，冬天风大，呼呼呼，风哨会嘟嘟嘟地响起来。响声使黑夜有一种莫名的荒凉感。黑夜是多么旷芜。

竹节草的草茎也可以做哨子，把茎心捏出来，直接吹。竹子的叶子，也可以做哨子，把竹叶卷起来，形成一个小喇叭，轻轻吹起。荷叶也可以做哨子，把荷叶卷起来吹。最神奇的树叶哨子，是山胡椒树叶，不用卷，抿几下，吹出来的曲调十分完整，音色也好，还响亮。

村里有一个算命先生，绰号孔明。他的手上有两样东西：右手一根拐杖，左手一副莲花板。莲花板就是快板。他走路，打啪嗒啪嗒的莲花板。我也曾一度迷恋莲花板。做篾的人来我家打箩筐，我便自己做莲花板。母亲狠狠地责备我："打莲花板是吆街的，你以后打算去讨饭了?"我喜欢听竹板敲打竹板的声音，——啪——嗒，——啪——嗒。我把莲花板插在裤兜里，在母亲不在场的时候，拿出来打。我学着孔明的样子，一边打一边说："哎，听到莲花板一响啊，坐一坐，算一算。人有八字命啊，命，就是摆定，人脱了摆定啊。"我父亲用筷子打在我头上，说："什么不好学，学一个盲人。盲人算命是为了吃一碗饭，孔明算出自己的八字是算命?”

学校举办国庆晚会,一个班选三个节目。我自告奋勇,在班会上第一个举手。班主任说:“勇敢的同学,你想表演什么节目?”我说,我会唱莲花板。全班人哄笑,班主任也哈哈大笑,说国庆晚会怎么可以唱莲花板呢,莲花板是吆街人唱的。我说,我先唱一段吧,看看可不可以。班主任摆摆手,说:“不唱不唱,别人听了,还以为我不培养革命接班人,培养叫花子呢。”我面红耳赤地站着,傻傻的,不知道是坐下去,还是继续站着,看着哄堂大笑的同学,自己也扑哧笑了起来。

可惜了我一双手,打莲花板很是灵巧,上下左右翻转,多灵快啊。可惜莲花板只适合吆街卖唱算命,上不得台面。

我父亲常说我:“你以后长大了,我都不知道你会干啥。”我喜欢一个人玩,玩法翻新。我有一个自己的厢房,有一段时间,除了上学,我就躲在厢房。我把十几个刀匣摆在桌子上,用筷子敲击,像敲木鱼。乡村人的柴刀镰刀,插在身上,用木匣子装。木匣子用油茶树的直干掏空,做刀匣。刀匣中空,筷子敲起来,嘚嘚嘚嘚,很悦耳。我用筷子敲击刀匣,十几个,连续敲,时快时慢,快时像鸟掠过水面,慢时像疲惫的马走在石板路上。音色会在筷子敲击的节奏中变化。

我还吹过葫芦。葫芦干了,从藤上摘下来,用筷子把里面掏空,灌不多的水,吹,呜呜呜,呜呜呜。水在葫芦里噗噗噗。葫芦是个好东西。我祖父把酒灌在葫芦里,要喝了,从香桌上取下来,斟上半碗。我母亲把芝麻种子存在葫芦里,开春种芝麻,抖一碗出来撒在菜地上。我把葫芦背着身上，去割稻子，水喝完了，呜呜地吹它。我憋足了气吹，把自己的腮帮鼓得像气球。

我大哥有一把二胡，夏夜，他坐在自己的床墩上，拉二胡。我很想有一把二胡，于是就自己做。蛇皮、蜂蜡、竹筒，我都找来了，可我找不到什么做弦。我想了很多法子，都觉得不适合。铁丝太硬了，弹性不够。尼龙绳太粗糙，拉不出音，麻线也是这样。我母亲那时在养蚕，蚕在土坯房里，嘶嘶嘶嘶地吃桑叶。我用手搓蚕丝，搓得手掌肿胀。我用蚕丝做弦。一把二胡做了半年多，给大哥看。大哥拉了两下，说二胡的样子很足，弦调不紧，音出不来，当玩具还可以。

孩子的乐器，不是来自乐器店。那时整个小镇也没有乐器店。乐器都是自己做的，用刀用嘴巴用螺丝刀做，简单，朴素。乐器也是玩具。孩子的乐器，很难完成一首歌曲的表达，生涩，阻塞，但乐器是快乐的乐器，像一颗无忧无虑的心。这是来自大地深处的欢乐，带着草木的灵魂，吹着乡野原始的歌谣，像淡淡升起的炊烟。

现在的孩子，已经不知道这些乐器了。他们玩手机，玩电脑游戏，玩拼图机器人，他们已经忘记了脚下还有大地，以及大地带给他们的欢乐。我不知道，这是人的悲哀，还是时代的幸运。我家里堆了四大箱塑料玩具，蜘蛛侠、挖掘机、火车、飞机、机关枪，孩子一个人在玩这些。我看着他玩，我觉得我选择在城市生活，是一种错误。

两种野豆腐

豆腐似乎是豆子磨浆、沉淀、积压榨水，才做出来的。其实豆腐也有不是豆子做的，用非豆科植物的叶子或果子，也可以做。乡人把这样的豆腐，叫野豆腐。

腐婢是落叶灌木，马鞭草科植物。它别名有几十个，其中一个很有意思，叫六月冻。冻，是封冻的别意。鱼冻、肉冻、鸡冻、鸭冻，由动物汤汁凝结封冻而成。气温下降到 25℃以下，动物的胶原蛋白和油脂，会慢慢封冻。腊月，鱼塘起鱼，杀三两条活鱼，切块，用大铁锅煮，放芹菜、干辣椒、萝卜丝、姜蒜，煮半个小时，用菜碗一碗一碗盛起来，端到木菜橱里，摆两层。第二天早上，拉开橱门，碗里的鱼冻漾一层薄薄油花，红红的冻色，忍不住端一碗上桌。一餐吃一碗。大家都喜欢吃冻，留下鱼。萝卜丝鱼冻，算是赣东地地道道的名菜。早些年，下节街国泰餐馆，鱼冻很出名，一年四季食客不绝。

不在寒冷季节，怎么吃得上冻呢？在没有冰的时候，不会有冻。可皇帝爱吃冻，非吃不可，怎么办？民间传说这样诞生了。乾隆下江南，是出传说最多的。有一年，乾隆来南方，正是六月如火时期，吃饭没胃口，想吃冻。厨师急死了，做不出冻，可有杀头之罪啊。一个给御厨送菜的妇人，见厨师面容哀戚，问了缘由，便说："你的烦恼，我可以解决。"厨师不把妇人的话当一回事，说："我都做不出来冻吃，你怎么可能做出来呢？"

过了一个时辰，妇人送来了冻，绿漾漾的，柔滑，甘甜。厨师看看绿冻，说："我想了半天，还没头绪，你怎么就做出来了呢？"厨师又说，"这不是肉冻，又不是鱼冻，皇帝不喜欢吃怎么办？欺君可是灭族之罪。"妇人说，天天吃萝卜的人，想着吃肉，哪有天天吃肉的人，还会想吃肉的，肉冻谁都会做，可素冻，谁会做呢？

皇帝用餐，看见绿冻，水汪汪凉幽幽，用勺子舀起来吃。吃了一勺，又吃了一勺，越吃越有味，把一碗绿冻全吃完了。皇帝吃得高兴，赏赐厨师百金，并赐名绿冻为六月冻。

厨师拿着金子，酬谢妇人，问："绿冻是怎么做的呢？"妇人哈哈大笑，说绿冻就是柴豆腐啊，用豆腐柴叶子做的。

豆腐柴就是腐婢。腐婢三月发树叶，叶子长青，叶对生，卵圆形或矩圆形，五月孕蕾开花，七月结籽，暮秋光秃。从三月至十月，腐婢的叶子都可以做豆腐。

做腐婢豆腐，不用石膏粉，用草木灰。把新鲜的腐婢叶子采摘下来，洗净装在一个纱布袋里，用手搓揉，汁液流在碱水（过滤了草木灰的水）桶里，汁液越浓越好。腐婢叶有一种狐臭味，所以腐婢也叫狐臭树。汁液却清香。过了一个小时，汁液凝结，成了豆腐状。用刀把腐婢豆腐切块，盛在碗里，拌红糖或蜂蜜吃。也可以下锅煮，用薄荷、青辣椒丝、姜蒜丝做佐料，都十分可口。

腐婢苦寒，清热、消肿，治疟疾、泻痢、痈、疔、肿毒、创伤出血，是南方常见的外敷内服草药。在水涧边，在菜地边，在路边和篱笆墙上，常见腐婢。牛路过它身边，伸出长长的舌头，把腐婢叶撩进嘴巴里，咀嚼出满嘴巴的涎水。

七八岁，我便会自己动手做腐婢豆腐，提一个篮子摘腐婢叶。我家门前有一条通往山边的小路，路边长了许多木槿和腐婢。木槿是锦葵科植物，和腐婢很相像，初枝都有绒毛，枝脆叶青，只是木槿的叶子是菱形或三角状卵形。摘三五株腐婢叶，便有一篮子。夏天割了稻子回家，喝一碗腐婢豆腐，十分解渴。

事实上，乾隆并没有来过上饶，说他吃绿冻仅仅是民间传说。上饶自古以来，无任何文字记载，有皇帝来过。而腐婢豆腐的发源地是广信（上饶古称），现在，皖南、浙南、闽北，也有乡间做腐婢豆腐。

腐婢豆腐是赣东夏季清凉食品，和凉粉一样，人人爱吃。做腐婢豆腐，不是做一脸盆，而是做一大木桶，做好了，给巷子里的人家，每家送一大碗去吃。吃了腐婢豆腐，清淤积，降肝火胃火，排五脏六腑热气。腐婢豆腐像观音菩萨爱人子，因此腐婢豆腐也叫观音豆腐。

腐婢叶黄了,满山的秋色已浓郁。山枫在山腰红红的,山毛榉在崖石黄黄的。我母亲看着山上琳琅秋色,对我二哥说:“你去一趟桐西坑,摘些苦槠子来。”苦槠子是苦槠树结的坚果。后山有很多苦槠树,可都很矮小,长到刀柄粗,被人当柴火砍了。桐西坑离我家有四十几里路,有很多粗大的苦槠树。我没去过桐西坑,听我哥说,要坐四个小时的拖拉机,再爬一个小时的山才到。我几次想和他一起去,他不同意,说:“带一个拖累去,那个山不是你可以爬上去的。”他竖起自己的手掌,说:“山和手巴掌一样陡,猴子可以爬。”

苦槠子不用摘,人也不要上树,在地下捡。立冬之后,苦槠子被风一吹,啪啦啦,落了一地。桐西坑的人捡不了那么多,整片山都是苦槠树。我哥带两个蛇纹袋上山,捡两天,坐路过的拖拉机回来。苦槠子晒两天,用铁砂在锅里翻炒,一边炒壳一边爆裂,啪啪啪啪,把铁砂爆在我们脸上。

上学,带一裤袋炒苦槠子去吃。放牛了,带一裤袋炒苦槠子去吃。吃了三五天,嘴皮皲裂,流血丝,牙龈臃肿红痛。流血了也还要吃。炒苦槠子,吃起来松脆,有嚼劲,满口香,不容易饿。

母亲爱吃苦槠豆腐。用一个圆筛把苦槠子晒在瓦屋顶上,早上端上去,傍晚收下来。晒上半个月,壳开裂,露出黄黄的肉,像山栗。用一个老虎钳,把壳夹开,果肉落在脸盆里。壳用一个畚斗装起来,到了除夕,用壳煨炉,焖肉,格外香。

有一个竹筒,量米的,叫米筒。一筒一斤,也叫一升。量三升苦槠子,泡在冷水里,第二天,用石磨磨浆。磨出来的豆浆,叫苦豆浆。苦豆浆滤水，在大铁锅里煮。柴火烧得呼呼响，苦豆浆冒褐色的泡沫。泡沫是苦豆浆渣汁，一冒上来就用滤勺捞，捞完了，豆浆也就煮好了。熟豆浆舀上来，倒进一个木桶里，不停地搅动，搅到热气散了，舀到豆腐箱里，裹上包袱，扣上箱盖，压上两个大石块。

苦槠豆腐，有轻微的苦味，还有涩味，吃上两块，舌头涩得僵硬。乡人烧苦槠豆腐，重味——大把的辣椒，大把的姜蒜，热吃，再冷的天，也吃得淌汗。

吃不完的苦槠豆腐，放箢箩晾一天，切条块状，端到屋顶上晒十几天。晒干了的苦槠豆腐，刀切不动，斧头也劈不裂，比花岗岩还要坚硬。晒好了，收进缸里，要吃了，提前一天拿出来，在清水里泡一夜。苦槠豆腐吸饱了水，发涨，麻褐色，捞上来，炖肉或炒起来吃。当然，吃火锅最好。苦槠豆腐含淀粉、卵磷脂、黄酮、钙、铁、锌，降低胆固醇，清凉泻火。现在的黄豆，大部分是转基因的，我几乎不吃豆腐了。苦槠子是不可能转基因的，我们吃苦槠豆腐吧。一些不良者，不可能把树也变成转基因吧。苦槠是壳斗科常绿乔木，在南方山区，比樟树还常见。苦槠也叫槠栗，坚果的壳色和肉色，和山毛栗都是一样的，只是苦槠子是珠圆的，山毛栗子是扁圆的。

我在县城读书的时候，班上有一个同学，来自德兴大山区。有一年大雪，他从家里返校回来，带了一大麻袋苦槠子来吃。我们下了晚自习，回到宿舍，闻到炒栗香，还以为谁有炒栗子呢。同学拉开麻袋，满满一袋，一人分一书包苦槠子。真是一个温暖的冬天。躺在床上,人人都吃着又松又脆又咸的苦槠子。隔壁宿舍的同学闻到香味,和我们抢着吃。在丘陵地带长大的同学,没见过苦槠子,便问:“这是什么东西,比花生还好吃?”

苦槠长在山区,长寿,可以长上千年。有一年,在福建南平市的一个山村里,我去一个朋友家玩,看见了老苦槠树。树到底多少年了,谁也说不清楚。树身比一张八仙桌还要大,树冠圆盖一般,遮了一亩多地。苦槠五月开花,穗状,从枝叶间抽出来,密密集集,压满了整个树冠。花米白色,绒毛一样在风里翻动,花香清雅浓郁,香飘十里。

在深山田野,我们不经意地走,山垄在慢慢收缩。老苦槠树突然出现在眼前,给人内心震撼。我们会觉得,人是多么卑微的物种啊。何谓万年长青,是因为人转瞬即逝。

我母亲对苦槠树特别有感情。我有时说她,做苦槠豆腐累人,别做了,涩嘴。母亲责怪我说,涩也是味的一种,既然是味的一种,就要年年去尝一下。她常和我说起,在困难时期,村里找不到粮食吃,红薯芋头都没得吃,吃什么呢?吃苦槠豆腐。“桐西坑整片山上,都是苦槠,苦槠子都捡完了,还跑到乌驮岭去捡,哪个人家不是捡几麻袋的。”

昨天,母亲还打电话来,说:“有苦槠豆腐,你要的话,我叫人捎带给你。”我回:“我过两天自己去吃,你自己别做了,腿脚不方便。”母亲说:“是豆腐老七拉来买的,我这时做不了啦。”我听了,鼻子一阵阵发酸。

麦儿青麦儿黄

一眼望不到边的，不是麦子，而是飕飕冷风。冷风卷起一团从河边压过来的枯涩的芦苇在摇摆，仿佛一夜进入暮年。入冬还没多久，小麦发了秧苗。父亲早早翻耕了冬田，灌满水，铺一层草木灰，再把田晾干。松黑的泥土，在清晨长了白白的绒毛。那是芒刺般的霜霄。秧苗长了半截筷子长，父亲给每株苗一撮枯饼肥。肥泡在一个池子里，发酵了，白白的气泡，噗噗噗，热鼻的气息冒上来。父亲用手搅拌肥，撩起袖子捏捏，说："明年的麦子吃不完了。这么好的肥，三天，麦苗比韭菜还青。"

麦田在水东坪，足足有三亩。水东坪三百多亩地，各家都种了麦子。一条田埂路，一条窄窄的水渠，入冬后，整个田野显得单薄冷涩。小孩蹲在田里，给麦田拔杂草。

风一直在刮，刮了半个月了。天冰冻了一样，像一块灰冰。父亲站在院子前，每天早上望一望古城山，说："冷了这么久，这个天就是下不来雪，是个怪天。”他希望有一场雪，把麦田冻一冻。土越冻越松，吃肥快。坪边上的五棵油桐树，一片叶子也不剩了，风卷着叶子四处跑。远处黄色的稻草人，已经发白，但一览无余，黑褐色的田和淡青色的田埂，有了织锦的美。

稻草垛堆在麦田边，随时等待雪的到来。

终于来了。风把大地刮成了麻白色，河水呜呜呜地响。父亲去把稻草分出来，铺在麦田里，麦苗露出短短的一茬。雪边落稻草边铺，雪落在稻草上。雪起先是轻舞飞扬的，大地冷清。麦田里，弓着腰的，都是铺稻草的人。厚实的棉袄上，圆帽斗笠上，很快一片白。雪越来越大，白茫茫一片——山野白茫茫的，田野白茫茫的。

寒冬被一场雪送来。腊月，忙了一年的乡人，又忙着做喜事吃喜酒，雪尚未完全融化，天阴两天，继续下雪。

冬雪埋住的麦苗，开春更黄，麦穗更饱满。太阳出来了，田野裸露出原色，狗尾巴草却倒伏在水沟里，只有冬菊在田埂上，孤零零地开花。而麦田稻草上的积雪，零零散散地冻成团块状，像浮在麦田上。父亲挑上尿桶，做高冬的最后一次施肥。麦田里，有人唱起了清清淡淡的《种田歌》：“世间只有种田好，虽然辛苦饿不倒。劝你起早勤苦干，后生不勤老来难。世上青山天地多，先人田地后人收。后人收得心欢喜，还有收入在后头。”

开春了，麦田里，油油的麦叶，一束束麦花轻轻在摇曳。麦田青青，荡漾着一层层波浪。麦花像翻卷上来的水花。蜻蜓低低，飞来飞去。种麦的人，每天会去麦田，即使没有事，也把手抄进袖筒里,在田头来来回回地走。走几步,停一下,手拢一拢麦苗,或者摘一束还没灌浆的麦穗,一粒一粒地数,数完了,把干瘪的麦粒,塞在牙缝里,慢慢嚼,嚼烂了,又吐出来。

燕子从它的故乡,来到了另一个故乡。燕子剪开春风,剪开河岸低垂的柳树,剪开一节一节的萝卜花。麦穗渐渐弯下去,风爽朗爽朗地吹过。像是笛膜在颤动。村里来了很多外地匠人,打锡壶,做篾,缲蓑衣,放香菇木耳。他们来度粮荒,拖家带口,借住在祠堂里,借住在社庙里,借住在空屋里。匠人做到麦子熟了,再回到自己家乡,有的干脆不回去,直接在这生儿育女。

收干粮菜的,也会来,挑一担箩筐,手上摇一个响铃,当——当——当——当——,用龙游话说:"收南瓜干呀,收霉干菜呀,半斤换一块肥皂呀。"霉干菜吃不完,家家户户剩下大半土缸,可以换十几块肥皂。肥皂产自兰溪,凤凰牌。妇人摸摸肥皂,说:"好肥皂,一斤换三块差不多,两块不换。"收货的人,经不起妇人说笑,掀开箩筐盖,又拿出一块。收货的人看看麦田,青黄青黄,说:"这是个好地方,饿不死人的地方。"

有一个打锡壶的人,连续来了三年,第三年不走了,留在火炭家里。火炭妈妈三十七岁,丈夫死了三年,留住了锡匠:"有床的地方就是家,你孤身的,我家有床空着。"快五十岁的锡匠把挑子收在木楼上,去割麦子了。他可以吃一脸盆的面条,窸窸窣窣。他说,女人好,面条也好,都是留人的好东西。锡匠过了三年,还生了一个儿子。儿子是个哑巴,力气特别大,三岁能抱石臼。锡匠嘟起嘴巴说:"长大了,肯定能挑两百斤麦子。"

麦子金黄,沉甸甸的。满山的杜鹃花开了。割麦,收麦。

麦子收在空屋里,用一个禾桶,打麦子。手抄住一把麦子,咚咚咚,打一下,抖一下麦子。麦子嗦嗦嗦嗦落在禾桶里。麦子打在禾桶的木板上,禾桶会震动。四个人,打四个角,角满了禾桶也满了。麦芒扎在头发上,扎在衣服上,全身发痒,皮肤会有火辣辣的痛和疙瘩斑肿。没打过麦子的人,手臂酸痛。村里有一个叫烂清明的人,体力好,给人打麦子,打一百斤收三斤麦子当工钱。咚,咚,咚,远远就能听出他打麦子的声音,似乎可以想象他高高扬起来的手,举着麦子,狠狠地打下去,麦粒沙啦沙啦地落进禾桶里。汗从每一寸皮肤上,爆出来,圆圆的,豆子一样的颗粒,慢慢滑下来,汇成几十条弯弯扭扭的水流,在脚踝处集合,淌在地上。他打一个赤膊,一直要打到前半夜。请他的人,供三餐饭。他吃菜不讲究,有饭就可以,喝半碗烧酒。"多一份酒,多一份力。"他不能没有酒。"没有酒,就没有力"。他说。

晒谷场在院子里。院子原来堆着柴火破农具和积压了两个月的农家肥,麦子打出来了,妇人清扫院子,铺上晒席。晒席是一张长方形的竹篾席子,不晒东西时卷起来,竖在大门背后,或横搁在木梁上。晒席有四张,并排铺开,一张席子晒一担麦子。

风把海棠花催开,羞赧的花苞让人想起暖春已经结束了。麦子挤挨着麦子,阳光均匀地洒下来,像一地的花粉。一只竹筢靠在墙根下。筢是用来耙麦子的,翻晒一下。我们不叫耙,叫哈。哈,是轻轻地耙,轻轻地翻动。晒麦子时,院子里,坐着我的祖母。她在纳鞋底,笸箩旁边,放着一杆竹梢。鸡鸭进院子,啄食麦子，祖母抄起竹梢，边赶边说：“人都没开吃，轮到你先开吃了。”最先开吃的，不是人，也不是鸡，而是鸟。麦在地里黄，麻雀和果鸽三五成群，落下来。果鸽正是求偶和孵育期，咯咯——咯咯——，叫声暧昧，悠长，此一声叫唤，彼一声应和。人赶不了鸟，在麦田四周扎十几个草人，穿上破烂衣服，戴破烂斗笠，握一根竹竿。风一吹草人打转，吹几次后便倒在田里了。

每天，耙三次麦子，晒个五六天，麦子干了，麻布袋装起来存在谷仓。要吃麦子了，把麦子畚出来，用风车扇去灰尘和麦衣。风车是木结构的，一个摇把手，一个漏斗仓，麦子畚到漏斗仓里，打开一个暗闸，右手摇把手，咕咕咕地摇。麦衣和灰尘，呼呼呼从风口呼出来，饱满的麦粒从四方槽口落下来，落在箩筐里。入仓第一天的麦子，要开吃。抱一个大畚斗，畚麦子，磨麦粉。麦粉暗黄，摸起来，腻滑。没人会擀面，便揉粉包饺子。包饺子没有肉，也无处买肉，从盐缸里拿出最后两块咸肉，和笋丝、细葱、酸菜、蛤蟆草，一起剁馅。饺子皮厚厚的，馅只有一勺，用大铁锅煮，边煮边吃。吃了一碗，再吃一碗。

我喜欢吃面疙瘩，餐餐可以吃。可麦子不可能天天去磨粉。要吃面条了，用麦子去换，两斤麦子一斤面。没菜吃，煮面条，放半锅铲辣椒粉，当菜下饭。村里有一个矮子，杀猪的，吃面条用钵头盛，他不吃汤面，吃炒面。钵头比他头还大，他端起钵头吃，看不到脸，一撮黄毛发露出来。在收割季节，早上吃稀饭，饿得快，人还没到田里，肚子就咕咕叫。母亲把面粉调稠，用大勺子舀到粥锅里。我看见粥里的面疙瘩，马上拿出大碗，把面疙瘩捞上来，躲起来吃。

有过这样的经历。我曾问自己，吃一样自己喜欢的，且是米饭之外的食物，餐餐吃，吃多久才会厌恶。我吃面疙瘩，吃了整整三个月，还没吃厌恶。每餐面疙瘩原料都是一样的：面粉、鸡蛋、螺旋藻、青菜叶、番茄。调料也是一样的：食盐、酱油、辣酱。揭开锅盖，看见面疙瘩，我就忍不住想吃。

面粉制作的小吃，是世界上最丰富多样的，少说五百种。我吃过的面粉小吃，是极其有限的。有一年去太原，吃了一种叫揪片的面食。在太原待了四天，我吃了四天的揪片。朋友请客，问我吃什么菜喝什么酒，我说吃揪片。朋友说，揪片不算请客。我说南方从来没有这种吃食，太好吃了。揪片有韧劲，用羊肉汤煮，估计吃到八十岁，我都不会嫌弃它。有一次，我问兰州的习习姐："兰州有揪片吃吗？"习习姐说，太多了，随手可做。我便嫉妒兰州人了，那么好吃的面食，为什么南方人不会做啊。我对习习姐说，去了兰州，我哪里也不去，吃三天揪片，学做揪片。习习姐笑了，说世界上哪会有那么傻的人呢。

南米北面。南方人多种水稻，种麦人少。现在种麦的更少了。食物匮乏的年代，麦麸做的窝窝头，我都可以吃撑。我觉得我的前世是个北方人，多干活多吃面食，前世没吃够，今生接着吃。

麦儿青麦儿黄，是我们不可辜负的一生。

草木上的神山

神山没有神，只有山，和山里几十户世代耕种的乡民。

神山不是一座山的名字。

神山是一个地名，这个叫神山的村庄，落座在井冈山黄洋界下的山坳。井冈山亘古延绵几百里，竹海翻滚哗哗浪涛。四月的杜鹃花映照天涯。

到神山村，已是傍晚，将落未落的斜阳像一朵硬骨凌霄花，被山峦的叶瓣托举着。天边荡漾着白纸浆一样的云霭，漫溢四散，变薄变稀，萦萦绕绕，像稀释的葛粉在水中慢慢沉淀——山脚下的村舍和山谷，被乳白的雾气笼罩，远远看去，丛山如一叶叶乌篷船，弦歌唱晚，酒酣耳热。这是一个自然村落，在一个圈椅形的山坳，屋舍依山边呈扇面而铺展。山涧从后山弯下了，清清浅浅，梯次流淌。水车在村口转，叶片掠起水，唧唧唧，唧唧唧，又泻落下来，稀稀落落，形成一个水帘幕。我带你去认识水车。在环形的时间里，水车是它日夜滚动的车轮。水从低低的水坝里，冲泻下来，推动着宽大的叶片，轴轮以顺时针转动，刻下皱纹的图案。掮上来的水，又回到了溪涧里。

“吃麻糍了，刚上臼的麻糍香喷喷。”乡民招呼着客人。小院并不大，摆满了花草小灌木。待客的乡民五十多岁，穿靛蓝的旧中山装，坐在小院的花架下摇着蒲扇。他刚刚打了一臼麻糍，脸上的汗迹有淡白盐渍。他的儿媳妇扎一条红暗花围裙，站在圆席边，把上臼的麻糍，搓成一个个半拳大的团，滚上芝麻粉豆末白糖。豆末是熟豆碾碎的。豆子是山黄豆。霜降前，把山黄豆从旱地拔起来，十株扎一束，两束扎一捆，用干稻草扎。在廊檐，把豆捆挂在竹竿上，黄黄的豆叶慢慢枯萎，变成麻黑色，豆秆抽空了水分，手指捏一下，啪嚓，断了，花麻秆一样生脆，豆荚硬硬却爆裂了荚口，黄黄的豆子露出圆脸。把豆捆摊开在场院，用连枷啪嗒啪嗒把豆子拍打出来。豆秆拿去烧锅，豆荚装在畚斗里，铺在萝卜秧苗上。箩筐收了豆子，储藏在谷仓里，要吃豆子了，用升斗量出来。炒豆需要干木柴，烈火把锅烧红，锅底发白，把豆子倒进锅里，豆子噼噼啪啪跳起来，豆衣焦黄，出锅。柴灶房弥散着豆香，豆香有阳光的热烈。石磨早清洗干净了，熟豆从磨眼当啷啷迫不及待地往里钻，推杆一来一回，豆子磨成了豆末。麻糍滚豆末，越滚越黏，于是有了俚语：麻糍滚豆末，拍不干净。打麻糍的糯米需是上好的糯米，不带粳米掺杂，以冷浆田产糯米为上品。糯米泡一个时辰，发胀得如珍珠般晶莹洁白。糯米泡在水里，多像蚕蛹，白白胖胖，圆润，和蔼。我们总是忍不住伸出双手,抄进水里,抚摸它。锅里的水扑腾腾地翻溅,喘着粗气,似乎在说:“快把饭甑蒸下来吧。”把糯米拌到饭甑里,要不了一碗茶时间,蒸汽绕梁,白蒙蒙一片。饭甑盖滚烫了,在饭面浇一层水,继续蒸。再喝一碗茶后,把熟糯米饭倒在饭箕上,凉一会儿,再扒进石臼去。打麻糍的人,早已洗脸洗手,坐在椅子上等了。木杵也是用热水泡过的,毛巾擦洗了几遍,圆席早已摆在方桌上,芝麻粉豆末和白糖已分不清谁是谁了。打麻糍的人扎着头巾,捋起袖子,把木杵打在糯米饭上。打一下,边上打下手的人,用温水浸一下手,把糯米饭扳回凹下去的杵坑。一杵一杵地打,一回一回地扳,糯米饭慢慢烂稠,饭粒不见,变成了米稀,黏合在一起,抱成了团。把麻糍团抱到圆席上,搓成手腕粗条状,分节揉圆,滚上芝麻粉豆末,谁看了,都会忍不住拿一双筷子,把它夹进嘴巴里。

溪涧边的蔷薇,盘满了木桩,我暂时不想看。我站在圆席边,暂时不想走。麻糍柔软,温热。芝麻豆末融化了颗粒白糖,吃起来更香。这是乡民最好的待客食物。麻糍上圆席之前,我在厨房长时间逗留。糯米泡在水缸里,足足有半缸多。木柴码在屋角,一直码到屋檐。蒸出甑的糯米饭,装在饭箕里,米香四溢,米色透亮。大姐拿起一个碗,给我盛糯米饭吃,笑眯眯地说:“给你拌蜂蜜,吃得滋补,比山黄鸡滋补。”

院子里,瞬间站满了人。原先没看到什么人,怎么一下子有这么多人呢?各种口音,南腔北调,很多口音我也辨别不出来。打麻糍的大哥歇足了气,给大家泡山茶,说:“山里没啥珍贵的,吃吃茶吧。茶是山茶，手工茶，新芽。水是屋后山泉，甜滋滋的。”他拿一个竹筒，抖抖，把茶叶撮到碗里。我喝了一口，便坐了下来——这碗茶，我得慢慢喝，先把茶汽吸进去，再喝茶水，最后把茶叶嚼烂吃下去。水不像是土里涌出来的，更像是山野植物的分泌液。茶叶在热水里慢慢散开，舒展，一座青山显现。

井冈山，我不陌生，之前也来过，却是第一次来神山村。井冈山第一次出现在我眼前，是在小学语文课本上，以水粉画的形式出现；第二次出现在我眼前，是乡村场院竹竿上悬挂的宽银幕——巍峨壮美的井冈山，翠竹如海，山道交错，人烟稀少，炮声隆隆。站在乡民的院子里，我细细地环视四周山梁。山呈漏斗形往内收缩，斜斜的山坡上翠竹在摇曳，油桐喷涌着雪球一样的白花。眼前的山川，让我想起海浪中掠涛而过的海象。静止的大海，悬浮在天际之间。山鹰驮着斜阳飞逝，斜阳把采集了一天的花粉，播撒下来。井冈山处于凌霄山脉腹部，山峰高耸，叠翠堆绿。山脉如奔驰的马群，由西向东，横亘四百公里，是湘江和赣江的分水岭。井冈山则是头马，昂首飞蹄。我站在神山村，看见扬起的鬃毛如江水分流，隆起的山峦是健硕的肌肉，在抖动。

在有公路之前，这是一个封闭的山村。山货和日常吃食，依赖肩挑。一根扁担从山下，挑粮食、挑食盐、挑布匹，沿弯弯山道上来；茶叶、笋干、蘑菇和木竹器，也挑到山下去卖。木竹器一直是乡民家居的主要器物，有摇篮、木床、木桌、木凳、饭甑、谷仓、米缸、木桶、托盘、木风车、木水车，竹椅、竹床、饭箕、簸箕、圆席、晒席、篾席、渡水管、米筒、畚斗、扁担、箩筐、竹碗、筐箩、筷子筒、果盘、鱼篓等。孩童玩具也是竹木的，如水枪、陀螺、手枪、冲锋枪、跷跷板、踏踏板、竹筒鼓、弹弓、双节棍。年轻人觉得山上生活不便，迁居茨坪、拿山。年长的人，怎么也舍不得离开这个山坳。这里多好啊，吃了晚饭，和相邻的人在院子摆上小圆桌，炒一碟南瓜子，泡一壶山茶，多么惬意。山风微凉，夹带着黏湿的花香，黑魆魆的山梁披着月光。星空是圆形的，稀薄，但有沉坠感，多看几眼，觉得天空会摇晃。天空透明，瓦蓝色滗出亮白银光，银光交织，彼此辉映。星斗也像珍珠，饱满，温润。前几年，柏油路从山下一直修进了村，迁居的人又回到了山上生活，翻修和兴建屋舍。这里是祖居之地，怎么会离开呢？无论山有多高，林有多深，都有一条路直通家门口。门口的溪涧，日夜流淌，银铃般的脆响不绝于耳，接一根毛竹管的水槽，引到自家水缸里，用竹勺舀起来，痛痛快快喝上几口，全身清爽。菜地就在家门口，拎一个竹篮，随时可以摘菜。菜都是顺季菜，农家肥种的，看起来就想吃。雪地的萝卜，霜打的白菜，骄阳下的辣椒，竹架上的白黄瓜，黄泥下的土豆，茅草盖起来的豆芽，都是百吃不厌的。到哪里去找这样的地方，过清清淡淡的生活呢？离开了神山又回到神山的人，渐渐明白了，无论穿什么样的鞋子，走什么样的路，鞋底下的泥土还在。泥是山泥，是神山的黄泥。泥会长长长的根须，深深扎入种过的地，耕过的田。这里的黄泥，夹杂一层烂树叶烂木屑，长出来的作物格外好吃。茶叶肥，黄豆圆，南瓜甜，大蒜白，谷酒烈，蘑菇香。

山外的人来神山吃麻糍，喝山茶，吃农家菜，看山泉，逛果园，便不想走了。溪涧上架了木桥，三根松木板搭起来，扶栏用毛竹围起来，摆上山上挖来的花草盆栽，有了园林的情境。过木桥，便是果园。果园是梯级的山地，垦出一块块椭圆形或斜边形平地，栽上油桃、井冈蜜柚、橘子、梨树、山枣。我第一次见井冈蜜柚树，绿叶肥阔，树丫完全发散开来，有一股浓烈的清香。蜜柚我吃过。前两年，一个来井冈山旅游的朋友，吃了蜜柚，便下了狠手，买了三筐回来。他还在果园，给我打电话："我知道你喜欢吃柚子，井冈蜜柚，你得好好品尝。"蜜柚硕大，柚皮白黄色，肉质脆嫩，汁多化渣，甜酸适中。我第二天送回老家给母亲吃，柚子糖分低，适合老人吃。井冈山雨水丰沛，日照充足，适合种柚。果园不大，却精美——我一直有一个果园梦：溪流绕园，溪边长满菖蒲和石兰，果园栽着四季的浆果，开各色的花，临溪的空地筑一间明月楼，楼阁只需摆下一张茶桌。这样的奢想，也藏在心里。意料之外的是，在这个村子，我竟然与之相逢。也许，来神山做客的人，大多和我有相同的想法。在城市生活，呆板，单调，往复，人性中许多细腻梦境一样的美好向往，都被渐渐磨灭，如阳台上的植物，失却了露水，凭洒水而长，缺乏生机。突然有一天，我们醒悟，人可以有更美好的去处，需要寂静的山野和默然的月色，我们背起行囊，踏上了去往茫茫远方的列车……于是，神山村出现在了眼前。

人的一生，最终需要的不是繁华，而是恬淡；需要的不是风起浪涌，而是抱朴守拙；需要的不是奔袭，而是致远。如淙淙溪流，如溪流上的水车。

雾霭慢慢降下来，零星的雨点给山间添了一抹余韵。我坐上大巴，在山道千回百转，去往茨坪。人在山谷，如一条深海鱼。油桐花和白绣球花开满了山坞。竹海沙沙沙，让我恍然。山在变高，耸入天际。神山村隐在深深的山林里。我们看不见雨，只听到雨在击打车窗，当当当。人是很容易被唤醒的。听着当当当的敲窗声，我觉得自己已经在融化，融化在雨滴里，渗入山林。沉默。车上是一群沉默的人，脸被虚化，被雨影模糊。

一个叫神山的村庄，一个云端之上的村庄。它为什么叫神山村呢？为什么不叫高山村，不叫云上村，不叫树上村呢？先民是不是膜拜山神呢？称之神山，是先民对生活的一种信仰。岁月流变，这是一个山村的神奇。

竹　谱

中元节，突然想做一坛封缸酒，我跑到小镇，买来一个土陶大酒坛。我又去找石灰、黄泥，给封坛口备用。父亲说，封坛要竹壳叶，酒气不散，以后启坛了，也方便，不然，敲碎酒坛也得不到酒吃。我说，竹壳叶哪有那么好，用棕皮封也可以。父亲喝口碗里的酒，说，竹壳叶不腐烂，隔冷隔热。我抓起一把柴刀，上山找竹壳叶了。竹壳叶就是笋长成竹子之后，脱下来的笋皮，包在竹子的根部。后山有一大片竹林，我把竹壳叶剥下来，十几分钟，就剥了一大摞。我把壳叶洗净，晒在阳台上。

竹壳叶黄黄的，不硬也不软，有弹性，每一张都有手掌那么宽大，确是封坛口的好东西。

竹子是楠竹，也叫毛竹，竹身青黄色，竹高坚硬，是做器物的好材料。冬至后，竹山有冬笋。挖冬笋的人，会看竹梢，竹梢朝着哪个方向，冬笋便在哪个位置，锄头挖下去，要不了几下子，便把冬笋挖上来了。不懂看竹梢的人，挖半天，也挖不到冬笋。冬笋容易烂。烂冬笋有水泡的腐气。怎么藏呢，用一个箩筐把冬笋吊在楼板下，藏一个月也不会坏。或者挖一个沙窖，用沙子埋。冬笋炒肉片，冬笋烧羊肉，冬笋焖老鸭，都是腊月敬客的好菜。客人见冬笋上桌，便觉得自己被人看重，喜滋滋的，不免多喝半碗酒，醉在他乡，睡着了还露出笑容。有一年，我姐夫的父亲（亲家公）来我家做客，吃冬笋煮羊肉，喝得酩酊大醉，一个晚上讲相同的梦话："亲家好，冬笋羊肉，醉死了都是快活的。"他说梦话时会坐起来，说完了又躺下去。我吓得要死。我跟我姐夫讲，以后叫你父亲中午来。

正月腊月，做喜事，冬笋必须买，掌勺大厨师，开菜单，第一行字便是：冬笋××斤。冬笋萝卜片、冬笋芋头片、冬笋羊肉、冬笋肉片、冬笋粉丝，这是十八道热菜中的五菜。

冬笋吃完了，苦竹笋又发上来了。山腰的路边，石崖下的荒地里，苦竹笋争先恐后地冒上来。拎一个提篮，把笋尖掰下来，用蕨萁的新蔓把笋尖缚成一小捆，一捆炒一盘。吃不完的笋尖，用水煮熟后捞上来，晾晒在屋顶，做笋干。

苦竹笋长竹叶了，春雷滚滚，轰轰轰，由远及近，掉在屋顶上。雷声，像一架雨中奔跑的马车，呼啸而来。赶马车的人穿一身黑色的大氅，戴着羊皮帽，鞭子甩得啪啪响，甩出一道道刺眼的绿光，撕裂天空的云层，绿光跳跃，忽闪忽闪。第二天，一根黄褐色的笋破土而出。

菜场多了拎篮子的人，雷竹笋剥了笋皮，光洁如玉，像一根刚拔出荷塘的茭白。妇人看见雷竹笋，走不动了，蹲下身子挑笋，选了半个小时，看着都差不多。酸菜泡在坛里已经有三个多月了，把酸菜捞上来，揉出酸水，剁碎，炒一盘酸菜咸肉雷笋丝。男人嗅到酸菜味，从地窖里拿出一瓶谷烧酒，自斟自饮喝两杯。不喝两杯，对不起这盘好菜。

这个季节，桂竹笋可是笋中最好吃的，味甜，咀嚼无渣，入口清脆干爽，煮肉骨头、酱爆肉焖笋，我还真没见过不喜欢的人。可桂竹笋掰得少，舍不得吃。小孩也去掰笋，双手抱着笋，身子摇几下，啪，笋拦腰而断。大人用柴刀，把笋根也砍下来，说，笋根也不掰，多浪费啊。桂竹高大，滚圆，韧性大，弹力足，做晾衣竿最好了，日晒雨淋，一根竿子晒十年也不烂。桂竹也叫斑竹。斑竹青色，过一年，转成了淡黄色。黄斑竹剥篾丝做笸箩，打上清漆，二十年虫不蛀，洗洗，颜色如初。篾匠不愿剥斑竹，太细了，花功夫，多出很多事。斑竹劲道好，篾色清雅。笸箩陪伴一个女人可要半辈子，半辈子的事，自然选斑竹了。笸箩放针线鞋底鞋样毛线顶针纽扣剪刀，相当于女人的另一个“厢房”。

一眼望去，灵山青黛，云霭缥缈，延绵十几公里。毛竹苍翠葱茏，谷雨之前的半个月，灵山北坡，日日有几十人上山挖春笋。锄头在竹林里，当当当，回声震荡。毛竹笋破土，一日长一米多，十日后笋皮开散，发出竹叶来。笋皮越是棕黄，笋肉越净白，纤维越细。挖笋人，刚挖了一两根，听到竹林里，咯咯咯的叫声，像一只鸡在叫。叫声很低，也悦耳。细细一听，哦，林子里有竹鸡。竹鸡是雉科鸟，喜爱在竹林里生活，吃竹子里的昆虫和地上竹叶腐烂后繁殖的虫螯，也吃笋，啄起来，嘟嘟嘟。听到竹鸡叫，挖笋人扔下锄头，蹑手蹑脚去捉鸡，竹鸡扒食，把烂竹叶一层一层扒下来，吃得专注。捉鸡的人，心喜，扑下去，竹鸡咯咯咯，撒开脚跑。捉鸡的人也跑，竹鸡翅膀撒开，飞到竹梢。挖笋人继续挖笋，挖到笋下有一个洞穴，洞穴不大，往里延伸，蜿蜿蜒蜒。一锄头一锄头挖洞穴，挖了十几米，一只老鼠一样的东西慌张地趴着，露出黑毛的尾巴，把尾巴拎起来一看，是一只竹鼠。竹鼠吃竹子的嫩竹鞭，也吃嫩竹叶，吃得肥肥，身子圆圆的。

挖上来的笋，不用肩挑，放在箩筐里，溜索下山。毛竹笋粗纤维，用五花肉焖，咸肉炒，酸菜炒笋丝，都是好吃的。吃不完的春笋，泡在石灰池子里，做明笋。泡几个月，捞起来晒干，拉到小镇集市上卖。“自己做的明笋，二十块钱一斤。”板车上竖一块写好价格的纸牌，卖笋的人，坐在车把上，架起脚和卖茶叶的人聊天。卖笋的是个男人，卖茶叶的是个女人，卖了两次笋，去了卖茶叶的人家里吃饭。也有把吃不完的笋切片，放盐煮熟，晒在圆席上，晒二十几天，笋发黑溢出盐霜，收入土瓮。这是笋干。蒸饭时，饭面放一个碗，碗里放半碗笋，笋上盖半碗肉。饭熟了，笋干也熟了，娇嫩，有嚼劲，入味，油汁饱满。春笋剥下来的笋皮，棕黄色，晒干压缸口。剁椒、霉豆腐、豆豉、泡菜酸菜用缸藏，干笋皮压在上面，不落灰尘不入虫螯，透气。

发了叶的笋，留着，来年可是棕黄皮的竹子，砍下来，请来做篾的梅青师傅，打箩筐打粪箕打晒席。我十五岁，初中毕业，父亲说：“你不要读书算了，去跟梅青师傅学做篾。做篾多好啊，不用晒日头，躲在屋檐下，雨也不上身，还坐着做事，下午还有一碗点心吃。朝代怎么改，都需要篾匠。种了谷子出来要晒，就要晒席吧。女人做针线，要笸箩吧。坐在院子里歇凉，要椅子吧。天热要睡篾席吧。养鸡要鸡笼吧。烧饭洗米要筲箕吧。”我说你怎么不去学呀。我父亲嘿嘿笑笑，说，就是我没学，才叫你学呀。我有些动心，是啊，做篾多好，一把篾刀一个丝刨一把拉锯一个锔钻，家什少，轻便，更主要的是，我可以做很多鱼笼，把河里的田沟里的泥鳅全笼上来。我表哥烂铜狠狠说我：“你什么不好学，学做篾。学做篾的人，都是瘸子，就算学的时候不瘸，以后也会瘸。”

梅青师傅可不是瘸子，一表人才，手脚快，手艺好。他每年都要来我家做篾，破篾，拉篾丝。他洁白的牙齿，咬着篾青，头扭过去，拉起来，拉出篾片。篾丝也用牙齿拉，拉出的篾丝堆在门槛上。拉好的篾丝，压在长板凳上，刨篾丝。篾丝编篮子，有扁篮、菜篮、提篮、摇篮，也可编篓子，有鱼篓、背篓、筐篓、炭篓，也有编笼子的，有烘笼、菜笼、熏笼（即火熜），也可编箕，有筲箕、挑箕。篾片编筐，有箩筐、饭筐、菜果筐，也编席子，圆席、晒席、睡席。把篾丝和篾片一起编，就有了筛子，米筛、谷筛、米糠筛、豆筛。竹子不拉篾丝，也不破薄片，一节一节，用火煻，煻出竹油乌黑黑生烟，做摇椅、躺椅、竹床、椅子。把煻了椅子剩下的竹子，破篾片，生四肢，开一扇小门，成了鸡笼鸭笼。竹脑太硬，什么也不好做，留一个竹节，刨光，做水罐。天麻麻亮，鸡在笼里，咯咯咯咯——，咯咯咯咯——，咯咯咯咯——，叫了几声，我母亲披衣起床，开鸡门开鸭门，顺便从笼里摸出鸡蛋鸭蛋。

梅青师傅后来还是成了瘸子。前年，我去他家，请他给我打一个鱼篓。他一拐一拐地走到院子里，说："十几年没人打鱼篓了，你要这个干什么？"我说，背鱼篓去钓鱼，多气派啊。我看着他的脚问怎么回事。他说，没人请做篾了，又去学石匠，从楼上掉下来，摔坏了，又来做篾了。他在家里打筛子和篮子，自己上山砍毛竹。他说，做篾也好，不用上山砍柴火，篾刨花可以给家人烧饭。

筛子、篮子、筐，是一个家的主要器物，和铁器中的锄头、铲子、刀、锅、斧头，以及木器中的床、桌子、柜子、桶，还有土器中的缸、瓮、钵、坛、罐、碗、盘、杯一样，是一个乡村人的五脏六腑。

一长节竹子，破开两片，是两根扁担。我们用扁担去挑粮食，挑肥，挑油茶籽。提一个篮子，去摘菜，去河边埠头洗衣，去娘家省亲。在座椅子上，喝一碗茶，和邻居扯天谈白。

留下茂密的竹叶，听风声。风哗哗哗地吹着竹叶，鸟躲在竹叶间孵育，打瞌睡。竹叶在深秋，有一部分慢慢变黄，吹落。落下来也没有声音，即使有声音，我们也听不见。我们听见的，是深夜里花斑竹笛声，幽幽咽咽。一夜春雨，春笋再次破土而出。春笋出来的时候，我哑巴表哥会背一个篓子，带满篓的笋来我家。他是我大姨的四儿子，是个哑巴，也是个撇手。表哥来我家玩两天，和我父亲喝喝酒。他高兴了，嘿嘿地笑。我大姨是个命运多舛的人，生了七个儿子，老大老二成年娶妻之后，在同一年为建设变电站出意外死了，留下孤小。四儿子和七儿子，一个智障一个残疾。虽然我们两家离得也不远,但她很少来我家。她的头发,很早就白了。大姨夫走了之后,四表哥每年背笋来,算是一种念想。

春笋到了谷雨之后,新叶便发满全枝。这个时候的新竹,含糖量高,软度强,吸水性好,适合造纸。铅山县是中国毛竹之乡,竹林延绵几十公里。武夷山北麓的山坡,漫山遍野四季青葱。铅山产连史纸,唐代至清末,一直是贵族用品,是印刷书籍最好的纸,寿纸千年,虫不蛀,纸不腐,贵为纸中丝绸。连史纸就是以新竹为原料的,上山砍下来,淋雨、泡浆、团丝、压榨、抄纸、焙纸,七十二道工序环环相扣。

纸是中国四大发明之一,让我们的文明进入快速书写、记录和永久保存时代。纸成为我们的日常所用之物。在纸出现之前,古人把字刻写在竹片上。古人为什么能写那么精炼的文章,也许是因为刻字太麻烦了,尽可能少刻字,就需尽可能精炼。当然这是我打趣的话。简牍刻下了《诗经》、刻下了《论语》、刻下了《道德经》、刻下了《古诗十九首》、刻下了《离骚》……这是我们血液的源头。2012 年,马王堆考古人员发现了孔子遗言《子寿终录》。有学者说,遗言是伪造的。遗言刻写在竹片上,存放在一个皮囊袋子里,裹着猪油和植物防腐剂。来自两千多年前的竹片,是真的。竹片没有腐烂,字迹清晰,可直接辨读。可见,竹虽是禾本植物,但抗氧化能力,比大多数木本植物强大。

字刻写在竹片,相当于把人的生命缩在竹片上,以传后世。士大夫或士子,把竹子视作高贵人格的象征。作为一种植物,形成了士大夫文化，是仅有的。竹与梅、兰、菊，并称“四君子”，与梅、松，并称“岁寒三友”，凌霜傲雪，四季常青。吃货苏东坡在《于潜僧绿筠轩》中说：“可使食无肉，不可居无竹。无肉令人瘦，无竹令人俗。人瘦尚可肥，士俗不可医。”竹让人清雅。元丰五年（1082），是苏东坡被贬谪黄州的第三年，他听说山里有一块田，四周有很多竹林，树也茂密，十分美丽。三月，他和三五友人去山里，途中遇大雨，无处可躲，十分狼狈。他看见雨落竹林，水田里的水珠四溅，想起自己的际遇，竟然开怀大笑。他脱口而出《定风波》：“莫听穿林打叶声，何妨吟啸且徐行。竹杖芒鞋轻胜马，谁怕？一蓑烟雨任平生。　　料峭春风吹酒醒，微冷，山头斜照却相迎。回首向来萧瑟处，归去，也无风雨也无晴。”

周敦颐写《爱莲说》，说莲花“中通外直，不蔓不枝”，“出淤泥而不染”。其实竹子也是这样，竹子随处可长，高高的山崖之上，狭长的阴谷里，房前屋后，河滩边，笋破土而出如惊雷，扶摇直上，叶子翠绿。竹子无论长在什么地方，皆如一袭青衫的书生，洁净儒雅。古代爱隐居的人、性格怪异的艺术家，都喜欢竹林。如“竹林七贤”，如王维，如郑板桥。

栽竹，也成了乡俗。自古以来也是这样，贵族栽竹，士大夫栽竹，士子栽竹，乡人也栽竹。竹给雅士以高洁，给乡人以实利。雅士吟风弄月，乡人打竹器。栽竹要栽一对，方可繁衍“子嗣”。竹有雌雄，竹丫对生为雌，竹丫错生为雄。这是浦城乡人的说法。也可埋竹鞭。竹鞭第二年便可发笋上来。竹鞭韧度大，弹性足，生命力强大。解放前，村子与村子之间常发生斗殴，不带铁器，腰上捆一条竹鞭。竹鞭落在身上，比刀割还痛，但伤皮不伤骨，不至于发生命案。夯土墙的时候，在夯泥里埋竹鞭，上百年也不会倒塌。

其实竹子由地下茎（竹鞭）无性繁殖，在即将枯死或水灾、旱灾、虫害肆虐时，会开花，开花后便会大面积死亡。竹子也是有花植物，待到了一定的年限，竹子开出一束束穗状的花，花如米粒，叫竹米，是珍贵食物。《太平广记》记载："其子粗，颜色红，其味尤馨香。"可以煮来当饭吃。李时珍说："竹米，通神明，轻身益气。"凤凰是传说中的鸟，高贵、神秘，是鸟类图腾中的典型代表。《诗经·大雅·卷阿》中有"凤凰鸣矣，于彼高冈；梧桐生矣，于彼朝阳"的诗句。东汉学者郑玄《毛诗传笺》注曰："凤凰之性，非梧桐不栖，非竹实不食。"竹实就是竹米。竹米就是竹的种子，是竹子繁衍最为传统的方式。

竹子多多地繁衍吧，在每一个院子里，繁衍出一个幽篁来。

幽篁里的人，去了哪儿？我不知道。我只知道梅青师傅这几天正在赶工，给我打十几个鸟窝。我要把鸟窝挂在屋檐下，方便鸟过冬。我不想在我屋檐下过冬的鸟，没有一个窝。

芋艿记

芋艿，土话叫芋头，南天星科植物的地下茎块。三月的南方，雨季刚刚开始，翻耕出来的稻田灌满了水，亮汪汪。家燕衔泥筑巢，唧唧唧唧，在雨中翻飞。从田里翻出芋种，苗种到垦成垄的地里。芋子裹着潮湿的腥泥，青白色芽尖像斑竹刚破土的笋芽。芋种是芋子，一直埋在田里，捂着，捂过了春寒。每一个做种的芋子，都经过了挑选，不破皮不破衣，鸡蛋大，不落泥。芋子在挖上来的时候，在地头选好，埋在田坑，盖上泥沙，剩下的芋头用大箩筐挑回家，一筐芋子一筐芋母，用锄头柄作挑棍，缚紧棕绳打个活结，沿田埂路回家。还有一筐芋子，被两个小孩抬回去。

种芋艿的田，土层厚厚的，乌黑，易灌水。芋种下了地，隔天拉一平板车农家肥来，盖在芋洞上，灌半天的水，水漫了田沟，再把水放干净。

过半个月，芋洞冒出两片绿叶，像小沙弥手上的小蒲扇。叶子渐渐肥大，像一块盾牌，叶柄紫红色，像一把长矛。芋头地，像一个古代士兵的习武场，纵横有序，形成一个方阵。两支叶柄相向而生，新叶从里面分蘖出来，该下肥了。肥是油菜饼，圆团块，酥香结实，裹着稻草衣。把油菜饼放在石臼里，用杵捣碎，舀到箩筐里，拌上水沙和草木灰，挑到芋头田，用一个小碗，舀到芋苗根部，一碗分两株放，手抓一把泥盖上。施了肥，灌水泡三两天。芋叶绿乌乌。雨季最后几天，青蛙跳到了芋叶上，气泡鼓得像个皮球，哇，哇，哇，从傍晚开始叫，直至启明星消隐天际。初夏从蛙声中开始，和清晨的露珠一起，在芋叶上圆溜溜地滚来滚去。

饶北河流域，鲜有种土豆洋葱，喜种番薯芋头。土豆青了皮发了芽，有毒，储存不了，时间久了，浪费大。番薯芋头易储存，即使发芽了，也可以吃。“七月半，打开看”是乡间俚语。到了中元节这一天，各家各户都会提一只竹箕，去芋头地，挖两株，看看芋子有多大了。芋母像个小拳头，芋子像个山鸡蛋，芋子鼓在芋母四周，掰下来，有十几个芋子，足足可以烧两碗。

吃了一餐，还想吃第二餐，可舍不得再挖。芋子还在发育，挖起来吃多可惜啊。就割芋禾秆（叶柄）吃。剥去芋禾秆外皮，切圈状，焯水十几分钟，捞上来，带水炒起来吃。芋禾秆涩味重，焯烂了，才能去涩味。吃芋禾秆要趁热，软绵绵的，柔滑，冷吃像泡沫。芋禾秆吃了两次，便无人下筷子了。

过了中秋，芋头可以天天吃了。芋子如鹅蛋，一个可以烧一蓝边碗。芋子爽滑，溜口。乡间有俚语：“吃芋头汤浇饭，打赤膊担担。”吃起来痛快。芋子好吃,不好刨。芋头有黏液,一刨皮,黏液就会粘在手心上,发痒。痒得钻心,手掌红肿。妇人坐在台阶下矮椅子上,膝盖上盖一条蓝布围裙,右手竖握菜刀,左手的芋子在刀口旋转,芋皮碎碎地落在围裙上。刨完了芋子,抓起围裙,抖落到菜地里。黏液使人皮肤过敏,也有人不过敏,便取笑过敏的人:“吃个芋子,哪有那么难,又不是去挑担。”

也有不刨芋子皮的人,把芋子放在锅里煮,煮到七分熟,捞上来,用手挤压,芋子肉落下来,像母鸡生蛋。煮熟的芋子,切片烧泥鳅,没人不喜欢吃。泥鳅在水沟里,在稻田的入水口,在溪边的草丛里,在水塘的排水口里,用筲箕在草丛里抄,在水洼里抄,要不了半个时辰便有了大半斤。蒸饭的时候,把泥鳅盛在搪瓷缸里,放两片咸肉生姜,和饭一起蒸。饭熟了,泥鳅也熟了。芋子片煮得沸腾冒泡,把泥鳅倒下去,薄荷、红辣椒丝、姜末也一起下去。这是饶北河流域广受欢迎的一道美味。

现在泥鳅少了,近乎绝迹。饶北河被化工硫酸污染,稻田也没泥鳅了。稻田农药化肥的大量使用,使泥鳅难以成活。但使泥鳅绝迹的根本原因,是种一季稻,冬田不翻耕,泥鳅无法孵卵繁殖。桃花开,汛水来,泥鳅孵卵了。而稻田还处于板结期,孵卵期过了,才翻耕。现在吃芋头,免不了感叹一句:“有半斤泥鳅一起下锅就好了。”

在粮食短缺的时代,芋艿也当粮食看待,和番薯一样。大吃芋艿的时候,我揭开锅盖,就害怕。冬季的晚餐,芋头焖饭。小芋子圆圆的,和米一起焖,放盐花。第一餐,用大碗盛起来吃,筷子划得吧吧响。吃了十来天,边吃边流眼泪。母亲说:“有芋头焖饭吃,还不高兴啊,你看看,好多人家连这个都没得吃呢,晚饭都不吃,一天吃两餐,一餐稀一餐干。”村里有饿死的人,是我邻居,叫恒赞。他可是一个好劳力,一担挑两百多斤重生木柴。他得了一种慢性病,躺在床上。他老婆是个眯眯眼,每餐给他吃半碗粥。他饿不住,求老婆多盛一碗。眯眯眼说,干不了活了,吃那么多浪费。每天躺在床上,恒赞就叫:“饿啊,要饿死的。”我母亲听见了,煨两芋头,给他吃。躺了两个多月,他便活活饿死了。身上只剩下一张皮裹着骨头。

雨夜里有偷芋头的人,躲在芋田里,用手扒泥掏芋。雨哗哗哗,淹没了大地。偷芋的人,偷三两株,刚好一大竹篮。不能偷多了,偷多了,种芋头的人家会熬不过粮荒。所以,芋头一般种在自己门口,随时可以看见自己的芋田。芋田翠绿涟涟,夜雨打在芋叶上,声音曼妙,噼噼啪啪。下雨了,我们去学校没有雨伞,又不愿戴斗笠,摘一片芋叶,盖着头上。雨珠滑溜溜地从芋叶上落了下来。学校的操场上,到了雨天,满地都是芋叶。在田里割秋稻,突然来了阵雨,无处躲雨,也会摘芋叶盖在头上。

乡间贫穷的妇人,变换着手艺,烧芋子。芋子整个煮熟,和上番薯粉,一起捣烂,成了泥状,用米筒,碾芋泥。像北方人擀面一样,碾成厚度均匀的皮,切片,做饺子皮。没有肉,以豆干、榨菜碎粒、青菜丝、豆芽作馅,包芋头饺子。有饭吃的时候,芋头饺子当菜,没饭吃的时候,芋头饺子当饭。现在,乡村已经很少有人做芋头饺子了,吃一餐得花半天时间,闲惯了的人,懒得动。

二十年前,市区有一家樟村人开的知青农庄,吃客络绎不绝。吃客念念不忘农庄里的芋头饺子。

芋母粗糙,切丝炒,下粥。吃不完的芋母,切成粗条状,用一个大饭甑蒸,麻白色的芋丝成了褐色。晒席摊开在稻田里,蒸熟芋母丝,晒十几天,收入土瓮里,用自制的豆瓣酱泡一个月,捞出来继续晒。晒干的芋母,炒起来,下粥下饭都很好吃,粉粉脆脆软软。

读初中的时候,有一个高南峰的同学,提一个大土罐,土罐里塞满了酱芋母。那时镇外的学生,都住校,睡通铺。打一碗饭来寝室,打开土罐翻盖,吃家里带来的菜。一土罐酱芋母,足足吃一个月,吃空了,再回去带菜,带来的还是酱芋母。酱芋母,存放多久,也不会变质的。

现在,我们去餐馆,拿过菜单,问:“有芋头牛肉片吗?”似乎只有芋头烧牛肉,才能满足胃口。饶北河不产肉牛,牛都是耕牛。孩提时,哪来的“芋头牛肉片”。烧芋头片,不用碗盛菜,而是用大钵头。一大钵头端上桌,先把泥鳅挑出来吃,吃完了泥鳅,用一个大勺子,把芋头舀到碗里,蹲在门槛上,稀里哗啦,一碗饭下了肚子,大汗淋漓。萝卜下地了,娇嫩的萝卜芽发上来。没有泥鳅吃了,选一把萝卜秧上来,和芋头一起煮。

吃多了芋头,难消化,胃胀气。我现在很少吃芋子了。难消化多好啊,可以经得起饿,在那个年代,人人都这样想。男人去山里挖山垦荒,回家吃一餐午饭,来回得两个多小时,累人。用一个布袋,装十几个芋头,带一罐剁椒,进山了。一边挖山一边煨芋子。把挖出来的灌木根、草根烧火，芋子焐在火堆里。日头中天，把芋子从火堆里扒出来，几个挖山的人，坐在溪边吃，剁椒下煨芋子。少时，我喜欢烧灶膛。母亲烧菜，我添柴火。我扔两个芋子在灶膛里，菜烧好了，芋子也熟了。中午上学，把煨芋子藏在书包里，用一张草纸包着，在学校吃。

在春秋时期，芋头作为朴素的粮食和菜蔬，已经出现在餐桌上了。司马迁写在《史记·货殖列传》中写蜀中卓家："吾闻汶山之下，沃野，下有蹲鸱，至死不饥。"蹲鸱便是芋头。大芋因状如蹲伏的鸱，故称蹲鸱。鸱，鸟也，比鹰略小。少年时，读清代文学家周容《芋老人传》，言近意远，大多数人记得的是"时位之移人也"的警世恒言。我记得的是慈溪祝家渡老人家中，衣湿袖单的书生吃芋头的情景：老人略知书，与语久，命妪煮芋以进；尽一器，再进。一个饿久了的人，吃东西快，胡吞乱咽，很容易噎着，吃芋头则不会，溜滑、香甜，胀胃，吃撑了也不要紧。

铅山县紫溪镇，是中国有名的芋乡，芋芽如石榴花，红艳透明亮泽，名红芽芋，芋烂柔滑。我去过几次紫溪，整个山中盆地，芋叶翠绿如海。在南方，喜爱吃芋子的人还是多数。芋子不但是一种食物，还是一种久远年代的成长记忆。司马迁是个多么伟大的人，目光如炬，两千多年前就说过"沃野，下有蹲鸱，至死不饥"这句话，几乎道出了我们两千多年来的生存史。我们没有理由不乐观地去生活——只要芋头还在田里。

秋天去采野浆果

秋天，山冈尽染，茅草黄了，枫叶红了，野浆果熟了。幽深的山垄里，鱼脊一样的山梁两边，草垛一样的山尖上，野浆果黄的红的紫的，大地成了丰富的果盘。带一把剪刀，提一个竹篮，去山里采摘野浆果吧。

上了山梁，远远看见岩石下爬满了粗藤，青麻色的藤蔓，霜后的叶子如夏布，藤上挂着鸡蛋大的浆果。浆果外皮绿褐色，有一层浓密的白毛。这就是阳桃。

深山有猕猴，喜欢吃，又叫猕猴桃。它像梨，长在弯弯扭扭的藤上，也叫藤梨。浆果毛色细密，像狐狸的皮毛，又叫狐狸桃。太平山猕猴桃多，山峦上爬满了藤。霜降之后，砍柴歇完脚，脱下上衣，包一大包猕猴桃回家。红薯挖完了，藤梨也被采摘得差不多了。这个时候，我二哥背一个扁篓，捆一把柴刀上山，摘藤梨。我母亲取笑说："别人捡光了，你再上山，还不如去洗炭。"

“这个时候的藤梨,那才叫甜呢。茅屋坪有一块藤梨山,别人不知道,在青柴林窝里,谁会进去啊。”每次上山,他跟猴子一样,都能找到,摘一扁篓回来。霜后的藤梨,香甜多汁,吃的时候,不需要牙齿,用手捏捏,软软的,挤压一下,果肉落在嘴巴里,抿两下,没了。果肉黄黄的,流着汁液,黑色的籽像芝麻。

八角塘菜市场,每年霜降前都有一个来自五府山的妇人,拎着蛇纹袋卖猕猴桃。她坐在路口的角落,叫卖道:“五府山的藤梨,五府山的藤梨。”五府山是上饶县南部最高山,一山望五府,是福建和江西的界山。这里产的猕猴桃,是上饶最好的猕猴桃,个小,汁液充足,甜如蜜。买的人问:“会不会是自己种的啊?”卖的人答:“山上多得摘不完,谁那么傻种这个啊。你也可以去摘啊。”我买一次,至少二十斤,也不挑选,拎一蛇纹袋。我女儿喜欢吃。买回来我倒在圆筛上,软的放一筛,硬的放一筛。硬的猕猴桃,过一个星期也会变软。小时候储藏猕猴桃,是用米糠盖起来的。又青又硬的猕猴桃,米糠盖半个月,会散发一种酒香。

怀玉山的猕猴桃,也是非常好的。可怀玉山离市区太远,不会有人摘来卖。2008 年深秋,在怀玉山开笔会,我见一个当地青年吃猕猴桃,便说:“明天你帮我摘半天猕猴桃,卖给我怎么样。”青年笑起来,说上山不一定摘得到,要碰运气。我说:“我给你 120 块钱工钱,摘半天,摘不到也给你钱。”第二天早上九点来钟,青年来到旅馆,提了两大麻袋,说:“就摘了这么多,再摘我也挑不动了。”我说,够了,足够了,是我有口福,运气好。我也提不动,分给几个文友一起吃。

猕猴桃除含有猕猴桃碱、蛋白水解酶、单宁果胶和糖类等有机物，以及钙、钾、硒、锌等微量元素和人体所需的17种氨基酸外，还含有丰富的维生素C、葡萄酸、果糖、柠檬酸、苹果酸，营养十分丰富。现在，南方大面积种植，尤其以浙江江山红心猕猴桃最为闻名。种植的猕猴桃，不如野生猕猴桃口感好，野生的甜中略酸，汁液饱满。

在猕猴桃生长的高山上，也生长着一种落叶木质藤本植物，掌状复叶，簇生短枝，夏季开紫色的花，仲秋结浆果。浆果看起来像杧果，肉质像柿子，瓜籽像西瓜籽。浆果个大，挂在藤上，像晃荡的牛卵泡。乡人叫它牛卵。未熟时，青白色，和冬瓜的颜色差不多，我们也叫它毛冬瓜。到了八月，瓜会炸裂，露出肉瓤。我们站在藤下，不用摘下来，用一个竹片，把肉瓤扒进嘴巴吃。我们就叫它八月炸。我一直不知道，这种植物学名是什么。我们要么叫牛卵要么叫毛冬瓜。上山摘野浆果，背一个大扁篓，可以吃的，都放在扁篓里。昨天，我请教诗人津渡先生，先生答："五叶木通。"

木通可是好东西，止渴，下气，通十二经脉。

山楂常见。和山楂一起生长的，有一种带钩刺的攀缘植物，它的果实个小，花生的形状，通红，汁液可视，似乎随时会破皮流溢而出。我们叫它羊咪咪。咪咪就是奶水的意思。山楂熟了，羊咪咪也熟了。我们带玻璃罐去采摘，用剪刀剪，一粒粒，储存在玻璃罐里。回到家里，从柜子里翻出冰糖，和羊咪咪一起封存起来。过了一个星期，羊咪咪和糖水混合在一起，妍红色，酸酸甜甜有淡淡的酒香。在没有饮料的乡村童年,这是最好的饮料了。

羊咪咪是胡颓子科植物蜜花胡颓子的成熟果实。羊咪咪学名叫羊奶果,型小,通体透红。

羊咪咪色泽鲜艳,光洁如肌,色诱人津。与之形成巨大差异的浆果是拐枣,麻色,扭曲的果形(像僵硬的手指),有许多黑斑麻斑,呈“卍”形,看起来,像煮熟了的鸡爪,因此也叫鸡爪梨。我小孩时吃过一次鸡爪梨。我有一个舅公(我奶奶的弟弟),他女儿嫁到桐西坑一个叫火烧板的山尖。我这个表姑来我家借谷子吃,带了半箩筐的鸡爪梨来。第一次见这个东西,表姑塞给我吃,我不要。我不喜欢它的颜色和外形,像蹩脚的泥瓦匠捏出来的,和干核桃肉差不多。母亲说,这个吃了好,可以去瘀滞。我吃了两爪,不想吃了。口感不好,绵实,糙糙的。

隔了很多年,我去大碑村一个同学家玩,他家后面有一棵拐枣树,挂满了果。同学摘来吃,我不吃。同学说,越吃越好吃。他说,很多东西都这样,有的东西,起先好吃,可越吃越难吃,吃得人受不了;有的东西,起先难吃,可越吃越好吃。鸡爪梨就是越吃越好吃的。

鸡爪梨是鼠李科枳椇属植物,落叶阔叶高大乔木。摘鸡爪梨用竹竿,竹竿头上剥裂,裂竹的竹节用一根硬木枝撑开。摘鸡爪梨的时候,用竹竿爪片,把鸡爪梨拧下来。摘鸡爪梨,也叫拧梨。枳椇是名贵树种,并不常见。在深山会有。秋熟,去摘鸡爪梨,挑箩筐去,翻山越岭,找到一棵,采摘半天,挑一担回家。

最常见的野果，营养价值最高的野果，最没人要的野果，非野刺梨莫属了。在山边，在溪涧边，在田埂上，在菜地边，蔷薇花可以生长的地方就会有野刺梨。野刺梨是蔷薇科落叶灌木果实。野蔷薇的生命力比杂草还强。在溪涧边，野蔷薇会盖住芭茅，盖住灌木和葛藤。四月，无休止地开花，一阵又一阵。到了深秋，果实金黄，却有细密的钩状皮刺，手无法接近，因此也无人采摘。

野刺梨富含维生素 C，是苹果和梨的 500 倍，是柑橘的 100 倍，是猕猴桃的 9 倍，它还富含维生素 B_1、B_2、E、K_1 等及 16 种微量元素，比酸枣高 46 倍，总黄酮含量比银杏高 2.4 倍，是“长寿防癌”的绿色珍果，是名副其实的浆果皇后。野刺梨有另一个更贴切的名字，叫糖恩刺。我没有引用任何资料，而是来自记忆。我有一个老乡，二十年前在上饶县城，建了一个饮料厂。我们十分相熟。我去玩，他给我饮料喝。我问是什么饮料，蜜汁一样的，太甜了，是不是添加了很多糖。老乡说，绝无添加糖和其他任何化学添加剂，是纯果汁饮料。我怎么喝，也不知道是什么浆果榨出来的。他说，是我们家乡常见的糖恩刺。我问糖恩刺怎么可以吃呢？老人都是摘下来晒干，泡酒的。老乡说它是目前地球上发现的营养价值最高的浆果。

还有一种常见又常吃的野浆果，叫乌饭果，是乌饭树所结的果实，颗粒状，看起来像黑仁丹。乌饭树又名南烛，古称染菽，属于杜鹃花科常绿灌木，多生长在贫瘠的山坡上、山道边，木质坚硬却生脆，树枝多刺。砍茅草，手撩过去，硬硬的，一看原来是砍到乌饭树了。放下刀,把乌饭果摘下来,吃了。吃了两棵树的乌饭果,嘴巴乌黑乌黑的,舌头开始发涩。

地稔、山楂、野柿、野葡萄、覆盆子、油茶桃,我在几年前已讲述过了。

我现在得去深山采咪咪酸了。咪咪酸,就是奶酸。吃起来,有酸奶味。酸奶味,我家安安最喜欢了,可惜他没见过咪咪酸。咪咪酸学名叫南五味子。这也是我昨晚求教诗人津渡先生知道的。果粒结在一起成一个圆果串,像剥开的石榴。剥一粒下来吃,酸酸的,淡淡的酸,越吃越止不住,直到吃撑了。

说到南五味子,很多人会哦一声,似乎在说,那个东西太好了,真是太难吃上了。南五味子是"解毒王",解肝脏毒,解感染性疾病毒。南五味子属于木兰科藤本植物,我们去砍柴,杂木一根根,怎么捆起来挑回家呢?找一根藤。什么藤最结实?黄荆皮。黄荆皮又粗又有弹性,柔软,捆柴多好。黄荆皮就是南五味子。

秋天,应该让孩子到山野中去看看那些野果。大地在秋天显得格外朴实、丰厚。秋天的大自然给孩子的启迪,比书本更长远和深刻。我们会看到野浆果,从青涩到红熟,从酸到甜,给自然以醇厚的回赠。趁秋日正盛,阳光和煦,我们也去远处的山野走走。各种野浆果挂在藤上,缀满枝头,多么诱人,我们可以提着篮子去采摘。浆果是植物长出来的星宿。

自带水井的树

“看到在台风中狂舞的椰子树，我知道，大地上美好的事物会永生。”马哲一边说，一边娴熟地切椰子，剜一个圆口，倒出椰汁，用一个勺子把白白的椰肉掏出来。他把椰肉端给我，说，椰肉不会有任何杂质，它的白是纯白，世界上没有比椰肉更白的东西了，一种伟大的白。马哲穿对襟无领的黑底红边黄竖条纹的上衣，无纽无扣，一条布带束腰，脸黝黑。我说，看样子你的生命在这片大地上浸透得很深。他笑了起来，说吃完椰子去转转，晚上在山上住。马哲是我上饶老家人，十几年了，还是第一次见。村子里在广州、深圳、杭州、厦门等城市工作、谋生、安居的人比较多，来海南的，马哲是第一个。马哲张开嘴巴，把一团椰肉满满地塞进去。

院子比较大，用一个竹篱笆围着。院子里种了很多花，有的像鸟，有的像绣球，有的像铃铛，只可惜，我辨识的花很有限。这是一个偏远的村子，离老城镇还有十几里路。村子不大，只有十几户人家。矮矮的山冈，以浪花的形状在大地上存在。高高的椰子树，在山坡上看起来像一座喷泉。溪流墨绿色，绸带一般在山峦之间飘荡。马哲抱起一个椰子，说，我带你去看一个地方，会有惊喜的。我说，你可别带我看山啊，来海南可得多看海。他说，不懂海南的山哪理解得了海南的海呢？我们戴着草帽，往一个山坳走。山并不高，地势舒缓，平卧。马哲说，这是儒万山，是他的神山。他边走边抱着椰子吸椰汁。徒步一个多小时后，在一片向阳的山坡上，我驻足不前了。我完全惊呆了。斜斜的坡面，被垦出一块块长条形的平地，梯次的，像一块巨大的波斯手织地毯——每一块平地上，都种植了不同的花卉。马哲看着我诧异的神情，笑了，说："这是我的花卉基地，我在这里已经种了八年了。"正说话间，从金字屋里走出一个三十来岁的女人，头系红蓝相间的头巾，穿蓝色圆领贯头衣，袖口绣着白色红边花纹，下摆有金线绣的花纹，下身穿一条五彩斑斓的花筒裙。女人笑盈盈地走了过来，像一只孔雀。"我老家来的贵客，晚上要好好准备几个菜，你也请几个人来陪一陪贵客。"马哲对她说。马哲侧身又给我介绍："这是我爱人，叫洪拜燕。"

顾不上进屋喝茶，我便往花圃深处走。我估摸了一下，花圃足足有四百余亩地，花卉品种繁多，琳琅满目。花卉有草本、藤本、木本。花圃里有腊肠树、热带樱花、樱花三角梅、重瓣三角梅、紫藤、野牡丹、圆叶轴榈、瓷玫瑰、红花天堂鸟、藤本月季、树桩月季、水仙、龙船花、马蹄莲、使君子、旅人蕉、金嘴蝎尾蕉……

有些花卉,我从没见过,真是惭愧。我问马哲:“你来海南有十几年了吧?你怎么想到来天之涯扎根呢?”马哲拍拍手上的椰子,椰子嘣嘣嘣响。他孩子般天真地笑起来,说,都是因为椰子的缘故。

“椰子?”我有些好奇。

“我大学实习,被安排在海口一家医药公司。海南炎热,椰汁解暑气,一天喝三五个,喝了三个月,我再也离不开椰子了。抱着圆椰子喝椰汁,多痛快,踏实,有分量,有温润的手感。我喜欢椰子淡淡甘洌的味道,散发着青涩。哪种果实可以代替椰子呢?都代替不了。因为爱喝椰汁,我留了下来。”马哲望望路边的椰树,说,“人和树一样,在一个地方站久了,脚板会长出根须。”

在花圃走了一圈,夕阳已经下山。金字屋在花圃的最高处,一条山涧在灌木丛里叮叮当当地响。金字屋两层,圆形,木质的柱子,竹篾片的隔墙,用椰树叶编织的席片压屋顶。我是第一次进入这样的当地民居。一楼是客厅、饭厅和一个厨房。屋边是八棵高大的椰子树。人坐在屋子里,甚是凉爽。洪拜燕请来的五个朋友也到了,三个花工也收拾完了手头的事,便坐在一起吃晚餐。马哲打开一个大木柜,对我说:“你喝什么酒?”我说,我从来不喝酒,酒下喉咙人倒地,酒比蛇毒还厉害。马哲执意请我喝,说:“晚上还有好节目呢!没有酒,节目出不了彩。”我一脸狐疑地笑着说:“我不喝的话,央视晚上得停播啊。”我看看酒柜,说,椰子窖酒吧。我摇摇椰子形状的酒瓶,说,椰子还可以酿

运往全国各地。他和马哲也认识三年了，在一次喝酒的时候，他对马哲说："有一种木，叫轻木，是热带乔木，浮力很大，隔热隔音，木质色泽素美，帆船、桥梁、木塔、玩具、仿真雕塑、家具，都广泛使用轻木。轻木生长期短，五年即可成材，在海南种植有非常好的前途。"马哲是个有心人，做了很多功课。林业专家和身边的朋友都十分赞同他放手去干。马哲辞去了工作，在老城镇的乡下选了六百亩地，大面积种轻木。树长了五年，亭亭如盖。他每天都在树林里施肥除草，抱抱这棵树拍拍那棵树。没想到，那年台风带来的雨季特别长，暴雨如注，倾泻如流，持续了一个星期。地势低洼，形成了积水，无法排出，过了一个月，树日渐焦黄，烂根而死。望着一日比一日焦枯的树，他陷入了绝望。那五年，他成了地地道道的农民，守候着伺候着这片树林，身子晒得河石一样，他的女朋友不堪忍受他花太多的时间种树，离他而去。一场连绵暴雨，让他两手空空。他像游魂，在枯死的树木之间来来回回地游荡。有时他坐在树下坐一整天。有时坐到深夜才起身回工地搭建的草房里。

无所事事的一年。失魂落魄的一年。大部分的下午，他骑一辆摩托车，来到马村港的海边。大海惊心动魄的吼叫，让他宁静下来。大海的安静，淘洗了他的内心。他迷茫，他不甘。又一次台风来袭，他站在暴雨里，让雨的箭镞射进他的肉身，他仰天低吼。椰树在狂风中像一群演傩戏的人，在疯狂地舞蹈。他从来没有认真地、仔细地观察过椰树。在海岛，椰树是那么普通的树，高高的棕栗色枝干，婆娑的椰叶，随处可见。街道上，公园里，房前屋后，溪流边，低矮的山冈上，海岸边，菜地的角落里，椰树纹丝不动地伫立，和樟树、竹子簇拥在一起，放眼而去，宛如咆哮而静默的大海。他走到椰树下，紧紧地抱住了它，瞬间泪流满面。椰树斜斜地弯曲着身子。椰树枝发出海浪一样雄伟的呼呼声。椰树仿佛要被台风拦腰折断，又像要被连根拔起。椰树翻卷的树叶，像奔腾的瀑布。马哲被震撼了。椰树在匍地飞翔。椰树舞蹈着，它的身姿，就是飓风的身姿。它是大海上乘风破浪的帆船。狂风赋予了椰树灵魂，椰树给狂风塑像。

回到满目伤痛的林地，马哲在房间里一个人独坐了三天。他上街买了一身衣服，理了头发，在老城镇四周的山上转来转去，在寻找什么。他常在镇上一个临街的早餐厅吃早饭。他喜欢吃鸡屎藤粑仔。在这里，他认识了洪拜燕。洪拜燕从海南大学农学院毕业，在澄迈县城一家园林公司上班，双休日常常帮她妈卖早点。他们很快恋爱了。他们选了儒万山一个向阳的坡地，种植花卉。花卉的品种也是精心挑选的。马哲买来拖拉机，自己耕地，打地垄，盖房子。洪拜燕育种，选苗，浇水。挖一条引水渠，把山坳溪涧的水引了过来，注入蓄水池。他们舍不得雇人，起早摸黑地干活，除草，拉泥，施肥。但他们是幸福的人。晚上休息了，他们坐在檐廊下，喝一碗老爸茶，听着椰风，说永远也说不完的话。椰风透着花香，像山泉一样舒爽。

说起这些往事，马哲容光焕发。月色如海，也如喜马拉雅山积雪的反光。椰树发出纯银的声响，唧唧唧唧。美妙的椰风，在暗夜静静吹拂。

这个夜晚，在二楼的卧房，我怎么也无法入睡。月光照进窗户，在地上投下霜色的花纹。窗外的椰树在轻轻摇曳。在海南，每一个人的生命，都与椰树有关，每一棵椰树都与远方有关。有一年，我去潭门镇码头，见出海打鱼回来的人，走下渔船的第一件事，便是抱着椰子吸起来，吸完了，用手掏里面的肉瓤吃。据说，他们出海，船舱里除了粮食、蔬菜、清水、白酒，储存最多的就是椰子。以前，我不理解为什么船舱里要储存椰子，现在我明白。椰子不仅仅可以提供饮用水，还提供丰富的营养，更是他们对故乡的记忆、留恋、挂碍和挚爱——对于远航的人，椰子是故乡的浓缩体。椰树上挂着的椰子，就像一口口水井，在故土安身的人，从井中取水，滋养生命，离开故土的人，则把水井背在身上，饮水思源。

蚂蚁比人早吃瓜

黄瓜是最早上地头的瓜了。黄瓜白白胖胖，圆圆滚滚，棒槌一样挂在瓜架上。黄瓜也叫胡瓜、青瓜，分白皮瓜和青皮瓜。青皮瓜白口吃有青涩味，不如白皮瓜甘甜。乡人多种白皮瓜，虽然青皮瓜产量更高。

豌豆下了田头，藤蔓萎谢。黄瓜熟了。瓜刨从瓜头拉下来，一条薄薄的瓜皮，凉粉皮一样落下来。正好口渴，刨皮的人，仰起头让瓜皮溜进嘴巴。瓜皮脆，水分足，味甜，解渴。一条黄瓜刨八条皮，玉白的瓜肉看起来，让人全身凉爽。把瓜肉切开，内里是一层糊状肉瓤，淡黄色瓜籽穿缀在瓤丝里。瓜籽还没金黄，浆水饱满欲崩，用一个小勺子，把肉瓤挖出来，一勺一勺地吃。瓜中最甜的浆水，在肉瓤。瓜籽金黄了，挖出来做种。棕皮是棕树的外衣，每年割四次，割下的棕皮缲蓑衣，打棕垫，余下的棕皮钉在墙上。挖出来的瓜籽，撒在棕皮上，风日日吹，阴干。打黄瓜秧了，拿一张棕皮去田里，把瓜籽搓在松土上，盖一层细泥。

其他几种瓜类，也是这样留种的。冬瓜、甜瓜、西瓜、米冬瓜、南瓜、丝瓜，连瓤带籽，一起糊在棕皮上。杂货间土墙上，十几片棕皮，各有白的黄的瓜籽，墙像一片暂时酣睡的田野。

吃黄瓜，一般是白口吃，或白糖凉拌吃，或蘸酱吃，要不就是清炒，放几片紫苏。黄瓜清炒，要切得薄，均匀，火旺锅热，瓜片在锅里会噗噗噗地冒泡。白瓜肉软绵，入口柔滑。一盘炒黄瓜吃完，最后把汤一饮而尽，五脏通透。黄瓜还是煮鱼的上佳佐料。煮草鱼、鲤鱼、鲶鱼、黄颡鱼，去腥后，厚片黄瓜下锅，煮半小时，鲜美，味足。

在路边的地头，在河堤的空地，在山边的向阳处，都是种黄瓜的好地方，栽三五株，搭一个瓜架，农家肥捂在瓜根边。黄瓜长得快，一天一个样，日粗日长，瓜从花蒂开始长，长熟了，瓜头上的花才凋谢。去学堂上学，书包里揣着黄瓜；傍晚去游泳，手上拿着黄瓜；砍柴回来的路上休息，坐在溪涧边啃一根。

既是菜蔬，又是水果。黄瓜家家户户种得多。我三姑是个小学教员，不太会种菜。我祖母很疼这个小女。黄瓜开吃了，摘一大提篮，交给我送去。走三里的田埂路，到了三姑家，见我提一篮子的黄瓜，说可以酱黄瓜吃。酱黄瓜，不刨皮，切圆圈，用酸醋泡在大玻璃罐里，隔一个星期，三姑带一瓶酱黄瓜来看她老娘。

开吃黄瓜十来天，甜瓜也出来了。甜瓜藤伏地而生，一块地绿茵茵的。甜瓜下，铺一把茅草。甜瓜不能沾泥而生，不然，甜瓜不但不甜，还有水湿味，吃起来像水泡的萝卜。甜瓜皮白，个圆，一只手刚好握一个吃，不用切，握起来吃。

种甜瓜的人，并不多。甜瓜是水果，不当粮不当菜，谁舍得那么多地去种甜瓜呢？种瓜人，在瓜地搭一个茅棚，夜里守瓜。茅棚呈尖塔状，里面铺一张竹床。我有一个邻居，种了好几亩甜瓜，在溪头。我也和他儿子去守过几次瓜。他儿子叫宜春。瓜田里，夜里会有人来偷瓜吃，也有刺猬来吃瓜。茅棚里，有一根铁棍，用来防身的。我跟去守瓜，是为了吃瓜。

初夏的明月，像一张锡箔。稻子已灌满了浆，稻穗低低地垂落招展，在夜风里，唰啦唰啦轻响。饶北河泛起白光。苍穹无边，星光如细雨。我们坐在竹床上吃瓜，连皮一起吃。宜春说："瓜皮也要吃，不然我爹知道我们吃了多少瓜。"摘瓜也不在茅棚边摘，去瓜地的边界摘，东边摘一个，西边摘一个。守过几次瓜地，并没遇上偷瓜的人，或许下半夜，睡得昏昏沉沉，来了偷瓜人，我们不知道。可刺猬来过。我们正在吃瓜，听到田里有窸窸窣窣的声音，我们以为有人躲在瓜地吃瓜，看看四周，朗朗瓜地无人，便大吼一声："谁在瓜地里啊？"我们有些害怕，怕遇上了偷瓜的人。手上的铁棍捏出汗，用力握着，准备随时抡在偷瓜人的腰腿上。一只刺猬蹲在田沟里，缩着身子，露出细尖的白牙，在啃食瓜。宜春三步并作两步跑过去，抡起铁棍，狠狠地敲下去。刺猬缩成一个圆球，滚出田沟，滚下河边斜坡的草丛里，不见了。

宜春早早就退学了，拉一个板车，在镇里卖瓜。想想，已经十几年没见过他了，听说他孙子两年前落地，他还在浙江打工。

甜瓜白皮白瓜肉，肉瓤淡黄、甜腻。

还有一种瓜，叫米冬瓜，也叫黄金瓜，又叫十棱黄金瓜，学名叫伊丽莎白厚皮甜瓜。瓜形直筒状，瓜皮颜色是深黄纯白相间，竖条纹，白瓜肉，肉瓤浅黄色，瓜籽比冬瓜籽略小。一年生藤蔓植物，伏地而生。可炒食，可生吃，是亦蔬亦果的瓜。端午后瓜熟。切片炒起来吃，我不喜欢，太甜。

米冬瓜还可以当外敷药。身上生疖子，把瓜片贴在疖子上，消肿。孩子生痱子，用瓜片来回擦洗，痱子脱壳。父亲年年种，种一大块地。母亲喜欢吃晒干的瓜圈。母亲把米冬瓜切成一圈圈，用一个竹竿穿起来，搁在竹杈上晒。肥肥的一圈，晒半个月，水分全干了，瓜圈缩成一个小圆箍，像个皮手镯。到了菜荒，从土瓮里把干瓜圈拿出来，和咸肉一起蒸。咸肉不咸，瓜肉不甜。瓜肉吃起来有劲道，下饭。

丝瓜，在饶北河流域，叫天萝，是夏季餐桌的必备菜。通常的吃法是切块炒或切丝炒。刨下来的天萝皮，和青椒一起剁碎，放豆豉，油锅热炒，是下早餐粥的好菜。还有一种烧法，是信江流域特有的。千层糕，也叫灰碱粿，米浆舀在蒸笼里蒸熟的。切千层糕不用刀，用麻线。麻线一头用牙齿咬紧，另一头勒紧千层糕，拉过来，糕落在砧板上。千层糕黏性强，刀切下去，两面粘满糕泥，第二刀便切不下去了。麻线细，粘不了糕泥，线成了刀。切丝的天萝和小块的千层糕一起煮，既可当菜又可当主食。

西瓜，可以说是瓜中肥胖症患者。一个大西瓜十几斤重，抱在手上很沉。村里不产西瓜。沙地适合种西瓜,又甜又脆。对岸有一个村子,叫洲村。洲村有沙地。沙地有上百亩。我们去对岸偷瓜吃。中午,我们去河里游泳,赤身裸体戏水。一个人上了对岸的河堤,像个侦察兵,戴着柳丝编织的帽子,匍匐在草皮上。瓜地有人看守,瓜棚搭得高高的,像个瞭望塔。守瓜的人,一般是两个人轮岗,一个巡逻一个站在瓜棚四处张望。巡逻的人要吃饭,张望的人要瞌睡。探路的人,见瓜地无人,向我们挥手,像急切地说:"快来吧,快来吧,没人了。"我们钻进瓜地里,抱一个瓜,拼命往河里跑。去了五个偷瓜的,回来了四个,我们急得跺脚,又不敢叫又不敢返路回去找。我们躲在芦苇里,浑身打抖,看对岸的河堤有没有人跑下来。我们心想,完了,肯定被抓住了,说不定正在瓜棚里挨棕绳鞭打呢。棕绳打在身上,火辣辣地痛,上床也躺不下。我们正提心吊胆的时候,河堤跑下了一个人,手抱一个大西瓜,飞奔而下,跳进了河里。后面追瓜的人大喊大叫:"有人偷瓜了,抓住了,狠狠打。"我们听了惊恐万分。人进了河,追瓜的人不再追了。两村以河为界,追偷吃的人,不过界。这是千百年来的规矩。对岸的人,来我村里偷狗,全村人去追。偷狗的人跳进了河里,也不再追了。进了河,我们就欢呼:"吃瓜喽,吃大西瓜喽。"气得追瓜人跳脚板。我们先吃红瓤,吃完了,啃白心,啃出一片青皮壳,扔在猪圈里喂猪。

在山边的菜地,种很多南瓜。南瓜藤攀缘在山边的油茶树上,省得搭瓜架。油茶树上,便挂满了南瓜,像巨型的铃铛。南瓜从小碗青开吃,吃到皮黄肉红。可怎么也吃不完,便把摘下来的老南瓜存放起来。老南瓜上百个，占地面，哪有那么多地面让给南瓜呢？床底下，便摆满了南瓜。南瓜做干粮菜。南瓜切大块，蒸熟、捣烂，和上蒸熟的糯米粉、豆豉、食盐、红剁椒、陈皮粉，用少量熟油和酱搅拌，搓圆团，放在团席上晒，晒十几天，收入瓮中。这是上饶地道的南瓜粿，也是上饶著名特产。辛辣、微甜、偏咸。蒸熟的南瓜，也可以不捣烂，和上熟糯米粉、豆豉、食盐、红剁椒、陈皮粉，一片片晒，叫南瓜干。南瓜粿和南瓜干，是下粥菜。看电视，嘴巴没味，嚼一片南瓜干，嚼了一片忍不住又嚼第二片，罢不了手。

冬瓜切块红烧，切片炒，切块煮骨头汤，谁都知道。我们还刨片，挂在竹竿上晒，一片片，挂在一起，越晒越白，越晒越薄，像纱布条。这是炖咸肉的好菜啊，和干萝卜丝炖咸肉一样。喝酒的人把咸肉拨开，整筷子把冬瓜片叉进嘴巴里。

这些瓜，都是葫芦科一年生蔓生或架生草本植物。苦瓜也是。但在我们的意识里，从来不把苦瓜当瓜，它只是叫瓜的蔬菜。谁叫它味道苦呢。虽然它也有打动人的雅名，叫凉瓜。

瓜熟蒂落。瓜没熟，糖分还藏在厚厚的瓜皮里，我们吃起来还是青涩的，蚂蚁就在瓜上忙乎乎地爬来爬去，寻找缝隙，或者黏在瓜皮分泌出来的水上，贪婪地舔舐。

我们吃的每一个瓜，都是蚂蚁先吃了的。

隐秘的法则

茫茫大地间,有一种隐秘的力量,安排着万事万物,安排着生死,不可改变。一棵树晒多少年阳光,一棵草吸多少露水,一朵花吐多久芬芳,都是有定数的。在哪儿活,在哪儿死,不容选择。在南方,有几种植物,活得特别艰难,却葱茏多姿。这也是一种命运吧,多舛绚烂。

入夏,齿苋常被我们拔起来当野菜吃。菜地有地沟,方便人走路和劳动,也可以排水。齿苋便长在地沟里。菜地一般种辣椒、茄子、番茄,地面上铺干草或干地衣,既防止水分流失又遮盖杂草疯长。辣椒抽节发枝了,齿苋从干草里冒出来,一支细细麻花辫一样的幼茎,小圆叶像帽子,看起来,娇嫩又羞赧。种菜人浇水的时候,看见齿苋,顺手拔起来,扔在地沟。

地沟干硬,颗粒碎石和泥巴被人踩得结结实实。辣椒开花了,齿苋却肥肥地扎下了根。齿苋伏地而生,圆柱状的茎,棕红色，叶互生。摘辣椒的人，看见脚下一蓬蓬的齿苋，拔两把，放进菜篮里。

齿苋是菜地里最常见的野菜，大叶如马齿，叫马齿苋；小叶如鼠齿，叫鼠齿苋。齿苋是苋的一种。暮秋，辣椒、番茄、茄子都已经完全枯死，花麻秆一样当了柴火，齿苋这时从干涩的枝节上开花，花白色，或红色，或粉色，或黄色，或杂色，开起来像个圆杯子，也是菜地唯一可见的花色了。

叶青，梗赤，花黄，根白，子黑，一株草不但历经四季，还五色分明。寒风已至，草籽随风而散，落在草堆上，落在稻田里，落在岩石上。在岩石上也会扎根，在岩水滴落处，有青黄色的苔藓，苔藓上，齿苋摇曳而生，根须如吸盘，茎蔓延之处，根须也蔓延，整块岩石要不了两年，绿茵茵一片。

山上多油茶树。油茶树是不落叶灌木，硬木质，十年也长不了手腕粗。老油茶树根裹着厚厚的地衣，黝青色，像一幅古旧的写意画。齿苋长在树根地衣里，包裹着树，淡黄的叶子，似乎显得营养不良，像个缺衣少食的孩子，让人萌生怜爱。

牛筋草，是杂草中的杂草，相当于“败类中的败类”，种菜的人讨厌死了它。锄头铲不死它，它的根须抓泥有力，锄头铲不了，用手指把它根须抠上来，随手一扔，落在地上。入伏的太阳像一堆炭火，烤着大地，烤得人身冒油。大地像个油锅。过了半个月，拔上来的草，草叶枯黄，茎焦黄，来往的路人，把它踩得干瘪。它死得无声无息，成了草的尸体。南方多阵雨，傍晚从山边游弋而来，密密麻麻的雨点，当当作响。第二天，死了的牛筋草，又舒舒坦坦地活了过来，枯黄的叶子发青。

菜地是大菜地，可以种上百斤豆子呢。铲地的人，挖个坑，把牛筋草堆在一起，用土盖起来，葬了它，让它永世不得翻身。其他草会在泥里腐烂，成了肥料。可牛筋草的根须伸出了泥土，蔓延到坑外，又长出了草。铲地的人，把挖出的牛筋草，捏在手上，敲打锄头柄，拍落根须里的泥渣，细细长长的根须像老人的长白胡须，把草堆在一起，架上干树枝，用火烧，草冒烟，青白色，飘来飘去，喝一碗茶的工夫，草成了草木灰。草木灰是草的骨灰。死灰不可能复燃。在火升腾的时候，草籽被上升的气流送入风中，随风飘荡，又落地生根，来年青青翠翠。

牛筋草也叫千千踏。一千人来来回回踩踏它，它也不会死。石板路上长出来的是牛筋草，水泥路缝隙里长出来的是牛筋草，墙缝里长出来的是牛筋草。能落一粒种子的地方，便可以长出牛筋草。牛筋草在霜降后开花，一支茎上开四束或五束，一束花上有上千粒花籽，像芝麻粘在裹着糖浆的筷子上。一束就是一穗，随风四散。

牛也不愿意吃它。牛宁愿吃干稻草，吃枯玉米秆，吃干芦苇，吃干豆壳。牛筋草是禾本科植物，粗纤维，韧性大，和席草差不多。牛的胃，是百叶胃，什么植物纤维都可以消化，牛筋草被吃进牛胃里，成了拦河坝的木桩。捉鱼，或钓青蛙的时候，牛筋草成了我们手上的麻线。鱼是河里的杂鱼，两个手指宽，一条一条，没有鱼篓，怎么把鱼带回家呢？拔一株牛筋草，把直茎取下来，穿进鱼鳃，穿成一条鱼串，打个结拎回家。

斗蝉，斗蛐蛐，也用牛筋草。蝉在树上，吱吱吱，叫得人心烦意乱。用一个长竹竿加网兜，把蝉捕下来，剪去蝉翼，放在桌子上，用牛筋草拨弄蝉的触须，蝉打喷嚏一样生气，两只蝉相互怄气，啪啪啪，小步快跑，撞对方。没有麻线，用牛筋草去钓鱼，草尖穿进蝗虫的脑壳，扔在水里，蝗虫拍打水面，奋力飞起来，水却吸住它臃肿的身子，水波轻轻漾了，贪吃的鲤鱼，一口把蝗虫吞进去，手一提，把鱼拉了上来。

无论天有多干旱，即使牛筋草在水泥缝里，也不会死。只要有露水，它便可以滋润地活下去。无论下多久的雨，它也不会死，雨下得越久，它越油青。南方有些山丘，沙漠化严重，藤、树、草，一年年枯死，沙子裸露，可牛筋草还是旺盛地生长。这是在南方我见过生命力最强的草，是棉花、豆类、薯类、蔬菜等的农田防沙漠化的重要杂草。

牛不吃，猪不吃，又不能打草鞋，又不能搓绳子，它又寸土必争，让作物难以成活，它唯一的用途，就是让人讨厌。假如一个人，让人极其厌恶而不自知，那就去菜地看看牛筋草吧。铲菜地的人，一锄下去，斩草除根。

草有仁心。这是和人最大的不同。人有恶心，有私心。人性本恶，非性本善。人的仁心是教化的结果。草性本善，是天性。牛筋草是预防瘟疫流行最好的草药，和金银花合剂煎服，可以防治淋病、乙脑、流行性感冒、痢疾等传染性疾病，抗瘟病抗瘟毒，药力奇强。生存环境越恶劣，生命力越强，抗病毒能力也越强。这就是生命的辩证法，也是大自然的法则之一。

瓦楞草也很常见。在瓦垄里，迎风摇曳，稀稀疏疏，落魄，像动荡年代的街头游民。假如你还不认识瓦楞草，就去乡间走走吧。在黑色的瓦屋顶上，松塔一样的草，半是枯黄半是草绿，叶肉肥厚，扁柏一样散开：那就是瓦楞草。若是秋天，还可以看见它鸡冠一样的花，红得发紫，在秋风中，无依无伴。那时，它的肉叶发黄发白，近乎死亡的颜色。若是离家外出经年的人，看见自家屋顶上的瓦楞草正在枯黄，秋风一阵紧似一阵，双亲年迈，瓦楞草作为记忆的路标，会忍不住泪流满面。

瓦上空无一物，除了空气和阳光。年久的瓦垄，渐渐积下灰尘，积下时间的尘埃，瓦楞草长在人世间最荒芜的地方。它不是长在土地上的草，而是长在人头上的草。人在草下吃饭，酣睡，说笑，接待亲朋好友，生儿育女。瓦垄里的沉积物，便是瓦楞草最沉实的大地。它的大地只有一个茶杯口那么大——是的，世界无需辽阔，只要可生根便足够了。

瓦楞草有针一样的根须，刺进青苔里，刺进瓦缝里，艰苦卓绝地生长。它的营养物是蜘蛛、蜘蛛网、鸟飞过时落下来的羽毛和鸟粪、腐殖物、死去的昆虫。它的根须刺进冬眠中蜘蛛的身体，吸干蜘蛛的肉质和体液。

去年，我去皂头一个山中废弃的老村子，同去的徐勇兴致勃勃地看老房子，老房子里有木雕花窗，有老式破家具。我站在屋外的一棵老枣树下，痴痴呆呆地看破烂的瓦屋顶。徐勇叫我：“进来看看老式家具，很有意思。”我站着不动。徐勇问我看什么呢。我说看瓦屋顶。他也出来看，瞄了几眼，又进屋了。瓦屋顶除了破烂的大窟窿和几株将枯的瓦楞草，什么也没有。瓦楞草在屋顶上无声无息，风吹过，它也只是摆头晃脑，生不出一丝风声。“瓦楞草，墙头摇，随风摆，两头倒。”这是童谣，随口可哼。多么逍遥自在，多么随遇而安。

空空的瓦屋顶，有两样东西是迷人的：傍晚的炊烟，秋日的瓦楞草。炊烟是生动的人声。瓦楞草是血脉的歌谣。一栋老屋子是血脉延绵之处，而只有老屋子的瓦垄才会淤积灰尘，长出瓦楞草。一株荒草，几乎是故乡的背影，在时远时近的视线里，温暖而又悲戚地晃动。孩提时，脚上生疖子，红肿，溃烂，母亲架一个扶梯靠在屋檐上，蹬着梯子上去拔一株瓦楞草，捣烂，敷在疖眼上，贴一片虎耳草叶，用纱布包好，三五天，疖子消肿了。

人活得累，不是人太聪明，而是人太愚蠢。人海如潮汐，潮涨潮落。人始终不知道自己为什么而活，为什么去争斗。绝大多数的人为活而活，而不是为生命而活。生命成了活着的附属物。这是人的悲哀。我们要住高楼，要三餐珍馐，要洋场声色。人有定数，如植物一样，我们认清这些，其他一切都不十分重要。多数的人，把自己的一生，活成一个夺取的过程，而不是认识和体验生命的过程。（一个人，一生之中，荷尔蒙、多巴胺、脑垂液、消化酶等物质的分泌量，大致是有一定限额的。）这是肉身的法则之一。

玉一样的信使

每次和吴平华兄吃饭，他都负责点菜。他站在菜架前，斜溜我一眼，说："你喜欢吃的白玉豆，我点了。"接着又补上一句："我也喜欢吃。"

白玉豆我是喜欢吃的，从小到大皆如此。外地客人问我："上饶土特产有什么？"我不假思索地回答："唯独上饶有的特产，有两样。白玉豆是上饶的物产，豆豉粿是上饶农家的干粮菜，这两样其他地方没有。"每一个地方，都有自己的特产，但大同小异，如笋干、茶叶、鱼干、木耳、香菇、山蕨、贡米。每个地方都有，也就算不上特产。

上饶人谁都爱吃白玉豆，但很少人知道白玉豆也叫三清豆。白玉豆的原产地在三清山，因此得名。三清山在北纬28°，属于怀玉山山脉中段，因"在一个相对较小的区域内展示了独特花岗岩石柱与山峰，丰富的花岗岩造型石与多种植被、远近变化的景观及震撼人心的气候奇观相结合，创造了世界上独一无二的景观美学效果，呈现了引人入胜的自然美”（世界遗产大会评语）而被列入世界自然遗产地名录。南麓归玉山县管辖，有怀玉山、樟村、童坊、峡口、紫湖等主要村镇。因豆色泽如玉洁白，质地也如玉温润，故名白玉豆。另浙西北、闽北、皖南，少有种植。白玉豆除了富含糖分、清蛋白，钙、磷、铜、铁、锌等含量也高于其他豆类产品，还富含十种人体必需的氨基酸，能润肺、强骨、健胃、解毒，对糖尿病、心血管疾病患者有康复作用。

三清山为什么会有这样一种物产呢？不得而知。“天有遗玉，大山藏焉。”这是玉山县名的由来。玉山之豆，也叫玉豆，即白玉豆。因其难以栽种，较为稀有，品质高雅，是豆中贵族，如金子一般，又称金豆。

种白玉豆，要地肥，向阳，透风，易浇灌易排水。春寒结束之后，把豆种打在松软的地里，铺薄薄一层细沙，遮一些稻草，过十几天，豆苗长出来。豆苗两片叶，肥大，一支细蔓卷上来。白玉豆是一年生草本植物，茎蔓生。豆苗出条了，选豆秧，两米栽一株。豆秧种下去，插豆扦。豆扦一般是桂竹、小杉木、小乔木，去枝去梢，插在豆秧旁。再把竹梢横起来，用藤条扎在豆扦上，形成一个竖起来的架，我们叫豆架。豆蔓缠着豆架，蔓延地生长。豆秧长得快，三五天便爬上架，一个月，满豆架绿色。

临近房子周边的稻田，这些年都不种稻子了，种蔬菜。蔬菜地两边种瓜类或豆类。这些瓜类、豆类，都要搭架。黄瓜架、冬瓜架、南瓜架、丝瓜架、扁豆架、豇豆架、白玉豆架，横七竖八搭在田里。四月，架上开满了花，红的、白的、黄的、紫的，缀饰在藤蔓上，春意奔泻。这么多年，我觉得乡村不曾改变的，是四月的菜地。每一个架子都像彩色的屏风。

也有节俭用地的人，把白玉豆种在田埂上。高高的豆架，连成一排，肥厚翠绿的叶子披散下来，如流瀑。一个枝节上，生一支长茎，一茎上长三片叶子。茎上挂满了白花。花小朵，花瓣薄如豆娘的翅翼。小朵小朵的花，簇拥在一起，像微缩版的绣球。蜜蜂来了，嗡嗡嗡，在阳光下，像一群无忧无虑的小孩。开花时节，恰逢暮春的雨季，梅雨如晦，绵绵无尽。多雨，花蒂开始霉变，腐烂，还来不及结果，便随风而去，落得满地如残雪。

梅雨季节结束，豆荚长出来。豆荚绿绿的，狭长，如一把铅笔小刀。豆荚扁扁，还没长豆肉。豆肉还只有一粒米一般大，有一层白黏膜，蜘蛛网一样黏附在豆荚里。这是灌浆之时，需一天一浇水，五天一施肥。水是清水，肥是农家肥，量少次数多，如婴孩喝牛奶。豆荚一天比一天鼓起来，荚皮上凸显出一个个豆状。

立夏之后的半个月，豆荚完全坚硬了。妇人捏捏豆荚，鼓囊囊的。提一个篮子，去摘豆荚。豆荚青色泛白。一斤豆荚可以剥六两豆肉。妇人端一条矮板凳，坐在门前剥豆子，指甲插入豆荚侧边翻开，一排五个白玉豆，躺在里面，蓝白色。摸摸饱满的豆肉，温润柔滑，有细腻的油脂，像一块蓝玉。豆肉大拇指指甲一般大，半月形，半圆的弧线，外薄内厚，和蚕豆很相似。路过的人，见妇人剥白玉豆，自问自答道：“你的金豆胖，开始吃了？我也去看看，摘一些尝鲜。”剥豆的妇人抬起头，看着路过的人回道:“青辣椒都已经吃了十来天了,金豆胖也该吃了。”胖是乡间对小孩的昵称,意即可爱讨人喜。对时鲜的吃食,爱加一个胖的后缀,表示极其喜爱。青豆胖,鲅鱼胖,枣胖。

青椒炒白玉豆,是上饶特有的名吃。下酒,下饭,下粥,都是首选菜。白玉豆摘了浅半篮,顺便摘十几个青椒。青椒炒白玉豆,是最地道的农家做法,城里人不会。我会。把白玉豆用一块手绢或纱布包好,放在饭上蒸。蒸饭用饭甑,大木柴火烧着灶膛,饭甑盖热乎乎了,冒白汽,把包好的白玉豆摊开,和饭一起蒸。饭熟了白玉豆也熟了。油锅热了,用咸肉炼油,咸肉焦黄了,把白玉豆和剁碎的青椒一起炒,只放食盐和老抽。白玉豆白得透亮,吃起来粉、爽、微甜,还有米香。城里人不会这样做,用水焖几分钟,吸干了水,再炒青椒,少了粉嫩。

菜场,白玉豆比猪排骨价格高。我也常去买,说:“怎么这样贵啊,没几个人舍得吃。”卖豆的人笑笑,说:“想吃的人再贵也会吃。老弟,种白玉豆有多难,你知道吗?种一块地的白玉豆,光挑水肩膀都要脱一层皮。”我说,那是难种,我老爹天天挑水桶,也种不出十斤。

这是真话。我父亲八十多岁,还种菜,种萝卜白菜,种黄瓜丝瓜,种辣椒大蒜。白玉豆,他是一定要种的。去年种了一块地的白玉豆,颗粒无收——天太旱了,天天挑水体力吃不消。他爱吃白玉豆,这也是他唯一吃不厌的豆。

豆荚慢慢发白,豆肉的纯蓝色也慢慢消失,豆肉渐渐变硬。豆肉变硬,端午也到了。糯米泡起来,各家采来箬叶,包粽子。

粽子有咸肉粽、蛋黄粽、碱水粽、白水粽、豌豆粽。我们还有豆粽。豆是白玉豆，和咸肉骨头一起，包在粽子里。不同的粽子，用不同颜色的麻线包扎。

粽子吃完了，豆架上，豆荚已差不多黄白了。父亲感叹一声："半年又过去了。"豆叶慢慢变黄，蔓茎发硬，最后淡淡的几朵白花，也不再结荚了。黄白的豆荚，也不采摘，随藤蔓一起枯萎。

藤蔓枯了，拔根，晒在院子里，豆荚摘下来，一部分做来年的豆种，一部分晒干做干豆。藤蔓发灶膛，做了柴火。

晒干的白玉豆，用布袋收起来，存放在谷仓里。或者用一个土缸装起来，摆放在木柜里。白玉豆怕潮，潮了便会霉变，发黑。干豆白如纯银，如玉白无瑕。

年关，吃猪脚，是乡俗。从谷仓里，量半升白玉豆出来，浸水半天，和猪脚一起，放在火炉里焖。我不吃猪脚，吃白玉豆。肉香全在豆里。豆子软烂，入口即化。

在安庆工作的时候，我单位的厨师长是上饶人，带了豆种给安庆当地人种。种活了，但豆肉干瘪。当地人没吃过白玉豆，问厨师长。厨师长说，白玉豆焖猪脚最好吃。第二天，当地人又问："怎么白玉豆煮不熟？猪脚焖成了木炭，白玉豆还是硬硬的。"厨师长跑到他家去看，笑瘫在地。他豆荚也不剥，放在锅里焖。豆荚是粗纤维，韧性很大，煮不烂。

豆，是重要的食物。在 20 世纪 80 年代，邻居做喜事，喝酒的人不但要包一个红包，还要送一升豆子。可以送黄豆、扁豆、豇豆，但鲜有送白玉豆的。没豆子送的人，送两升玉米。尤其是盖房子，请石匠木匠和短工，天天请，天天烧饭。一餐九个碗菜，一栋房子盖一年，家里被吃得山穷水尽。盖房子的前三年，除了储备稻谷小麦，还要储备干辣椒、豆子。豆子以黄豆和白玉豆为主。黄豆用来做豆腐，白玉豆用来做菜。豇豆、扁豆，吃个三五餐，师傅不再下筷子了。豇豆扁豆，太粉太干，很容易让人生厌。豆腐、白玉豆则可以当打底菜。烧饭的人，不知道上什么菜了，就磨豆腐，或者咸肉骨头炆白玉豆。明理的师傅，吃一餐饭，每一个菜，都均匀地下筷子，没有好吃的菜，也没有难吃的菜。

腌菜、霉干菜，是度菜荒的干粮菜。白玉豆也是。春分后，有漫长的菜荒，茄子辣椒和瓜类菜刚刚种下去，地头里唯一可以采摘的，便是卷心菜。我们叫它春包，即春天来了，菜叶包卷。我是吃怕了，见了就想呕吐。白玉豆从谷仓里，现身在餐桌上。它像个侠客，在关键时刻，解救我们于水火般煎熬的菜荒中。

白玉豆从打豆苗，到枯死，只有四个月时间。不像扁豆，一同种下去，霜期也还繁茂地开花。一株扁豆，一家人也吃不完。蓝色褪尽，豆肉完全发白，藤蔓的水分开始流失。六月在豆荚里终结。它是一个时间的信使，告诉我们，一年未尽，半年已失，而它的一生已经走完。

一生，也只是恍然间。

人间多落寞

……

大风过境

吹走了低处的行人和木头

风让我们，回到神的面前

风让旷野扩大了它的裂痕

昨夜读秋若尘诗歌《旷野》，一片初夏的旷野，出现在我远去的视线里。一片矮矮密密的柳树林，一条潺潺白亮的古城河。河两岸是低缓的青山，葫芦形的平畴油绿，阡陌交错，远处的屋舍隐约可见。柳树新发的枝叶，淡淡微红，被河风吹得瑟瑟作响。

对岸是茂密的洋槐林，几只白鹭在河里觅食，不时发出嘎嘎嘎的叫声。河水嘟嘟嘟。这是我和女朋友约会的地方。那时我还是学生,即将面临毕业。或许,热恋中的人,都喜欢幽静之处,缠绵忘我。河边的柳树林,让人流连。女友有一个二姐,我们常去她二姐家玩。她二姐家门口也有一片阔大的柳树林。走过一条堤岸,下一个斜坡,便是河滩。河滩草皮青青,柳树飘扬,宽阔的河面闪着银光。我们坐在河滩上,看星星。漫天辉亮,古老的银河神秘,让我确信,有一些事物会永恒。

年冬,我们分手。没有告别的分手。我常去河滩,溜达,独坐在阳光虚弱的午后。有时,晚上也去。寒风在大地吹彻,枯黄的柳叶飞散。夜空的虚光像薄冰。黑暗中的旷野,仿佛落满了乌鸦,寒江忽略了岸边的人,一次次把柳树卷起。

“杨柳岸,晓风残月。”柳永,一个落魄花间的人,把告别写得催人蚀骨。柳,春风一度,风情无数,轻摆如女人腰姿曼舞,飘曳如女人发丝飞逸,荡漾如女人步态盈盈。

用一种植物,去形容江南,我会选柳。江南的女子婀娜,风情万种。江南的山水旖旎,细腻柔和。用一种植物,去描绘人的一生,我也会选柳。柳初生蓬勃,开枝散叶,遇水即安,终了时,枝叶枯败,孑然腐朽。

我们青春繁茂,在柳下卿卿,细语呢喃,明月皎皎。欧阳修这么古板的人,也不免动情地说:“月上柳梢头,人约黄昏后。”当我们暮年沉沉,柳絮随风翻飞,像零落的羽毛,怎不让人感怀?唐代诗人薛涛说:“他家本是无情物,一任南飞又北飞。”战乱中流离的陆游,回到沈园,偶遇唐婉,泪湿衣襟,在墙上题写:“红酥手，黄縢酒，满城春色宫墙柳……”在柳絮飘飞时，遇见多年的故人，相当于在柜子里突然找到多年前的信，一个人在烛下一遍一遍地读，而窗外的大雪弥漫，身旁的炉火正慢慢熄灭。

折柳赠君，是告别的意境。栽柳等待，是人生的至苦。君别时难见更难，在门前池塘边，栽一棵柳树，柳丝垂荡，一年又一年，柳树苍老如白云，等待的人还没回来。柳树渐渐成了离去之人的替身，风流倜傥，清雅淡泊。等到替身老去的那一日，等待的人已白发苍苍。

柳，在一个春天的语境里，和旷野一样无际：杂花幽暗的堤岸，木桥上远眺的归乡之人，春燕斜斜地低飞过稻田，近处的山峦抹上一层黛色，溪水慢慢弯过一个峡口。柳丝浮起浅绿，被风抚弄。

2010 年初冬，我去扬州看望朋友。我们游瘦西湖。垂柳依湖而立，湖色灰蒙。正是柳树落叶之时，湖面上漂着柳叶，被风荡来荡去。枝条的叶子，有的发白，有的发黄。有的枝条一片叶子也没有了，有的枝条只有几片残叶。我们沿着湖边漫步，游览了熙春台、万花园、小金山、徐园、五亭桥、二十四桥、荷花池、石壁流淙、卷石洞天、四桥烟雨。柳叶在脚下窸窸窣窣。池中的荷花凋谢，荷叶枯黄。扬州是杜牧、姜夔生活多年的地方，烟花十里。我和友人去了蜀冈，去了翠园路的教堂，去了古巷子。扬州也是柳树繁盛之地，随处可见。站在二十四桥上，我们合影。我念念不忘姜夔的《扬州慢·淮左名都》：“……二十四桥仍在，波心荡、冷月无声。念桥边红药，年年知为谁生？”转眼又七年。

若当时离开时，在湖边插一枝杨柳，也该有碗口粗了。不插柳又有什么关系呢？我眼前已柳枝浮荡，像一只手，拂过我的脸庞。

柳，是贴近人性的一种植物。江南人家多美，溪水入池塘，门前栽花插柳，我们说柳户花门。元宵烟花迷离，灯笼高挂，柳影花阴。江南的姑娘打纸伞，穿花鞋，在阁楼的雨廊抛绣球，羞涩的眼神从纸扇后边露出来，桃夭柳媚，掩花遮柳。寻花问柳的人，喜欢柳墙花路，柳吟花咏。难以启齿的病，叫花柳病。老去的烟花女子，叫残花败柳。雅士喜欢去桃蹊唱柳曲。最无情的刀，是柳叶刀，刀刀入骨。最浪的地方，柳莺花燕。最惊喜之处在柳暗花明，炊烟升起，酒已温热。

但，柳终究是人的离别之物。一个没有过折柳赠君的人，不足以谈论人生。柳是一帧背影。离别，就是留下另一个人孤单。

孤单的那个人，仿佛是一朵雏菊。雏菊也叫春菊、太阳菊，药名白菊、干菊，属于一年生或多年生花葶状草本。三月开花，花朵迎阳绽放。花萼如黄金，花瓣如白雪，花朵娇小玲珑，古朴端庄。

春寒还没退去，冷雨泼洒大地。深山的向阳处，有零星的小花在草丛里，孤单地摇曳。山间的野紫薇、山樱花、贴梗海棠、山胡椒树，还没长出新叶，光秃秃的，芭茅的叶子还是黄白色，尚未泛青，雏菊格外夺目。

有一年初春，我去山里，路面还有碎冰。我一路瞌睡。到了山顶，草甸在雨中，楚楚可怜。我一下子被草甸里的雏菊震惊了。白白的黄黄的，开遍了山坡。雨，淅淅沥沥。我裹着披风，看得痴傻。山峦在翻滚，像一条跃出水面的鱼。麻黑的雨中，雏菊忘我地盛开，淡雅清丽。山中的坡上、路边、岩石边都有雏菊。有的地方只有一朵或三五朵，有的地方是连片的花丛。

“采菊东篱下，悠然见南山。”我便觉得，陶渊明采摘的菊是雏菊。一个日日醉酒的人，是一个多么孤单的人啊。南山下，篱笆边，百草还没青葱，只有雏菊在静静地开。孤单的人，要采摘的也只有寂寞的花。宋代诗人史铸咏《春菊》：“莫论园蔬品目卑，花开不减菊幽奇。灿然金色仍堪采，春老恰如秋老时。”一个孤单的人，满眼的春光明媚也如秋老之色。

2016年4月，我与黑陶、马叙、耿立诸兄，去铅山县陈家寨瓜山虎头门阳原山，拜谒辛弃疾墓。艳阳橙黄。阳原山下，有一垄垄的山田。山田荒芜，开满了雏菊。在野麦草间，一枝灿然的花朵伸出来，让我恍惚。在瓢泉，在分水关，都有大片的雏菊。春天像是雏菊的复活节。我摘了一捧雏菊，静静地放在墓前。菊是拜谒故人最美的花。

人故去，我们都是以菊寄托我们的哀思。摆满菊花的地方，是泪水奔泻的地方。

雏菊，开在清冷的山野。人也最终去往清冷的山野。雏菊会开在每一座坟茔之上。

我以为，我会和旷野一样
心无旁骛
忽略世间的好和悲伤
……

我们去往旷野,不仅仅是看旷野的阔大,更是为了看生命的渺小与卑微。写这首诗的秋若尘,看到了旷野的缝隙。我看到了缝隙里的两种植物:柳与菊。离别与孤独,是人的宿命。林志炫有一首《单身情歌》,风靡十余年,其中有这样的歌词:“孤单的人那么多,快乐的没有几个,不要爱过了错过了留下了单身的我独自唱情歌。”填词人易家扬,是个著名音乐人。词人不懂,孤单是永恒的,爱情也无法解决。或许词人更懂,两个孤单的人在一起,更孤单,因为人与人,最终彼此送别。要么赠柳,要么送菊。街市无论多繁华,而人间却多落寞。

“折柳别君,是一个伤感但美好的春颂。我把杨柳折下来,但君不在。柳枝细细,叶子还没长出来,一节一节的芽苞淡淡黄淡淡绿,像鹁鸪雏鸟的喙,尖尖。柳树披下来的柳枝,罩了一层云霭一般薄薄的绿意。雨不是落下来的,是浥降,蒙蒙雨翳,不觉间,枝条悬了水珠。前几日杨柳还是枯涩的,现在有了绿意荡漾感,仿佛有了水波潺潺之声。只是这个下午,我心底涌起了悲伤的别意。一场无人相别的别离。无法相见,是一种什么别离呢?相见了,是否会是晓风残月之境呢?那就见字如晤吧,好好生活。”这是几年前的随记。现在已是秋天,柳树开始落叶。又一年的秋风来临。相别的人,再也没有晤面,留着手温的面容已慢慢模糊,一如苍山。

葱花白薄荷花紫

葱切成圆末，撮一把，撒在汤面上，加上煎黄了的鸡蛋和八九根红椒丝，像不像四季盛在一个青花碗里呢？杜甫写过一组《绝句》，其中有“两个黄鹂鸣翠柳，一行白鹭上青天。窗含西岭千秋雪，门泊东吴万里船”。语文老师曾打趣地说，杜甫不是写雪景，而是写一道菜。我们好奇，问什么菜。老师说，葱末咸鸭蛋。

葱从来不是食物谱系中的主角。种植的地方，也是在旮旯地头地角。种白菜，种荠菜，种辣椒的地头空出小块荫凉地，分株移栽几株葱，浇上水，撒一些草木灰，过个三五天，葱发出细叶。在菜蔬类，葱芽叶至美。一般的植物在发芽叶初始，颜色青绿或黄绿或芽白。葱确是滚圆发绿，像条青菜虫蛹。细长，中空，油绿，在早晨凝结着露珠，亮亮地闪着光。浇水三次后，葱有了半截筷子长。做汤煮面烧鱼，葱是首选佐料。葱有分葱、楼葱、胡葱、黄葱 、地羊角葱、大葱、小葱、沟葱、青葱、老葱、香葱，南方人通常吃香葱。

“夜雨剪春韭，新炊间黄粱。主称会面难，一举累十觞。”杜甫在《赠卫八处士》中写到韭菜。时代动荡，有一盘韭菜吃吃，够美好了。但我每次读这首诗，都会有一种错觉，似乎写的不是韭菜，而是小细葱。葱是百合科多年生草本植物，鳞茎单生，圆叶筒状，随便找一个阴湿有泥的地方，葱就会四季葱茏。有些人家，葱不种在地里，而是栽在阳台或窗台或矮墙上或矮屋顶的花钵里，花钵是个破脸盆或破土缸或破扁篓，装上肥泥，不用施肥不用浇水，满盆浮绿。随时割葱，下到汤碗里。葱割了，过不了几天，又发叶，生生不息。

我是很喜欢吃葱的，看见细香葱，舌根生津。原先住白鸥园，八角塘菜场有一个老农，密密的白胡楂，围一条粗布围裙，挑一担竹箕，来卖葱。葱叶短短，滚圆，绿得发亮；葱蔸白白，饱满，沾满了黑色的草木灰。老农手上握一把割葱刀，坐在矮板凳上，看着来来往往的人。我是他熟客。他敲敲旱烟杆，捏着细葱说："全草木灰种，香得凶，嫩得凶，找不到比我更好的葱了。"我信。有时我买一斤，分两餐做汤吃。汤上浮一层葱末，像荷叶田田，鱼戏蝶舞莺飞。我小孩看我像吃白菜一样吃葱，摇头。没切的葱，扔在窗台一个空沙罐里，忘记了，过了两个月，清理沙罐，倒出来，葱叶枯萎了，葱蔸却发出了细叶。窗台上有一个茶叶筒，一直也没扔，我把葱塞在筒里，活了五个多月。

有一次，徐鋆说他阳台也种了葱，但不是细香葱，大叶葱不如小叶葱香,武汉找不到小叶葱。第二次,他来上饶,我给了他一个纸包。他问是什么。我说是小叶葱,你带回武汉种吧。神不神啊,几百公里,带细葱回去?他说。当然啊,细葱放在手提包里,又不碍事,带回去种吧。他把细葱塞进了手提包。我估计他半路把细葱扔了——除了我这样的人,谁还会几百公里带细葱回去呢?我是一个多么吝啬的人啊,切下来的葱蔸,我也舍不得扔掉,放到早上泡起来喝,撒几粒盐花,明目补气益精,驱寒,预防感冒。泡水喝还吃不完,便和鲜红椒一起腌制,做下粥菜。

镇里有很多农人,去上海包地种小葱卖。我表哥水银有几年不务正业,生活很落魄。他叔叔种了二十多年的葱,对水银说要不来上海,一起种葱,一亩地一年可以赚八千多块,夫妻种十五亩地,除了吃喝,一年赚十几万还是可以的。表哥带上被褥衣物,去了上海。可过了一个星期,又回来了。我二姑发火,说,你这个不争气的人,一亩地赚八千,你也不去赚,你要去打抢,也没那个力气。水银说,赚不了三个月,人都要抬回家。种葱比打铁累,早上三点起床拔葱,洗好,扎起来,赶到菜场卖,晚上睡菜棚,蚊子多得可以吃人,铁打的人才会赚这样的钱。

葱有辛辣味,少虫灾。葱价也高,过年的时候,镇里卖二十块钱一斤。种葱的人,还是比较多的。比种白菜好。母亲便怂恿哥哥也种一亩葱。哥哥怎么也不答应,说,葱又不是菜,只是佐料用来调味的,那有把一盘葱端上桌当菜吃的。母亲说,养牛把人养傻了,像头牛,走路不知道转弯。

很多人以为香葱是不开花的,一年四季随时割随时长。其实香葱开的花，白如飞雪。冬至后，寒露成霜，早晨的大地一片银白。稀蒙蒙的太阳像一块毛豆腐。霜越厚，葱花越白。花葶圆柱状，中空，中部以下膨大，伞形花序球状，多花，花丝锥形，花柱细长，伸出花被外。花伞撑在一支茎上，像一个梦。冬日，原野萧瑟哀黄，溪流枯瘦，阡陌如死去的藤蔓。一片深绿的地头，一层白花被风吹得轻轻摇摆。哦，那是葱花。到了春分，花结成了颗粒般的青籽，山雀开始孵雏鸟，叼食花籽，呆头呆脑地吃，吃得肚子发胀，雏鸟长出了麻黄色羽毛。

在矮屋顶破土缸里，和葱一起栽种的，还有薄荷。薄荷在入冬之前已落尽了叶子，暗紫色的茎已经变得麻白。薄荷七月开花十月结籽，霜后凋谢。花为淡紫色。薄荷如清雅故人，给人凉爽。确切地说，和邻家女孩差不多：挺拔、婀娜、温雅、娴静，穿青蓝色的布衫，戴球形帽。薄荷也叫仁丹草，解毒解暑，是一味常用中药。

事实上，薄荷是无人栽种的。屋角墙角，薄荷和杂草、洋姜长在一起，三月之后，一支独秆拔节一样上长，半米高分丫，叶子婆娑。雨落下来，叶子抖一下，水珠滑落。无论雨有多大，多激烈狂暴，薄荷都不会被摧残，和箬竹差不多。我家楼下，有三株薄荷，长在一棵枣树边。有一次，暴雨下了半天，雨声如鼓，路面被水淹没，盖过了台阶。家中停电，我站在窗下看雨打薄荷。雨水一遍遍地滚过它的身子，它摇一下，又直起来，叶子像鳞片。

鱼，我常买。买了鱼回家，在楼下，顺手摘几片薄荷，洗净晾在砧板上。中午烧菜了，薄荷叶卷曲萎缩。这是我见过的最易干枯的叶子,两个小时后便毫无水色。薄荷去腥,芳香,是烧鱼必备的调味料。也可去冰冻味。去年,我去浙江温州,买了二十条黄鱼二十条鱿鱼回来,备给女儿吃。女儿说,鱼冷藏了,有冰箱味,怎么烧都会变味,不好吃。怎么保存呢?饭吃完了,我想出来了。我把鱼抹上细盐,鱼肚里塞几片薄荷。过了一个星期,我烧黄鱼,问女儿:“冰冻味,还有吗?”女儿惊奇地看着我,说和鲜鱼是一样的,没杂味啊。

薄荷叶烧鱼,是大部分人都知道的。薄荷叶炒黄瓜、炒豆芽、炒丝瓜,都是十分适合的。水煮豆腐,是家常菜,放几片薄荷叶别有风味。薄荷还可以煮粥。粥煮好了,打两个鸭蛋下去,调稀,薄荷叶切丝,撮下去。这是很多人没吃过的。

有很多动物肉,要么很腥,要么很膻,生姜是无法解决的。薄荷可以。薄荷叶、山胡椒叶、酸橙、姜,和动物肉一起焖,腥膻全无。

小时候,我吃了太多的薄荷,当药吃。我的小腿,只要被露水打湿就会发痒,直至溃疡。天气溽热,我也是要穿长裤的。可长裤无法遮挡露水。上山砍柴,下田割稻子,露水深重,打湿长裤,便裹在小腿上。到了中午,小腿发痒,红斑一块块令人瘆得慌。看过很多医生,都说是湿疹,涂红汞或药膏便好了。我的小腿,整个夏天都是红的,像条赤练蛇。有一次,一个凤阳婆来村里行医。凤阳婆背一个白布的米袋子,说我们听不懂的话。她看病不收钱,收米。看一个病人,她收一升米,倒进米袋子里。她在我家里借住了十几天,见我坐在门槛上给小腿抓痒,抓出了血丝。她给我开了一个偏方——用薄荷包紫苏籽,碾碎,中晚各吃两勺,三个月可断病根。祖父收了一畚斗的紫苏籽,晒干后用布袋存放在谷仓里。祖父每天中午也不睡,坐在青石板上碾紫苏籽。我整整吃了半年多,病根也断了。

上元节之后,薄荷开花。花从叶子间的节上如云霞一样浮现。

轮伞花序腋生,轮廓球形,花冠淡紫色。秋阳一日比一日羸弱,如慢慢浅下去的水。而薄荷花日日繁盛,像一群火烈鸟飞舞。这个时候,薄荷叶多了纤维,也无人采摘了。暮秋,薄荷光秃,寒风又一年来临。秋风真是个好东西,是时间最锋利的刀。

而葱继续油绿。它躲过了刀锋。

葱和薄荷,都是一样的,它们的命运就是担当盘里的配角。大多数的时候,我们忽视它们,甚至彻底遗忘它们。它们是滑稽演员。有很多东西,是恒定的,难以更改的,如世俗的口味。口味就是味觉价值观的取向。

即使是配角,也是深受人喜爱的。

溪野枇杷

第一次知道枇杷,是在八岁。端午,我走亲戚。亲戚家在高山上。母亲说,你去一次山里吧,你敢不敢去呢?我说敢,给我一根棍子,我什么也不怕。母亲笑了,露出一口石榴牙。她把扫把棍脱下来给我,说,棍子可以挑两挂粽子去。一挂十个,一头挂一挂,我上山去了。那时短粮,山里人更缺吃食,给两挂粽子算是很重的情了。临出门,母亲交代我:"五月黄枇杷,六月红麦李。回家的时候,记得摘一袋枇杷来吃。"

山上亲戚家,我之前并没去过。沿途都没人家,爬一座山,深入一个山垄,翻一座岭,下坡,到一个深山坳,便到了。山垄以前去过好几次,随大人去砍柴。山垄经常有豺出没,伸出长长的舌头,尾巴垂到地上,眼睛放着淡绿色的精光。到了亲戚家,正午了。矮小的土屋窝在几棵树下。屋前有一口水井。水井旁有一棵树,挂满了黄黄的果子。亲戚随手摘了一碗果子,说:"枇杷正黄了,你吃吃,鲜甜鲜甜。"剥开软皮,浆水流了出来,吮在嘴巴里,口腔凉阴阴的。还没开饭,我便把一碗枇杷吃完了。枇杷是小枇杷,蒂上有灰色的绒毛,皮色如咸蛋黄,肉质如金瓜瓤。吃完一个塞一个,吐出深褐色的硬核,如毛栗。

拎了一布袋回来。我问母亲:"核可以种出枇杷树吗?"母亲说,那当然,哪有核不出芽的。我把枇杷核收集起来,埋在屋后一块菜地里。过了两天,一个老中医给祖母看病。老中医是祖母的堂弟,戴一副老花眼镜,没有什么东西是他不懂的。他常来我家吃饭,说话轻言细语,温文尔雅。我问种了枇杷核会发芽吗?老中医说,舌头舔过的果核都不发芽。我问为什么。"你知道世上最毒的东西,是什么吗?是舌头。舌头比蛇毒还毒,没有比舌头更毒的东西了。舌头舔过,毒液进了果核,果核便成了死核。死核是不会发芽的。"我很是伤心。我不该把枇杷全吃了,至少得留十几个,连果肉一起埋在泥土里。

差不多有半年多的时间,我问了很多人:"舔过的果核会发芽吗?"被问的人,惊讶地看着我,问:"你怎么问这个问题?炒熟了的种子,不会发芽,可舔过的果核会不会发芽,谁知道啊。"

当然,我是相信老中医的话。第二年,果核也真没发芽。山上的亲戚来我家,我说,种了那么多枇杷籽,一个芽也不发。亲戚到菜地看了看,说不发芽,不是因为果核从嘴巴里吐出来,而是这个地儿积水,果核全烂了,怎么发芽呢,下次来,带几棵苗给你种。可能亲戚忘记了,始终也没带苗下山。

在孩童和少年时期,我对植物发芽抱有浓厚的兴趣。豆子发芽，红薯发芽，马铃薯发芽，洋芋发芽，荸荠发芽，藕发芽，柚籽发芽，谷子发芽，麦子发芽，白菜发芽，樟树籽发芽，我都十分细致地观察过。发芽，是世界上最神奇的事情了。我还采集过很多花籽，放在破脸盆或破瓦罐瓦钵里，摆在院子的矮墙上，看它们发芽。如野菊、指甲花、酢浆草、三白草、紫地丁、野葱。瓦罐里，装满了湿泥，把花籽撒上去，盖一层泥，浇水两次。花籽每年都发芽。我还玩恶作剧，把扁豆放在火柴盒里，埋在瓦罐中也都发了芽。可枇杷籽发芽，怎么那样难呢？

村里很少有人种枇杷，不知道为什么。

我外出读书的第三年，二姑在院子里种了一棵枇杷树。种的时候，表弟兴冲冲地说："这是余姚的枇杷，个大，味甜，村里没人吃过这样的枇杷。"我说，一棵枇杷，哪有那么神秘，枇杷个再大，也不会比梨大，再甜也不会比红柚甜。表弟说，没有梨大也比棉枣大，肯定比红柚甜，吃起来和蜂蜜差不多。我说，比蜜甜，那不好吃，比蜜甜的东西，就是苦了，甜的极限就是苦，或者酸，而不是甜。过了三年，枇杷生了满枝，果真个大味甜。二姑是个细心的人，枇杷吃完了，还把枇杷叶摘一些，洗净，晒干。她说，做老中医的堂舅嘱咐几次了，枇杷叶煎水喝，治咳嗽，是上好的咳嗽药。可收进阁楼的枇杷叶，一次也没煎过水当药喝。有人咳嗽了，还是去鼻涕糊诊所打一针，开几粒药丸吃。二姑却乐此不疲，年年摘年年晒。

二姑的枇杷树下，每年都会发枇杷苗。我大哥觉得枇杷细皮嫩肉，好吃，挖了一棵栽在自己院子里。院子不大，却种了好几种果树，有枣树，有柚子树，有橘子树，有梨树。还种了两棵葡萄。葡萄藤疯狂地爬满了屋顶，也爬满了树梢。大嫂拿一把剪刀，把葡萄藤剪了，说，两株葡萄害死人，葡萄喂了鸟，其他果树也不结果子。枇杷树在橘子树下，长得慢，长得艰难，一年也发不了几枝新枝，更别说结果了。我说，大嫂，你爱吃橘子，还是枇杷呀。大嫂说，枇杷当然好吃呀，汁多无渣。我拿起柴刀，把两棵橘子树砍了。大哥看见晒干了的橘子树，说，橘子也甜，砍了多可惜，年年结果呢。我说："哪有那样的好事，巴掌大的地方，既想吃枇杷又想吃橘子，橘子十块钱五斤，枇杷十块钱一斤，你说怎么选啊。"

过了三年，枇杷树高过了瓦屋顶。

枇杷叶肥，密集。阳光难以到达地面，树下阴湿，长蠕虫，蚯蚓也会爬出地面。树下成了鸡的粮仓。鸡，咯咯咯咯，出了鸡舍直奔树下，觅食，趴窝，还生鸡蛋。烧饭，打一个番茄蛋汤，大嫂开菜柜，摸摸，鸡蛋没了，她转到枇杷树下，捡一个上来，打进锅里。大嫂咯咯咯地笑了，说，还是枇杷树好。也有烦的时候，夏天阴湿处，多虫蚊。虫蚊多，蜘蛛也多，满树都是蜘蛛网。大嫂戴一顶斗笠，用一个稻草扫把，撩蛛网。

每年初春，我会给院子里二十几棵果树修枝。我穿一件十几年前的劳动布衣服，戴一顶斗笠，戴一双黑皮质大手套，一棵一棵地修剪。修剪完了，也夜边了。枇杷树最难修剪，枝丫多，又粗又不直，爬上树，蛛网也会蒙上脸。但我还是乐意修剪，修剪过的果树，树冠如盖，果实压枝。四月末，站在楼上，看枇杷树，果黄叶绿，甚美。

枇杷、樱桃、梅子，并称“果中三友”，都是我们十分喜爱的水果。梅子树，我没见过。樱桃好吃难栽，是俚语。我栽过四十几株樱桃树，却没一株活下来。从樱桃基地拉了一板车秧苗，种了七亩多地。头三个月，樱桃树都活了，三五天，毛茸茸的绿叶，从枝节发出来。我便估算着，三两年，便可采摘了。可入夏，叶子软塌塌的，半个月全死了，枝干火麻秆一样脆，折一下，啪，断了，水汽干了。枇杷树是蔷薇科植物，也是易于栽种的植物。秋末初冬，枇杷树开花了，一束一束，花瓣如盛雪。花开了，雪也从山尖盖了下来。枇杷开花迎雪，梅花则斗雪。唐代诗人羊士谔（生卒年不详）写过《题枇杷树》：“珍树寒始花，氛氲九秋月。佳期若有待，芳意常无绝。袅袅碧海风，濛濛绿枝雪。急景自余妍，春禽幸流悦。”

有一次，我在横峰还是在井冈山，记得不确切了，听一个人无意间说起，枇杷树是做琵琶最好的材质。我听得心怦怦直跳。琵琶为什么叫琵琶，是因为用枇杷树做材质而来的。说的人，让我佩服得五体投地。我回到上饶，自赴琴行，问修琴师傅：“琵琶是用枇杷树做的吗？”修琴师傅愣愣地看着我，说，硬木音箱发出的声音，更悠扬，可细腻可宽阔，音质好，易共鸣，枇杷树不是硬木，不适合做音箱。他一棍子把我佩服的人打死了。修琴师傅说，通常是由鸡翅木、铁梨木、花梨木、白酸枝、红酸枝、黑酸枝、紫檀等硬木制作琵琶音箱。

我有些灰心丧气。但还是去查了资料，为什么叫琵琶。汉代刘熙《释名·释乐器》:“批把本出于胡中,马上所鼓也。推手前曰批,引手却曰把,象其鼓时,因以为名也。”批把是骑在马上弹奏的乐器,推手为批,引手为把,遂名批把。“王玉”作上偏旁,为弦琴类,遂名琵琶。有一种树的叶子为琵琶形,即梨形,世人取象形之意,把这种树叫枇杷。

让我心怦怦直跳的,不仅仅是琵琶,还有白居易。我简单的大脑里,还没产生《十面埋伏》,或《塞上曲》,或《醉归曲》,或《大浪淘沙》,或《琵琶语》的旋律,白居易的《琵琶行》便喷涌出来。还好,白居易写过一首《山枇杷》:

深山老去惜年华,况对东溪野枇杷。
火树风来翻绛焰,琼枝日出晒红纱。
回看桃李都无色,映得芙蓉不是花。
争奈结根深石底,无因移得到人家。

深山老去,许是一种最好的命运。枇杷树本是寻常之树,进不了华贵的庭院,进不了高雅的园林,溪野便是去处。去处即归处。人都是实用主义者。因了枇杷味美,止咳养五脏,也多栽种枇杷树。若枇杷不可食,有几人会知道枇杷树呢?

笨拙的木耳

有几个朋友问我,你的微信名字为什么叫木耳。我说我喜欢木耳。又问为什么喜欢木耳。我说木耳看起来笨拙朴实,色泽也不鲜艳,但营养价值高,炖鸡汤、炒蛋、炒白菜丝,木耳是不二选配食材。

乡间野生木耳,非常少,很难采摘得到。野菇在春天的松林或山溪边的灌木林里,每年还可以采几次。我知道,有一个地方可以采到木耳,但我从来不对别人说。河滩边有一片杨树林,树杈常被人砍了做豆扦,有些杨树便被砍死了,留下一个大木桩,其上长了大片的木耳,灰白色。八月,空气如炽。杨树皮腐烂,落下来的木屑如米糠,木耳从树皮缝里,不谙世事地长了出来。像童话里戴着灰皮帽的小矮人。采木耳,也不要篮子,也不要剪刀,摘一片荷叶托在手上,把采下来的木耳,放在荷叶里,包起来,游完了泳带回家。

一年之中，吃上木耳的次数极其有限。小孩贪吃，我也有缠着母亲买木耳吃的时候。家贫。母亲拿几个鸡蛋去杂货店卖，卖了钱再买一些木耳回来。买来的木耳，是白木耳次品，只有木耳蒂，上部的木耳花被剪了。木耳蒂泡水半天，发胀，成了一个小碗的形状，像一朵割了花瓣的白芙蓉。只有一个好日子，木耳管吃够，还不挨骂。家里做喜酒，如祖父祖母逢十生日、家兄结婚、姐姐出嫁，请来十几桌客人，烧流水席，每桌上二十四个菜，第一道菜便是酸辣白木耳。我端一个大碗，站在灶台边，厨师用一个铁勺，从大铁锅里舀上来，倒进我的大碗里。碗面上，扑腾腾地冒着热气，几根肉丝漂在碗面上，辣椒粉刺鼻呛人，忍不住喷嚏连连。我用洗脸巾盖在手掌上托碗，蹲在院子的台阶上，嘴巴对着碗面吹，热气莹白地一圈圈散去。边吹边啜汤，热气散尽，汤也啜完了，再吃木耳。木耳软脆，溜滑。

三姑来看祖母，有时候会买两斤肉，有时候也会买一包木耳。祖母不爱吃，说木耳不好吃，像嚼树叶。母亲舍不得全炒木耳吃，便把白菜帮切丝，和木耳一起炒，放上两片咸肉。

在物资匮乏的年代，村里人能常吃木耳的没几家。我有一个邻居，我叫他五爷。比我祖父小好几岁。但死得早，六十多岁便病故了。他的眉毛是白白的一撮毛。他喜欢吃死猪仔。猪仔易夭折，弄堂里养母猪的人家，把死猪仔给五爷吃。五爷把猪仔架在火上煻熟，猪皮焦黄了，切丝炒。他还喜欢喜蛋，煮熟，毛茸茸地塞进嘴巴，口角两边淌涎水。他得了慢性病，在床上挣扎了几个月，腌黄瓜一样。临死前，对他老婆说："木耳好吃，我们家从来都没买过木耳，你去买一些，炒一碗木耳吃吃。”他老婆炒好木耳，他已经无法吞咽了，托着碗，看着木耳，泪水一直流到碗里。

村里有一个瓦匠，泥坯摔打得有力结实，做出来的瓦好。他喜欢吃木耳。他常去杂货店赊账，赊了两年也没还清，年年有余账结不了。他赊木耳，一袋一袋赊。一袋半斤，要不了几天就吃完了。店老板便说：“你一个苦力的命，天天木耳上桌，不是穿着绸缎挑担吗？”店老板不想赊账，取笑他。瓦匠说：“账你记着，利息也记着，有一天你盖房子了，到我这里搬瓦。”店老板说，白米可以换米糖，豆可以换豆腐，鸡蛋可以换洋碱（肥皂），妹妹给哥哥换亲，没有听说瓦可以换木耳的。边上喝闲茶的人，脱下解放鞋给瓦匠，说：“木耳这么好吃？你用鞋子掌掌嘴巴，就不想吃了。”

顾城是我十分敬重的诗人，1993 年 10 月，他离世时，留下了一个五岁的儿子。他儿子的中文名叫桑木耳。顾城为他写过一首诗——《回家》：“我看见你的手/在阳光下遮住眼睛/我看见你头发/被小帽遮住/我看见你手投下的影子/在笑……”我很喜欢这首诗，木耳是顾城可爱的上帝吧。

木耳有白木耳、黑木耳之分。这是色泽上的分别。树木耳、石木耳，这是腐生原料的区别。还有一种不是木耳也称木耳的木耳，叫水木耳。水木耳是一种念珠藻，也叫葛仙米。东晋道教名士、医学家葛洪，把水木耳献给皇帝，作长生之食材，皇帝便赐葛仙米之名。在干净无污染的稻田、水里，水木耳最常见。水木耳在水里,像鲤鱼孵的卵,一串串,单片滚圆,黑色,或绿色,或暗黄色。水木耳用清水洗几次,即可做菜。孩童时,在夏秋的雨后,我随我家老二常去田里捡拾水木耳,用一个鱼篓,捡半篓回家,养在大缸里,想吃的时候捞上来。

树木耳,就是我们通常吃的木耳。石木耳可不常见。石木耳也叫石耳,长在高山滴水的岩石壁上,或高山溪涧的崖石上,伴生着青苔。石耳只有小指甲那般大,革质半透明。我买过两次石耳。一次在婺源的江湾镇。那是十多年前,江湾还是个破落的小镇,一个妇人用包袱包了半包的石耳,她说是在溪涧边捡的,捡了三天,才捡了这么半包。我全买了。我骢骢那时才三岁。她十分爱吃,低着头,不说话,拿起筷子,把石耳扫光了。在庐山买过一次,在一个农家杂货店。老板娘说:“这个石耳多好,你摸摸,你摸了就知道是庐山正宗石耳,你看看,石耳还有一层霜白。”我拎了拎,起码有五斤。买了两斤,背了几百里路到家。泡了小半碗,泡半天,烧起来吃,咸死人。原来这石耳是用盐水浸泡后再晒干的,咸味很难去除。再也没吃。

还有一种叫地耳的植物,被人熟知。地耳,土话叫地皮菇。和泡水后的石耳很相似。草地里、芦苇地、田埂上、河边的洋槐树底下,在初夏的雨季满地都是。地皮菇柔滑、鲜嫩、香润、低脂低糖,可炒食可做汤,是南方地上“美味八珍”之一。酸辣地皮菇也是上饶地地道道的本土名菜。我有一种做法,吃过的人无不称赞。把油炸豆腐剁碎,和地皮菇一起做酸辣汤,最后放香葱。地皮菇好捡,半天可捡一篮子,却难洗。地皮菇会卷起来,里面包着泥沙，要一片片洗，耗费功夫。春季，菜场路口，每天早上都有人拎一个竹篮卖地皮菇。现在我很少吃地皮菇了，原因是土地污染太严重，地表重金属过高。

在央视纪录频道，看《舌尖上的中国》，有一个篇章讲皖南美食，其中有描述皖南牯牛降采石耳的场景。一个绳子从山顶悬挂下来，绳子上绑一个人，慢慢垂降到山崖中间，荡秋千一样，采石耳。像走达瓦孜，真是惊险万分。一天也只能采二三两，有的人甚至落下悬崖，粉身碎骨。

自小生长在山区，但我并没有看过人工是怎样培育木耳的。有几个地域的人，培育木耳是他们的主要谋生方式。浙江的龙泉、福建的武夷山、安徽的祁门等地方的人培育木耳，相当于我家种白菜。在20世纪七八十年代，来上饶一带培育木耳的龙泉人很多，在山坞里搭一个棚，住上好几年。有的人也在上饶山区落了户。第一次见木耳培育，是在1996年，我去婺源，在梅林入口的一个小山村里，看见田里有一排排规整安插在地里的圆木桩，包着一个个白色的塑料袋，用黑色的遮阳纱布蒙着。我很是好奇。当地的一人对我说，那是在培育木耳。

我在闽北工作的时候，有一个镇，来我学校读书的孩子有好几百人。我问同事这个镇的人为什么来这么多孩子。同事说，镇里的人大多以培育香菇木耳为业，没时间照看孩子。那年冬天，我去镇里家访，见了很多菇民。暖冬，阳光黄黄的，从山垄斜照在小镇的街道上。溪流的两边，是稻田。稻田全是香菇木耳大棚。镇街两边的小店，大多经营香菇木耳。菇民会算，一年打多少桩，一桩赚多少钱，夫妻一年可以培育 8000 个桩，还不会很劳累，培育 1 万个桩的话，那烧饭都没时间了。我买了一包香菇一包木耳回来，放在办公室，以此警醒自己，把事做好，不然真对不起辛劳的菇民。

有一段时间，我对木耳真是迷得入骨。随时随刻翻开我的储藏柜，肯定有黑木耳白木耳。白木耳，也叫银耳，泡在水里半个时辰后便完全发胀，如燕窝，如雪浮在水里。我把白木耳、豇豆、红枣、葡萄干、红豆、黑豆、花生一起煮，当饭吃。吃了差不多有两个月，舌头难以产生味觉了，我才没吃。骢骢看着我端起碗吃，鸡皮疙瘩都冒出来了，说，世界上傻的人很多，比你更傻的人可不多。我哈哈大笑。母亲喜欢吃白木耳，可她不吃。她吃银耳会发胃酸，想呕吐。

木耳，木头上的耳朵。李时珍在《本草纲目》中说："木耳生于朽木之上，无枝叶，乃湿热余气所生。曰耳曰蛾，象形也。"地生为菌，木生为蛾。桑、槐、楮、榆、柳这五种朽木，易生木耳。培育木耳，也多以这五种树为腐生木。

似乎从来没有改变这样的印象：笨拙的、木讷的、有童话色彩的木耳，单纯的、野气的、有山民肤色的木耳。

苔藓一样活下去

有一次，我去德兴，看到河滩边的坟茔，我想起了朋友，想去看看他父母。在二十六年前，朋友因病三天走完了人生最后的旅程。他年长我两岁，一同在乡间教书，他常来我家借书看。朋友去世后，我也会去看他父母，每次去，他父母老泪纵横，哽咽无声。去了几次，不再去了。他父母住在河滩边，一栋土夯房。房子还是原来的样子，已无人居住。问了邻居，邻居说，老人随女儿住到另一个镇子去了。我怔怔地站在屋子的台阶前，有些恍惚。台阶上，青苔油绿，一株菊蒿开出粉黄的花。墙根和台阶，长了很多青苔，茵茵如织。窗台上也长了青苔，碗大的一块。这让我心酸。

屋空人散，青苔随雨水而至。雨水绵绵，檐水在墙根下渗入沙泥里，青苔长了出来，一小块，像墙上的癣。过个三五年，整条墙根发绿。一栋房子空了，青苔和蜘蛛最早得到消息。在空床上，在瓦下，在桌子下，在凳脚，在窗户的木格上，蜘蛛都会张网。蛛丝缠来绕去，一根蚕白的丝线张起时光蒙尘的网。苔藓沿着雨的足迹，把颓园变成了绿园。

孩童时，我一直迷惑，青苔是从哪儿长出来的？它没有种子，又不开花，怎么就长出来了呢？在池塘边，在老树根，在河中的石头上，在洗衣埠头的石缝里，在田埂上，在涵洞，青苔旺旺地生长。绒毛一样的衣叶，手指头挤一下，水渗满指缝间。我写的作文，第一次被语文老师作范文，在班上读，是在初一，写的就是青苔：“太阳冉冉升起，石头上的青苔像一块蓝布，被水涤荡。小鱼虾黏在青苔上，摆着小尾巴，睡眼蒙眬。太阳在说，起床吧，天气好着呢，可以去踏春了。”语文老师叫邱戴辉，戴一副黑边眼镜，把“冉冉”误读成了“再再”。大自然像个魔术师，可以无中生有，空手掌上飞出鸽子。学了植物学之后，我才知道，苔藓属于水生苔藓植物，由孢子繁殖而来。青苔是苔藓的一种。青苔长在水中或陆地阴湿之处。无水不成苔。乡间俚语说：三月青苔露绿头，四月青苔绿满江。雨水越足，青苔越盛。

有一种黑蚂蚁，喜欢在青苔里筑窝。这种蚂蚁全身乌黑发亮，一对触角如地雷探测器。墙根下的青苔，黏附着死去的飞蛾蚱蜢和晒死的蚯蚓。蚂蚁吃这些。我捉一只蜻蜓，扯去一半的翅翼，放在青苔上面，蚂蚁来了。来一两只，拖蜻蜓拖不动，去蚂蚁窝叫来一群帮手。蚂蚁有自己的路，弯弯扭扭，在青苔里穿来穿去。我用指甲剥去一小块青苔，蚂蚁急得打转，扭头回去，转一圈，又拉起队伍回来。一只蜻蜓，被一群蚂蚁抬走，像抬着一具山峦一样的巨型棺材。我做恶作剧，火钳夹起一块炭火，堵住蚂蚁的路，队伍溃散而逃。有一种矮小的菊蒿，也喜欢长在墙根下的青苔上。菊蒿只有一根筷子那么高，细茎疏叶，花像小圆伞，拢在一堆。

入秋以后，雨水日少，地气上抽，土地干燥。墙根下的青苔慢慢黄了下去，如黄毛狗的皮毛一样。霜降了，苔色发白，带枯焦色。我以为青苔死了，再也不会活。点一根火柴，苔衣扑哧哧烧起来。谁知冬雨来了，窸窸窣窣，下了一夜，青苔第二天又绿了。生命力真是顽强。村里人，以“贱”来喻示植物生命力的强盛，越贱越不可消灭。如杂草，落地生根。青苔算是“贱种”了。

青苔其实也很容易死。我们去饶北河摸螃蟹。螃蟹躲在河石下面，趴在沙里。河石浸入水的部分，有光滑的水苔，像石头的胡须漂在水里。手摸起来，黏黏滑滑。我们把石头翻个身，摸上螃蟹。过两天，水苔晒死了，一丝丝，风一吹，吹走了，石头又干净光滑如初。水苔里，常躲着一种蛇，细而长，乌黑，头尖。是水蛇，滑行的波浪如山脉线。还有一种凶猛的鱼，也喜欢藏在水苔下面，吃小鱼小虾和螃蟹，是鲶鱼。鲶鱼有尖利的牙齿。水苔成了鲶鱼的隐蔽物。

山涧产一种青螺。螺个小，螺壳尖长，呈水苔色，吸附在水中涧石上。青螺对水质要求苛刻，一有污染，青螺便大面积死亡。青螺寒凉，食用后可排毒。生口疮，烂舌头，得口腔溃疡，长痱子，吃两次青螺便痊愈了。外婆家门口有一条溪涧，源自高山峡谷。溪涧里有很多青螺。每年暑假，我们去溪涧摸青螺，摸一天能摸一大盆,分给各家各户吃。青螺煮起来吃,放盐,放薄荷,放生姜。夏夜在院子里乘凉,用一根竹签挑青螺肉吃。山涧水苔里,躲着一种扁头的蛇,有剧毒。蛇也是水苔色,肉眼很难辨别。摸青螺的人,被蛇咬伤后毒发身亡的事也有发生。摸青螺,我们带一条竹梢,啪啪啪,在水面拍打一遍,驱蛇。

人的感觉,有时候很奇异。人的感觉本身,含有自己的认知。青苔越茂盛,人的内心越荒凉。杂草越茂盛,人的内心越悲戚。花繁,人的内心喜悦。树浓,人的内心静谧。2012 年,我去九华山看望来皖采风的王雁翎、林森、赵瑜等老友。我们一起去拜会九华山佛学院住持藏学法师。藏学法师和我同代,是个高僧,也是一位书法家、作家。佛学院在树林茂密的山腰上,踏入寺庙,有静虚之感。我并没有被寺庙古朴精雅的建筑所迷住,有两样植物,第一眼便戳中我的心。指甲花和青苔。指甲花,种在内院的一棵树下,有五株,深秋还在开花,繁花堆叠。这也是我见过最大株的指甲花了,足足有一米来高。在整个寺庙里,指甲花是唯一绚丽的色彩,格外显眼。青苔无处不在。台阶上,树根下,麻石井栏上,瓦楞上,到处都是青苔。青苔油墨色,莹莹发亮。三位老友在书房里,和藏学法师交流书法,我一个人在内院看青苔,看得入迷。我想,在一个长满青苔的地方生活,生活已经成了修行。

日本京都有寺庙,叫西芳寺,寺庙遍布苔藓。地上、瓦上、树上、柱石上、门槛上,都是苔藓。因此也称苔寺。在战乱期间,寺庙僧人散去,便荒废了,苔藓成了寺庙的主人。战乱之后,僧人入寺，便由苔藓自然生长。来这里的客人，络绎不绝，看苔藓，抄经文。苔寺是京都著名的寺院之一。

寺庙一般建在树木繁盛之处，多阴湿，苔藓择地而生。南方的寺庙也多苔藓。2016 年，祖明去东岳庙还愿，我陪他。东岳庙四周的老树下，也是苔藓密布。见过很多寺庙，独独九华山佛学院的苔藓，让我震撼。我很难去修饰那些苔藓，也难以准确描述心里的感觉。苔藓像是枯寂生活的堆积，也像是高深的禅境。苔藓似乎有一种吸附声音的能力，凡尘俗世之人，肉胎凡骨之流，所发出的任何声音，都会被苔藓吸走，化为无声。

刘禹锡在《陋室铭》中说："苔痕上阶绿，草色入帘青。"这种人生的境界，才"可以调素琴，阅金经"。一个心静到极致的人，一个把生命支撑在内心的人，苔藓才会慢慢蔓延了台阶。王维在辋川时，写过《辋川集》，有一首《鹿柴》："空山不见人，但闻人语响。返景入深林，复照青苔上。"辋川是无人踏足的深山，适合入禅境，入心境。没有比深山有更多苔藓的地方了。朽木上，活树上，藤蔓上，裸石上满眼青苔。

现在，有很多城市人，在家里养苔藓，用一个器皿，如挖空的根雕，如玻璃缸，如假山池，如瓦钵，如凹石，摆在桌子上，铺一层细沙，放几颗河石，苔藓黏在河石上，日日浇水。我有几个朋友都养了青苔，这是生活的情致。可能看见了青苔，烦躁的心再也不会烦躁了。当然，这是城市人的可怜之处，青苔也需要养。

有很多地方，有青苔生长就会如古典诗境一般。如古老的石拱桥，如老祠堂的天井，如深山老林的树根，如淌山泉的岩石，如山涧的巨石,如林中颓败的墙。长青苔的地方,也适合长爬墙虎。有一次,我去葛源,在崇山头的溪涧上,有一座石拱桥,长满了苔藓和爬墙虎,还有凉粉藤。我在溪边洗手,抬头一望,石拱桥的侧身像一幅宋朝的国画。意境深远,让人觉得,人世间莫不是沧海桑田。桥上走过的人,来来去去,来时聚去时散,莫不是无影无踪。而苔藓依旧,青藤如昨。

怎不令人感慨?我看望过一个孤老的人。他住在三楼,一年难得下几次楼。他的子女都在国外工作。我见他的卫生间墙上,长了青苔,油绿绿的。我说,我去请一个工人来,把墙粉刷一下,青苔长在家里,会让人难受。老人说,让它长着吧,青苔都是长在需要长的地方。我说,那我来清除它,用盐水洗几遍,青苔便没了。老人制止了。

假如一个人去世了,肉身短时间不会腐烂,像木头一样,那么肉身长出来的植物,不是别的,而是苔藓。我看过盗墓人挖出来的棺材板,木质腐烂了,但苔藓绿了一层。

苔藓有细密的根须,能把灰尘、沙子、泥粒紧紧地抓在根须里。所以苔藓能在光滑的石面上、瓷器上存活,只要有水。太阳晒干了它,浇上两次水,它又活了。它卑微,但活得无比坚强。

我们要常回家看看,看看自己的老屋,看看年迈的父母,不要等到柴扉爬满了苔藓再回去,假如那样的话,会痛彻心扉。

谁知松的苦

过冬，有两样东西是极其珍贵的——柴火和粮食。在大雪封山之前，各户都会储藏干柴。最好的干柴，便是松片和松枝。当柴火的松树是病树。松树很容易被松毛虫侵害，松针不再发绿，慢慢枯下去，直至完全焦黄，树干脱皮。很多昆虫都喜爱以松树的木质或松果或松针为食，如松茸针毒蛾、松针小卷蛾、大袋蛾、新松叶蜂、微红梢斑螟、球果螟、松十二齿小蠹、落叶松八齿小蠹、云杉八齿小蠹、松干蚧、松材线虫、松褐天牛。松毛虫全身斑毛，深黑色或黑黄色，看一眼，让人毛骨悚然。松毛虫也叫毛虫、火毛虫，古称松蚕，有剧毒，在人皮肤上爬过，瞬间起斑疹，火辣辣地痛，不及时医治，皮肤溃烂化脓。初秋，季风来临，松毛虫随风而飘。在浦城工作的时候，有一天，同事对我说："这几天，有几十个孩子，手上、脖子上长红斑，不知是什么原因引起的。每年的初秋，孩子都会得这样的病，孩子有些恐慌。"我说

处，埋在我们发现不了的土层最深处。它痛，却喊不出来。刀扎进去，它若无其事地抖一抖身子，落几片针叶。刀一层一层往上割，一年一年往上割，直到树脂流尽，树一天比一天枯萎，被风吹倒，朽烂在山冈。矮山冈上，横七竖八地倒着被割死的松树，没死的都割了皮，裸露出来的刮面像一张张狰狞的脸，满是疤，斜斜的刀痕，被雨水湮黑。松树看起来木讷，无动于衷，生不荣死不哀。

人，从没想过给一棵树以尊严。松的痛苦是人的罪。

松不但给人生活的尊严，还给人精神的尊严。松木板，一块块钉成一个敞开的"回"字形，是我们的打谷桶；松木板，依墙体钉成一个盖井，开一个窗，是我们的谷仓；松木板，平铺在横梁上，钉实榨紧，是我们的楼板……我们在松下结庐，烹泉煮茗，舞风弄月。我们听松涛，看大雪压松枝，提着松灯访友……黄山松迎天下客。岁寒三友：松、竹、梅。明月夜，短松冈。

松，等同命运。

借草还魂

前天,我在自己的矮墙上,拍了一张植物照片,不知道学名是什么,晒在朋友圈求教。十几个植物控,留言给我:杠板归。我只会叫它土名:猫咪刺。这种植物,在饶北河流域,太多了,田间地头、山涧荒坡、菜地坟头,随处可见。我去上学,摘一片猫咪刺叶子,手掌拍一下,塞进嘴巴吃,酸酸凉凉。似乎它是万灵之药:生疖子了,嚼烂叶子,敷在疖子上;咳嗽了,捣出叶汁,一天喝三次;便血了,摘一把叶子直接吃,一天吃三把;拉肚子了,又去摘叶子吃;蛇咬伤人了,把血挤出来,摘一把叶子嚼烂敷在伤口上。早年,我家大门右边菜园,有一垛黄土矮墙,墙上长满了猫咪刺。祖父是个勤快人,把菜园料理得干干净净,唯独猫咪刺和三白草不除。祖父略懂中草药,也会去上山采药。有人口舌生疮了,祖父掰开病人的嘴巴,用筷子探进口腔,看看,说,去墙上摘猫咪刺吃几次,便会好。

为什么叫杠板归呢？让人费解。我查了一下百度。黄燮才、李延在1980年第2期《植物杂志》有刊文：相传从前有一个人，不慎被毒蛇咬伤左脚，红肿疼痛，小腿肿成大腿一样粗，全身发热，不久就死了，家里人只好将他装棺入葬。棺材抬到地里，死者的一位朋友赶来了，他打开棺盖，按摸死者的脉搏，侧耳听听死者的心跳。凭着他的行医经验，发现死者虽中毒已深，但并未完全死去。他说有救。随即取出随身带的草药敷在伤口上，又嚼烂一些草药给死者口服，大约半小时后，死者果然苏醒。在场的人向医生求教。医者说："这药是祖上所传，不懂它叫什么名。今天我的朋友得救了，棺材也暂时不用了，这草药就叫它杠板归吧。"

把棺材板扛回家的意思。一个人，由阴转阳，一具肉身再次魂魄附体。

杠板归也叫河白草、贯叶蓼，又名蛇倒退印，一年生攀缘蓼科植物。茎有纵棱，棱生倒刺，叶三角形，入夏开紫白色花，入秋结黑色瘦果。

在20世纪七八十年代，疔疮在乡间盛行。疔疮是一种闻之让人色变的皮肤病毒感染疾病，会造成大面积肌肉组织坏死，疮口溃疡之后，并发其他疾病，有人因此死亡。在缺医少药的年代，疔疮很难医治，即使医治好了，也会留下伤疤。三白草和猫咪刺，是医治疔疮的良药。

作为拥有肉身的凡人，体内有太多的毒素，毒素多了，便会生病。猫咪刺有强力排毒的功效。

在我们日常生活的环境里，神奇的植物与我们相生相伴。有一种植物，叫卷柏，长在向阳的岩石上，或在石缝里，看起来像狮子的鬃毛。无论天气多么干旱，卷柏即使晒得焦黄，叶末发黑，也不会死。因此也叫不死草、长生草、万年青。它靠露水生存。小时候去金畚斗山砍柴，把干了的卷柏割回家，发灶膛。它和苔藓长在一起，贴着地面的沙子，网状散开。我们不知道卷柏是什么，以为它和山蕨一样是地衣。我们叫它石松，也叫石柏，又以为它是松科或柏科植物。其实它是兰科植物，是植物中的“四不像”。

有一年，村里有一个妇人，吐血很厉害，瘦得像蚂蟥。看了方圆几十里的医生，也治不好。她老公用一根木杖，牵引她，背一个蒲袋，四处寻医。蒲袋里，是几个番薯，当饭吃。药当茶喝也不管用，最后躺在了床上，等死。人也走不动了，饭也咽不下，子女围在床边哭。全家陷入了绝望。

浙江舟山来了个化缘老僧，留了一个偏方。家人上山挖卷柏，煎水喝。喝了三个月，妇人再也不吐血了。

卷柏起死回生。一年后，老僧又来，村里人不想让他走，留他在山上建庙，普度众生。老僧说，人怎么普度得了人呢？是佛普度众生。老僧走了。妇人在山巅建了一个亭子，叫还魂亭。亭子周围，全是卷柏。卷柏，就是还魂草。村里人把卷柏当佛一样供奉了起来。仿佛卷柏，就是老僧的化身。

还魂草，也叫金钗，是铁皮石斛的一种。

魂是寄居在肉身里的，离去了，还回来，继续寄居。如虫蛊之暂居，如秋霜之散去，如樱花之绚丽，说的，就是我们吧。

七月十四晚上，我约了几个朋友，去小镇玩。母亲说：“明天鬼节了，你不要出去玩了。”我说，哪来的鬼呢？母亲白了我一眼说，你读了几句书，就知道没鬼了？洲村路口，一旦晚上有吱吱吱的叫声，第二天肯定出一次车祸，死人，这几年都这样。那是野兽叫，黄鼠狼、狗獾，争食吃，都吱吱吱叫。我边说边走出黑黑的巷子。“记得早些回来，野外有东西在游荡。”母亲又嘱咐道。

我是个无神论者，但相信有我们肉眼看不见的东西存在。也许人是因为有了魂魄，肉身才不会腐烂，才可以说话、吃饭、做爱，才可以睁开眼睛看世界。人没了魂魄，精血散失，和一块冬瓜差不多，半天渗出黄水，溃烂。一个人死了，魂魄业已离去，去了另一个世界。另一个世界是什么世界，存在于每一个人的想象里。

前两个月，看美国天体物理学家霍金的科学遗嘱，霍金说，神是存在的，如《圣经》所言，人由神造，并非进化。我也不赞同人由类人猿进化而来。看了达尔文的《物种起源》，我不明白，地球上为什么只有人类是有智慧的，其他动物为什么进化不出智慧呢？当然，这是我天真的想法。量子力学现在被应用在实践中，量子理论证明，人的意识也是物质的。这和我们早年学的哲学大相径庭，甚至完全相反。我们人类认识物质，只是认识了现有物质的百分之五。宇宙是一个多维空间，人类所认知的生存环境也是有限的，还有更多的空间，人类未知。

我们肉眼看不见的东西,或许在我们未知的空间里存在。那个空间是极昼还是极夜呢?极热还是极寒?看不见的东西以什么形式存在呢?以光?以声音?以磁场?以射线?不得而知。因为去了未知空间的人,从来都没回来过,这是人类恐惧的根源。

三十六计中的第十四计,叫借尸还魂,原意是指已经死亡的东西,又借助某种形式得以复活。我很喜欢这个成语,魂魄可以“还”回来。多好。还回来了,就是重生。

由阴还阳。人借植物还魂。植物是普度众生的河流,我们是河流上的浮木。植物不但养育我们肉身,还治愈我们肉身。

还有一种可以还魂的植物,叫艾。它天生就是用来治病救人的。它就是上帝派往人间的岐黄。

绿艾,绿艾,叫起来,就像一个民间的抒情诗人。艾是蒿的一种,即艾蒿。青叶可食,干叶作艾绒,用于针灸。三月三,五月五,是采艾时节,晒干,作陈艾。

清明,饶北河流域,家家户户做艾粿。艾叶娇嫩,采来,捣碎,和糯米粉一起和团,包菜馅,饺子形,蒸熟吃。馅是酸菜、豆腐泡、咸肉、香菇、辣椒、春笋一起剁碎做的。艾吃多了上火,便把泥鳅草和在艾草里,一起捣烂。艾馨香浓郁,黏稠,吃起来满口香。德兴、婺源磨艾粉,四季做艾粿吃。

和桃木一样,艾是植物中的圣物,避邪驱鬼。端午,门楣上要插艾,香桌上也插艾。乡间有“赶路头”的招魂术。招魂的人,手上拿着三支艾草,拍打路两边,像是驱赶什么东西。到了路头(路岔口)祭祀路神。艾草把鬼赶走,把魂招回来。

魂招回来，就是把阳招回来。提阳，暖阳，生阳，回阳，是艾草的根本药性。阳生阴散，邪气驱离，病人便康复了。

我外婆，我祖母，都是视艾草为神物的人。我去外婆家拜年，到了下午三点，外婆用一个碗，撮几片艾叶，放在火炉里炖三个冰糖鸡蛋给我吃。艾叶苦味重，艾汤黑黄色，气息刺鼻。我不肯吃。外婆便说，艾汁吃了好，其他人想吃都没得吃呢。祖母也是，三天两天炖艾汁喝。隔了十多天没喝，她会浑身难受，说没喝艾汁身子软塌塌的，提不起力，身子就像一团棉花。

上个月，溺水孩童的消息，常见于报端。有人发朋友圈，搬出孙思邈《备急千金药方·卷七十五·备急方》治落水死方："解死人衣，灸脐中。凡落水经一宿犹可活。"可见艾灸，有不同凡响的地方。我是信艾灸的人，写作时间长，会腰酸，颈椎不舒服，我就去下街找中医廖兴辉，艾灸三五次，便会恢复。

艾叶越陈老，效力越厉害。乡间多有把艾叶藏了十几二十年的人家。随便去哪一户人家，讨一把艾叶，都能从阁楼里翻出一大布袋。陈艾泡酒刮痧、解中暑，十分有效。有一年，我大姑还健在，我中暑很厉害，躺在竹床上呻吟。大姑见我病恹恹的，用酒泡陈艾，炖热。她把艾酒洒在我身上，用艾叶擦洗身子，刮痧。刮好了，我躺了十几分钟，下床找粥喝了。我知道一个长生的偏方：中年以后的人，用陈艾焐脐中睡觉，驱寒生阳，去老年寒疾。

阳是生命的根本。艾草就是渡船，把阳渡到肉身里。

世间有还魂术，但都借草还魂。

夜雨桃花

假如你问我，夜雨中的桃花，怎么破碎的。我会说，又有一个人已离去。水带走的人不复返。

雨自中午滴滴答答地下，绵长轻柔，地上的灰尘黏结，像一粒蜗牛肉。到了傍晚，雨势乌黑黑，从江边压来。樟树桂花树和池塘边的芭蕉上，雨珠当啷啷地跳荡。密密麻麻的，漆黑中的雨滴，落在江面上，溅起一阵阵风。

我打一把伞，去不远处的山上。那里有十几亩地的桃林，我得去探望。昨天早上，我去过。桃枝缀满了艳丽的桃花，如初晨的霞光，稀疏的桃叶正在不断地发青。从桃树发第一个花苞起，我便每天都要去林子里。我想细细地看桃花初开到凋谢的过程。每一棵桃树，什么时间开花，开了几朵花，在哪一天凋谢了几朵，我心里都有数。每次站在林子里，我便满心愉悦。在很多年里，我十分讨厌人，甚至不愿和人说话，更别说去认识人了。

没有比人让我更厌恶的物种了。我知道，这是我的心理疾病，但我没办法克服这样的想法。于是，我在山上种树，种了梨树、枇杷、枣树、柚子树、橘子树，还种了很多花，迎春、葱兰、藤本蔷薇、串串红。我在列种植的植物名单时，列出的第一个便是桃树。我不吃桃子，但我爱桃花。

桃花烂漫时节，让人迷醉。我不知道，有哪一种花，能像桃花一样，让人内心焚烧起来。

在很多年前，我去过一个山中废弃的林场。林场前有一个三五平方公里的水库，四周无人居住。林场后面的山上，种满了桃树。正是桃花明媚的季节，树上罩着一片霞云。我惊呆了，从没看过那么广袤繁盛的桃花。我在桃林里四处野走，头上、衣裳上，落了很多花瓣。一个人在桃花林里，会想起曾经的海誓山盟，会想起曾经同船共渡的人。假如你爱一个人，不要带恋人去桃花林踏春赏花，有一天，恋人离去了，而桃花依旧灿烂，那会多么悲酸。唐代诗人崔护《题都城南庄》："去年今日此门中，人面桃花相映红。人面不知何处去，桃花依旧笑春风。"假如有一天，你去一个村舍寻访，久扣柴扉门不开，而门前的桃花恰好怒放，满树的焰火。柴门里的故人，去了哪里呢？看到桃花的瞬间，仿佛海潮填满胸膛。

桃花，念起来，它像一段往事。

桃花，想起来，它像一缕影子。

桃花，春天枝头上的一个秘密驿站。

在驿站里，相悦的人，有说不完的话，执手相看，转眼间，天已黑。脸颊上的花香,风也带不走吹不散。

曹雪芹写黛玉死前,在沁芳闸桥边葬花,每每读之让人伤心欲绝。黛玉肩上担着花锄,锄上挂着花囊,手拿花帚,唱着《葬花吟》:

……

尔今死去侬收葬,未卜侬身何日丧?

侬今葬花人笑痴,他年葬侬知是谁?

试看春残花渐落,便是红颜老死时。

一朝春尽红颜老,花落人亡两不知!

在桃花飘落的季节,一个失情的姑娘,把花葬在泥土里,让花回归到最圣洁的地方。沁芳闸桥边,是恋人约会、吟诗的去处,也成了诀别的地方。桃花成了生命消逝的证词。

我去过很多寺庙,寺庙也大多种桃树。在南岩寺,在博山寺,在天荫寺,寺庙门口两边的路上,都种了桃树。今年春,去南岩寺看望朋友,正值桃花盛开时节,在院子里,十几棵桃树如积雪一样堆着白花。寺庙沉静,空旷无人,虽似积雪,但寂寞无声。白居易《大林寺桃花》写道:“人间四月芳菲尽,山寺桃花始盛开。长恨春归无觅处,不知转入此中来。”也许,寺庙种桃树,是自古以来就有的。桃花,在出其不意时,给人以深邃的禅境。人间的繁华不再,红尘似云飘散,踏入山寺,山道两旁的桃花成团,清泉自山岩轻轻滴落,叮咚叮咚,有枯寂的韵致,让人悲欣交集。

我去过一个无人的山寺，叫太平圣寺。去山寺，徒步要五里，沿山道，弯弯而入峡谷，峡谷蜿蜒逼仄。我一个人散步，到了山寺。山寺无人，屋舍干净，寺庙前的水井清冽，翻涌。寺前有一个回廊般的山坳。山坳里开满了桃花。在春寒尚未完全消退之际，一个冷寂的山坳，遍野的桃花如一群故人，适时相聚。

桃和李，相当于两个同桌。桃和梨，相当于动荡年代的两个兄弟。桃即逃，梨即离，有着人世间最深的况味。赠之以桃，报之以梨，不会相忘于江湖。桃，从木从兆，兆亦声，“兆”意为“远”，即远方的果树，爱桃之人，钟情于远方。

桃是时间翻过去之前，所停顿下来的钟摆。过年的时候，我们用桃木板分别写上“神荼”“郁垒”二神的名字，悬挂门首，祈福灭祸。这就是桃符。桃木有压邪驱鬼的作用。家中的香桌是桃木做的。道士的剑是桃木做的，桃木剑是道教的重要法器。钟馗的大木棒叫“终葵”，也是桃木做的，用于驱鬼杀鬼。传说后羿被桃木棒所杀，死后封为宗布神。桃木乃五木之精，门厅插桃枝，鬼不敢进门。桃木乃神器，又叫神仙木。神仙吃的水果，不是葡萄荔枝石榴雪梨，也不是火龙果榴梿香蕉杧果，而是蟠桃。

金庸写武侠，造了一个童话般的岛，叫桃花岛。桃花岛可能是历代小说中最著名的岛了——与世隔绝，无忧无虑，桃花开遍了山崖，涛声拍岸，浪花如飞雪。陶渊明写了一个“无论魏晋”的桃花源。桃花有隐逸之美。

在南方山间的小村，院子里，桃树是常见的树。种树的人，不仅仅是为了赏花，更是为了吃桃。桃分油桃、蟠桃、寿星桃、碧桃、毛桃、水蜜桃。桃多汁，甜，口感柔绵或爽脆，汁液清凉。

桃子熟了，可以采摘吃了。不摘，便会烂在树上，或被鸟吃。桃分泌糖分，鸟爱吃。鸟也爱在桃树上筑巢。鸟都来吃了，人怎么可以不采摘呢？唐人杜秋娘，写过一首《金缕衣》："劝君莫惜金缕衣，劝君惜取少年时。花开堪折直须折，莫待无花空折枝。"有好的姑娘，你一定要表白，要把她带回家。水蜜桃熟时，也是姑娘初长成时。在对姑娘所有比喻的词语之中，没有哪个词可以超越水蜜桃了——有质感，有视觉感，有触摸感，让人荷尔蒙加速分泌。水蜜桃，有绯红的脸颊，青春的膨胀的汁液，既羞赧又孤高。

孩童时代，我家有一棵高大的桃树，两米来高，树分桠，向南的一枝压在下屋的屋顶，向西的一枝斜出围墙。桃树分泌一团团松黄色的树油脂，从树皮的裂缝里淌出来，捏起来软软的，像糖糕。鸡在树下扒食。红艳艳的桃花在三月蹿上枝头。在乡间长大的孩子，可能都会有一个关于桃花的记忆。

山上有了一块空地之后，我便想着种桃树。不是每一个人都会有岛，有一个小山坳也是好的，种上三五亩桃树，春天了，散淡又热烈地开花。两个多小时的大雨后，桃花也许落地成泥了。"每一次看到桃花，都像第一次看它。"我低低自语。每次站在桃花下，看着开在枝节上的桃花，我能听到阳光在它体内的声音——在经脉里漫游，传递寂寥的心跳，把隐秘的雨水带回高处。花还没完全撑出来，像一个女人，渴望爱又不知怎么去爱，把爱含在眼睛里，把火焰含在水里。桃叶一小片一小片，衔在枝节上，浅绿，敷着绒毛，如小女孩头上的兔耳辫一样翘着。说实在的，我不太喜欢桃花，艳艳的，像焚烧起来的情欲。多旺盛的情欲！足可以把初春的空气点燃，几乎可以让人感觉到空气噼噼啪啪的震颤之声。去年种了桃树，我喜欢上了桃花翛然的样子，奔放，拥抱自由的焚烧。热烈多好，桃花不是开的，而是裂，把最绚烂的光阴，裂成花瓣的形态。

夤夜，狂风大作，滔滔之水灌进一般。风在咆哮。雨啪啪啪，雨线闪射着光，发亮，漆黑的亮，蒙蒙一片。桃树在风中惊慌地摇来摇去，像一艘小船遭遇海浪一般。雨打在桃花上，桃花颤抖一下身子。水从树身下滑，把天空多余的重量，带进大地。绽开的花瓣坠下，斜斜地，被风刮走。刚刚泛青的杂草上、台阶上、矮墙上躺着零乱的花瓣。

不知是否有这样的植物，一生只开一次花。一生之中，人又会有几次花期？可能一次花期即穿越一生，也许一次花期仅仅一个晚上。春天的雨略带寒意，雨丝抽下来，嘶嘶嘶。桃花有的依然盎然，有的被雨打翻落地。之前，我臆想，花瓣落地会像尸体摔在地上一样轰然作响，事实上悄然无声，只是在空气中晃了晃身子，甚至来不及喊一声痛，便脱下鲜艳的舞衣，轻得连大地都没有觉察到颤动的飘落。

倘若这里有一座寺庙该多好，那样，桃花的劫难便有了慈悲的意味。

嘉木安魂

敞开式的山，峰峦像一顶顶斗笠。山坡缓缓而下，如一道道梯级的瀑布。阳光从坡顶流泻下来，有向日葵的光泽度。杉林墨绿似海，苍鹰在盘旋。杉林，在静默的群山之中，成为天空的倒影。

在南方，没有比杉树更庞大的植物了。在菜地边，在荒坡上，在坟地里，在延绵的山梁上，乡人都会种上杉树。我在浦城山区，认识一个种树人，六十多岁，整个春季，天天背一个背篓，种杉树。有一次，我散步至浦溪边一个山坳，他正在种树。山坳有一大块长满了芭茅的荒地，十余年前是菜地，因无人耕种，成了荒地。打猎的人常来这里，设下陷阱，捕捉黄鼬和兔子，也捕捉山鸡。我也认识这个打猎人，晚上骑一辆破摩托车，背着猎枪，后座拖一个麻袋。麻袋里装着捕捉器。猎人头戴一个大矿灯，一个人在野岭出没。种树人用一个木桶，把黄泥泡上水，手搓揉黄泥，泥浓稠成浆。他把杉树苗的根须，裹上泥浆种下去。我不懂，问：“为什么要裹泥浆呢？”答：“这叫滚浆。根须滚了浆，成活率会大大提高。”种树人黑瘦，穿褪了色的蓝衫，他说种树好，爱种树的人不作恶。他姓季，种了半辈子的树。种的也都是杉树。秋冬季，他烧荒，把芭茅根挖上来，挖树洞，到了春季种。

杉木直条，木质较硬，纹理俊雅，哪一个乡人会不喜欢呢，有谁离开得了呢？我们做八仙桌，做木床，盖房子，箍木桶，杉木都是上好的木料。父亲做房子的时候，预备木料花了十几年的时间。杉木来自分水关的高山，脸盆粗，树身长达二十几米。我去过分水关，坐一个小时的拖拉机，爬三个小时的山，到了林场。林场只有三间瓦房，住着两个护林员。那是一个原始森林，松树、杉树、荷树耸入云天。父亲提一个大板斧，伐木。木是杉木，抬头望望树梢，一缕婆娑的阳光射下来。板斧昨夜就磨光了，刃口闪闪，白色的精光和斧脑深沉的漆黑色，让人感到一棵树的分量如一座山。咚，咚，咚，板斧吃进树的下身。树轻轻抖一下身子，落下了树叶上的昆虫和枯叶。斧声沉闷，单调。山间却有了回声，嘟，嘟，嘟，每一声都悠扬，震动山谷。木屑片从斧口落下来，白白的，一片一片。父亲挥动着手臂，斧头高高地扬起重重地落下。父亲紧紧地抿嘴唇，肩胛骨隆起来，张开，收缩，脸上的汗珠爆出来，衣裳湿透。砍了十几斧，父亲便气喘吁吁，叉开双脚坐在地上抽一支烟。“砍一棵老杉木，像生死搏斗，用尽了全身之力。”父亲说。砍一棵杉木，差不多要砍二百多斧。斧口沿圈砍，看到树心了，树晃动得厉害。树心发出呀呀呀的声音，那是木质在断裂。父亲用一根长棕绳，绑在树身上，斜拉。树慢慢倒下，最后，哗的一声，轰然而倒。父亲用大砍刀，剔树枝。一个劳力一天砍不了五根老杉木。砍下的杉木，拖到林场，用毛笔在树上写上伐木人的名字，存放半年，扛回家。

厅堂两侧有穿梁，杉木横搁在穿梁上。杉木湿度大、重，架在四米高的穿梁上，是难事。请来帮工，树身的头尾，用棕绳绑死，三个人站在阁楼上，拉棕绳，两个人站在木楼梯上，一个肩扛一个手托，把木头送上去。一根老杉木阴干，至少五年。穿梁上搁了八十多根老杉木，厅堂都阴暗了。燕子也不来筑巢。燕巢在横梁上，燕子找不到。之前，燕子每年来，斜斜地飞进大门，唧唧地叫，悬趴在巢口。

进了我家厅堂的客人，看见那么多老杉木，便觉得我父亲日子过得殷实，问："叔，什么时候盖房子啊？你盖房子，我可要来喝一杯喜酒的啊。"我父亲笑眯眯地说，快了，就这一两年的事，地基早有了，木头也有了，动手做，只是选日子的事。

日子选了十几年，也没选好——哪有钱呢？寅吃卯粮，嘴巴都顾不上。到了有钱盖房子的时候，村里已无人盖泥夯墙木结构的房子了。父亲便再也无力盖房。

那时老杉木值钱，村里有以偷木头为生的人。偷木头的人，年轻有大力气，能跑能饿能吃能熬夜。去驮岭坞偷。驮岭坞离村里有十五里山路，翻一座山下去，过一条四季激流的溪涧，再翻山。山陡峭嶙峋，如刀削。却有百年老杉木。驮岭坞往东五里，是童山。外婆家便在童山。外婆故去，安葬在驮岭坞对面的山腰上。“将军”（抬棺人）一般是八个的，四个人一组，轮流抬。外婆安葬，请了十六个“将军”，走了两个时辰，才送上山。偷木头的人，三人结伴，待天黑了，晃着三节手电筒，出发了。一人扛一根木头回家，已是天亮。一根木头可以卖十几块钱。驮岭坞有云豹、熊。豹熊不常现身，常现身的是豺。豺也叫亚洲野犬，是群居动物，凶狠。追着人跑，跑不了十分钟，人便落入豺口。村里有很多关于豺的趣闻，说豺悄悄跟在人后，趁人不注意，把人撂倒，从肛门口把肠扯出来吃，十分恐怖。豺吃人，不仅仅是吃肠，而是尸骨不剩。偷木头的人，并没有谁被豺、熊、豹吃了，而是被蛇咬，毒发身亡，或者摔下悬崖粉身碎骨。驮岭坞有护林员，却不去抓偷木头的人，天黑风高，不会上山，即使上山，也怕遭遇不测。但他有猎狗，三五只，晚上放出去，扛木头的人听到猎狗的叫声，魂飞魄散，扔下木头就跑。熬一夜，人饿得受不了，便吃自带的食物。食物是焖红薯，藏在褡裢里。

有一个偷木头的人，不怕猎狗。他经常去林场玩，每去一次，便会带些肉和谷酒，和护林员成了酒友。林场只有一户人家。猎狗认气味。女人也认气味。护林员的老婆三十多岁，善厨艺，也善酒。偷木头的人去了几次，和护林员老婆好上了。每去一次，两人便死劲灌护林员酒，醉了便死睡，睡得不省人事。

到了冬天，有收购木头的人，来村里，拉到浙江去卖。

杉木，纹理通直，结构均匀，不翘不裂，打家具很好。箍桶师傅钱粮在院子箍木桶，用杉木。他咚咚地拍着箍桶，说，一旦水桶打上清漆，挑二十年水，桶底也不会烂啊。他手工打的脚盆、脸盆和水桶，上了清漆或桐油，用上十年也不会漏水。院子的矮墙上摆上各种木桶和木盆，青白暗黄的木质，幽暗的木香，看几眼也会舒服爽心。他是村里唯一的箍桶师傅。姑娘出嫁了，打一套木料嫁妆，也大多出自他之手。我小妹出嫁，也是打了嫁妆的。饭甑、脚盆、马桶、洗脸盆、木楼梯、椅子、矮板凳、水桶，都是全杉木老木料。钱粮师傅一边箍桶一边唱：

锯板师傅锯齿响，送往迎来锯木板。
你来我去别无巧，全靠三餐饭咥饱。
两人对面笑嘻嘻，锯糠落地雪花飞。

钱粮师傅喜欢唱山歌。他觉得自己嗓音好，有人在边上夸他几句，他会唱得格外卖力。我母亲烦他唱山歌，私下对我说："哪是唱山歌，像个吆街的。"但我母亲喜欢他做的木桶，说，箍了十几年的木桶，一个铁钉也没用，一圈铁丝箍桶腰，完了工。

盖一栋房子，柱子、梁、门、窗、瓦椽，全杉木。一个家的全套家具，也全是杉木的，摇篮、床、沙发、八仙桌、长板凳、靠背凳、长条香桌、衣柜、碗柜。厅堂的木墙板，也是杉木的。杉木板刨光，打一层清漆，木墙板油油地发亮。木墙板，我们叫壁板。杉木的纹理像傀儡戏的木偶影子，魅惑。孩童时，我会怕这些影子。在我发烧的时候，便觉得影子会动，会跳会舞——产生的幻觉，让我觉得杉树是有魂魄的。

杉木也是上好的棺材木料。做棺材，不用树身，用的是树的根部。根部坚硬，木质敦实。树身木料做的棺材，轻便，只有给短寿的人做棺材才会买。我二姐夫在九十年代的时候，从陈坑坞买杉树根，一车一车地拉来，雇棺材师傅常年做，卖棺材。棺材师傅只需用三样家什（工具）：斧头、钻、刨。一块一块的棺材板，全靠斧头劈出来。当当当，当当当，斧头劈的声音，没个休止。一副棺材不用一个铁钉，用铁匠铺打的扣钉。做好棺材那天，要在棺材前上香，烧纸，请酒，祭拜。这是规矩。“没行规矩，棺材会出鬼。这可是真的。”这话是我三舅舅说的。他可是一个讲古讲得当真的人。他说，五桂山有一户人家，给老头子做了一副寿枋（棺材），师傅不讲规矩，没有请酒祭拜，出了怪事。什么怪事呢？三舅舅喝一口浓茶，望望在座人的脸，露出空牙床，说：“寿枋搁在阁楼上，到了下午，寿枋里有人叫，哎哟哎哟的，像一个全身疼痛的人。打开寿枋看看，什么也没有。后来请了道士，施了法，捉了鬼，才罢了。”三舅舅讲古，当真事。我也听得入神。

在我们的生活之中，杉树许是和我们贴得最近的一种树。给我们家，给我们烟火气，给我们最后的安放。山峦奔泻，杉木葱茏，大地安然。

遗忘的花神

从牛桥转到斗米虫山庄，已是傍晚。金粉一样撒落在田畴的阳光，被一群飞过林杪的鸟驮走，飞驰而去。时间是一种很轻的东西，没有任何重量感。

这是一个荒落的山庄，几间简易的屋舍和日盛的秋意，让人觉得居住在这里的人，是结庐深山的陶渊明后裔。山垄原是一片稻田，前几年种满了桂花。两边的山梁和坡地上种的是油松。油松是一种笨拙的植物，在贫瘠的山岩地，过着不疾不徐的草民生活。油松矮小，遒劲，戴着松松垮垮的毡帽，一副樵夫的模样。油松下，是枯黄发黑的针叶，野蔷薇、山楂、山荆，择一钵之地，竞相生长。山垄则是一个抽屉，从两条山脊间拉出来。落居的人在院子里，用柴刀削一根根木枝。熟人称他老童。他敦实，穿粗布浅灰秋装。木枝三十来厘米一节，每节间有枝瘤。老童削开枝瘤，一条白白胖胖的蛹蜷曲在浅黄的木质里，老童说，一条蛹要换一斗米呢，比冬虫夏草还贵。

木枝其实不是木枝，是木质化的藤枝。藤叫黄刺藤，学名称云实，又叫员实、天豆，蔷薇科，枝和叶轴有钩刺，在暮春，叶稀花盛，枝轴间点缀着金黄的小花朵，在很多公园或庭院，种植它来圈成篱笆墙。这种篱笆墙也叫绿篱。花朵顶生，张开四片圆形花瓣，盛开时反卷，像美人的发髻。《别录》曰："云实，生河间川谷。十月采，暴干。"十月秋霜来了，枝上挂起刀状的荚果，也因此故名带刀树。荚果剥出来，和小蚕豆差不多，有毒，食之会肠道紊乱。云实性温，苦涩，有毒，散寒通经。它的茎块不可多食。我有一个同事，把茎块挖出来，以为是木薯，煮食，两小时后休克，精神短时错乱。

小时候，我们用一个洗净的墨水瓶，装一只天牛，藏在书包里。下课了，在廊檐的过道上，把两只天牛放进玻璃罐，斗天牛。天牛有两支长触角，螯足一般，瞠目，张牙舞爪，披着绿茸茸或黄褐色的盔甲，像个武士，视族人兄弟为死敌。天牛前半截像黄蜂，后半截像蟋蟀，翅膀像豆娘，飞起来发出咯咯咯的声响，像锯树的声音。天牛也叫锯木郎。法布尔在《昆虫记》里，管天牛叫伐木工人。我们用尼龙丝绑住天牛的后肢，任它飞，咯咯咯，撞在廊柱上，撞在窗户上，撞在廊顶上，咯咯咯，像失去了导航的直升机一样，呼呼呼地打转，落了下来。天牛食桑树、樟树、橘树、杨树、柳树、松树等树皮，在树林间，咯咯咯地飞来飞去。树林是它们的伊甸园。天牛在树林里唱歌，舞着翅翼求偶，在树叶上交配，把卵植入木心孵化，发育，蜕蛹。树皮被啃食，树大片大片地死。农人喷洒杀虫剂,昆虫尸横遍野。德国作家赫尔曼·黑塞曾言:“如果你憎恨某人,你必定憎恨他身上属于你自己的某部分。与我们自身无关的部分不会烦扰我们。”我们憎恨昆虫,不仅仅是因为它们啃食我们的蔬菜和林木,爬进我们的食物,污染食物和水源,还因为称之人类的我们具有与昆虫相同的特性——以侵略和毁灭其他生物饲养自己。昆虫是弱小的生物。权贵爱这样蔑视他人:“踩死你如同踩死一只蚂蚁。”昆虫是鸟、鱼、蜥蜴、熊等动物的美食。它可口的蛋白质是其他动物的主要养分。我们用天牛钓鱼,把天牛的头穿进鱼钩,天牛在水面上扑棱棱地游,鱼跃出水面,把天牛叼进嘴巴,鱼钩刺穿了鱼唇,被人钓了上来。人多善于投放诱饵。人又像鱼一样,喜食诱饵。天牛把卵注入木心,鸟鱼再也无法叼食。木心成了卵和幼虫的温床。那是它的子宫和摇篮。天牛把卵注入云实,称云实蛀虫,中医称黄牛刺虫。天牛也把卵注入葛、樟树、杨树、松树等树,在云实孵卵的天牛叫蔷薇天牛。在不同树上孵化的幼虫,营养价值也不同,在云实孵化的幼虫,可治小孩厌食症、尿床、紫癜,提高人体免疫力,古人用一斗米换一条虫,遂称斗米虫。我小时候常吃葛藤里的幼虫,放油锅里浅炸,松松脆脆,满口生香。

山垄边的菜地上,种了好几畦云实。叶子凋敝,孤零零的枝杈更显秋意荒凉。云实一般生长在河边、低洼地里、山脚坡上,喜温半阴,地质偏酸性,可插枝或果实培育种植。有树它伸藤,有墙它攀缘,无攀附物,它就像一棵落叶乔木。暮春时分,它俊俏的花朵开遍了川峦,远远望去,像星星绽放在锡箔般的天幕,绚烂。

山塘在岩石下，二十几只鸭子在塘坝上，梳理羽毛，嘎嘎，嘎嘎，还有几只在水里浮游、觅食。鸭子是花鸭，它的祖先是绿头鸭，脚橙黄色，头和颈辉绿色，颈部有白色领环，上身黑褐色，腰和尾上覆羽黑色，两对中央尾羽亦为黑色，外侧尾羽白色，翅、两胁和腹灰白色。它们聚集在塘坝上，像一群即将出席晚宴舞会的乡村绅士。杜甫在《江头五咏》（丁香、丽春、栀子、鸂鶒、花鸭）中有首《花鸭》："花鸭无泥滓，阶前每缓行。羽毛知独立，黑白太分明。不觉群心妒，休牵众眼惊！稻粱沾汝在，作意莫先鸣！"看样子，花鸭虽是家禽，还洁身自好呢。老童说，这里的花鸭和黄鸡都是放养的，无人照看，完全野化了，在草丛里筑巢、生蛋、孵雏，数量一年比一年多。

山塘尾梢是蓬勃的树林。同游的陈柳说，树林里有禾雀花，你见过禾雀花吗。我孤陋寡闻，说，多有意思的名字。树林是混合林，有油桐、松树、香樟、苦槠等乔木，也有山荆、次楠、油茶等灌木。可能称藤林更适合。树木上缠绕着一种藤，手腕粗，藤叶尽落，给人沧桑感，不免产生许多人生自守草木枯荣的况味。我从没看见过这么粗的藤，或许要百年才能长成这么粗呢。老童说，这还不算粗，林里还有比大腿粗的，藤覆盖的面积有一百亩。我说去看看。老童三跳五跳就进了林子。我也跟着进去。穿岩石缝，爬山沟。这样的地方，想是无人进来的。藤的枝节上，爆出细芽的花苞，尖尖圆圆，润红的尖芽，像美人嫣红饱满的唇珠。陈柳说，每年清明时节，花开的时候，游人如织，来看雀儿站立一样的花。老童说,山后有一个野谷,还有一株更老的藤。野谷由三座岩石山组成,山垄的东边和西边,各建了一个小水库,形成一个密闭的山谷。横峰县以港边河中上游为界,东南为丘陵地带,属于丹霞地貌,西北为山区地带,属于山地地貌。丹霞地貌会有许多断岩。野谷里,一座岩石山整体断岩,刀切松糕一样,赭褐的岩体裸露,有百米高千米长。一株老藤绿绿的,攀上了岩顶,如一道绿门帘,又像一道奔泻的瀑布。我不由得惊呆了。同游的乡人,翻出禾雀花的照片给我看,花有釉色,水煮鸡蛋剥壳后一样白,一串拢在枝节上,像一只白禾雀停在上面,翘首顾盼。我查了资料才知道,禾雀花也叫白花油麻藤、花汕麻藤、雀儿花,国家二类保护植物,为蝶形花科黎豆属木质藤本植物。

以前,我来过几次这条山垄,打量两眼就走了,以为这是一个平凡的世俗的小山庄,想想,很是懊悔。是的,要熟知大地,是要深入大地的根须,才能探寻到大地之美生物之珍。这次来,没想过这里有云实、斗米虫和禾雀花,只是想看看这个山谷里的野羊。朋友之前告诉我,山谷里,老童放了四只羊进去,再也赶不回来了,过了几年成了羊群。我问老童羊的事,老童说,有一百多只羊了,每年都把种羊围猎出来,放新种羊进去。我说,什么时间围猎呢?我想看看。老童说,很难说,年前吧,十几个人守山,守几天也捉不到一只羊,羊在岩石上蹦来蹦去,看上一眼都很难,何况围猎呢。四周全是茂密的树林,晦暗的天空布满湿蒙蒙的雾气。我想起王维的《山中》:“荆溪白石出,天寒红叶稀。山路元无雨,空翠湿人衣。”这是一个寂寞的山谷,我连羊叫声也没听到。油松和苦槠树,从山坡延绵而下,铺满了谷底。松针上悬着晶莹的雾露,蜘蛛在蛛丝网里荡着秋千。也或许,作为山谷,本身是属于寂寞的。花开也是寂寞的。羊咩声也是寂寞的。斗米虫在木心里蜷曲三年才蜕蛹,是寂寞的。万物的枯荣,是寂寞的。入谷的人是寂寞的。山谷的另一头,是高速铁路,是奔忙的人间。

云实和禾雀花,喜狭长阴湿的南方山谷。它们的生死都寂寞无声。但它们会怒放地生。它们是很少会被人关注的花,像被人遗忘的花神。遗忘,让它们格外美好,或许,这就是大地的赠予。

生命盛开的形式

莲就是荷。是一种梦一样的植物。它肥绿的圆叶上，水珠被风摇动，滚来滚去，水珠里金色的阳光有了绚丽的彩虹。蛙鸣在荷塘里，此起彼伏，让我们觉得每一天的早晨和傍晚，披上了童话的七彩衣。莲又称芙蕖、水华，未开的花蕾叫菡萏，已开的花朵叫鞭蕖，地下茎叫藕，果实叫莲蓬，坚果叫莲子。这是一种古老的植物，一种多长于淤泥的水生草本，是中国文化的常见元素。《诗经·郑风》之十："山有扶苏，隰有荷华。不见子都，乃见狂且。山有乔松，隰有游龙。不见子充，乃见狡童。"情爱中的女子，约会心上人，看见满池塘的荷花，心房都被荷花点燃了，可心上人偏偏没来，一个小狂徒来戏谑她，不恼怒才怪呢。汉代民歌《江南》是古诗中的名篇："江南可采莲，莲叶何田田。鱼戏莲叶间，鱼戏莲叶东，鱼戏莲叶西，鱼戏莲叶南，鱼戏莲叶北。"江南的莲花开了，一眼望不到边际，青青翠翠的荷叶有无穷的碧绿，男男女女泛舟对歌，挑选意中人。莲花湖里，已经有情侣躲在荷叶下，做了痴男怨女。鱼戏就是男欢女爱的暗喻。这种情境，都是青年人所向往的。宋朝的周敦颐著有《爱莲说》："水陆草木之花，可爱者甚蕃。晋陶渊明独爱菊，自李唐来，世人甚爱牡丹。予独爱莲之出淤泥而不染，濯清涟而不妖，中通外直，不蔓不枝，香远益清，亭亭净植。可远观而不可亵玩焉。予谓菊，花之隐逸者也；牡丹，花之富贵者也；莲，花之君子者也。噫！菊之爱，陶后鲜有闻。莲之爱，同予者何人？牡丹之爱，宜乎众矣！"莲长于淤泥，亭亭玉立，花艳其上，高洁至圣，让人自惭形秽。

2009年夏季，我女儿骢骢八岁。我带她游西湖。船是仿古的木船，有木廊和八字形斜檐。西湖的荷花开了，肥肥的绿叶遮住了湖面，锦鲤穿梭，亭台悬于湖上。船游荷花间，嗞嗞，嗞嗞，水轻轻拍打船板的声音，像丝竹的弦声。苏堤的杨柳垂下湖面，葳蕤生姿，浪情摇曳。红艳欲滴的荷花盖了西湖，花一簇簇地支在荷叶上，有燃烧的灼热感，弥望过去，像满湖的花灯，乃人间至美。我情不自禁地吟咏杨万里的《晓出净慈寺送林子方》："毕竟西湖六月中，风光不与四时同。接天莲叶无穷碧，映日荷花别样红。"莲是抗高温的植物，太阳越毒辣，花开越盛。夕阳下山，晚露渐浓，荷花慢慢收缩，内包起来，花瓣内卷，似沉睡。青蛙呱呱，胀开它的音鼓，激越地鸣叫。浮在荷叶上的纺织娘，拉起竖琴，凄凄地吟唱。这是夜幕下的音乐会的序曲。主唱是鸣蝉，吱呀吱呀，忽而东忽而西；高音部分由夜鹰完成，呃呃呃，呃呃呃，凄厉，如婴孩的啼哭；贝斯手是蝙蝠，吱吱，吱吱，吱吱。朝霞在天边散开，鸡蛋黄一样的朝阳咯噔咯噔升起，荷花吸了一夜的露水，鲜红如染，慢慢绽开。太阳中分，荷花的花蕊完全绽露了出来，露出女子羞赧的微笑。花瓣多为红色、粉红色或白色，如瓷器般的胎釉，摸起来柔滑，多属雄蕊，心皮多，离生，嵌生在海绵质的花托穴内。花托即莲房，像少女的香闺。心皮是被子植物特有的器官，是变态的叶，心皮卷合而成的花即是雌花。一枝花茎上，有了雄花，心皮卷合长了一枝雌花，一同迎接朝阳，一同目送夕阳西下，沐雨经霜，像一对夫妻，故称并蒂莲。

花立于荷的圆叶上，像一个少女长衣宽袖跳《霓裳舞》，踮起脚尖，衣袂飘飘，迎风而蹈。中国画一代宗师石涛，自号苦瓜和尚，曾在画中咏荷花："荷叶五寸荷花娇，贴波不碍画船摇。想到薰风四五月，也能遮却美人腰。"把荷花比喻成美人腰，不免也动琴心。温庭筠喜入兰庭，拈胭惹脂，说荷花"应为洛神波上袜，至今莲蕊有香尘"。人奇丑，却细腻，温香惜玉。

黄永玉是硕果仅存的国画大师，学习他的房叔沈从文写湘西风情小说，洋洋百万言，穿老式的毛楂扣对襟衣服，嘴巴不离烟斗，老得连烟斗也叼不动了，抽古巴雪茄。老人晚年，结庐京郊，自号"万荷堂"，长廊围十余亩荷塘。荷花与大师终日相伴，彼此凝思相望。张大千是个有争议的人，处事被人诟病，画荷奇绝。他是泼墨画大师、书法大师，自创"大风堂画派"，为了画荷，在西湖居住五年，天天看荷赏荷画荷，人称"荷痴"。

画荷最出名的是八大山人。《荷花水鸟图》是中国画的经典之作，对后世影响深远。八大山人是朱明皇族后裔，名朱耷，明亡后，削发为僧，疯疯癫癫，说话结结巴巴，内心孤傲。他笔下的《荷花水鸟图》，孤石倒立，疏荷斜挂，水鸟缩着脖子，翻着白眼，孤立于怪石上，冷漠、怪诞、孤傲，对人世冷嘲热讽。他善构图于枯枝败叶、残山剩水、孤影怪石，笔墨酣畅，内蕴邈远。

荷花在南方是普遍种植的植物，北方也常见到，在池塘，在山田，碧玉如洗。普遍种植意味着与生活紧密相关。藕与白菜、萝卜、芋头、山药、莴苣等菜蔬一样，四季常食，是家常菜的必备品种。塘藕更脆，纤维也细，孔大，糖分多，粗圆均衡，无污泥味，是藕中上品。藕粉可制作藕松糕，蒸食，不黏牙，微甜，口感烘软，也可直接冲热水喝。叶、叶柄、莲蕊、莲房可以入药，清热止血，莲心清心火、强心降压，莲子补脾止泻、养心益肾。中国人是很有智慧的，从平凡的植物中，发现对人最大的价值。

莲还是信仰的象征。许是莲迎骄阳而斗艳，出淤泥而不染的缘故吧。佛祖释迦牟尼结跏趺，坐于莲花台上。大慈大悲的观音，穿白衣，一手持净瓶，一手执白莲，站在白莲花上。佛经把佛国称为“莲界”，寺庙称“莲舍”，袈裟称“莲服”，和尚行法手印称“莲华合掌”，“念珠”称“莲珠”。莲是净洁的世界，是上善的世界，是无边的世界，是离俗的世界。

2010年初冬，我去扬州，与友人游瘦西湖。荷枯败，枝茎干涸，湖面上，飘着破碎的荷叶。荷叶焦黄，有的发黑。站在二十四桥上，暖阳生出几许淡漠，秋风散去，冬寒已至，枯死的莲荷不免让人悲凉。若是离人在即，或是颠沛流离于异乡，看见败荷残叶，孤鸟栖于枝头，雪花飘零，会做何感想呢？李清照是悲苦的人，国未破，家未散，只是丈夫外出没回家，她就写出：“红藕香残玉簟秋，轻解罗裳，独上兰舟。云中谁寄锦书来？雁字回时，月满西楼。　　花自飘零水自流。一种相思，两处闲愁。此情无计可消除，才下眉头，却上心头。”人活一生，不能过于哀叹命运，命运赐给人的不是绳索就是鞭子。所以，人不能活得过于智慧。有闲情，不如和陆羽一样，早上起来，用木瓢，去收集荷叶上的露水，煮茶下棋，听泉观鸟，生死都不是大事，把一杯茶煮好才是要紧事。

莲与荷，本是一种植物，称呼起来境界却不一样。莲至圣，荷至俗。俗中赏出至雅，即是美学的大师。朱自清在清华大学的池塘边，看见月色泻落荷塘，薄纱般笼罩，写出《荷塘月色》，照耀我们，如月色。

石城是中国白莲之乡，种莲已有上千年的历史，唐宋时期始，是朝廷指定的朝贡品。我去过石城的南庐。出南庐大院，弯过一畦菜地，豁然开朗，太阳西斜。环形的山峦如一个圆筒的铁皮箱。十里荷花映照了过来。映照过来的，还有一群女子，在荷花池边洗濯，观花，照相。婚车一辆一辆地停在路边，拍婚纱照。我第一次看见这么壮观的荷花。荷花架起灯笼苞，红灿灿的，有的完全撑开，不时飘落在水面上。向导说，清晨露水满株时，荷花会开放，肆无忌惮。之前，我并没有看见过连片的荷花，只是在池塘里或农田里，见过一些。琴江镇大畲村如此蔚然壮观的荷花，我还是第一次见。在山间盆地，整个村舍像一朵荷花盛开。天色暗了下来。夕阳像一个飞速转动的光轮，一直向山梁飞去。暮色垂降，荷叶上有莹莹的萤火虫在闪动。我竟然流连起来。每一个人的心中或许有一个这样的地方，既不是故乡也不是异乡，有漫散的人间气息，把自己安放下来，随意地生活，不徐不疾，无须牵挂也无须心怀抱负，既不是桃花源，也不是膜拜的圣地。大畲就是这样的地方。几个老妪和老翁，喝了几十年的茶，种了一辈子的莲，所有的人间疾苦都从她们脸上散去，呈给我们的，是时间的花纹，只有风吹过的痕迹。

在琴江边，荷花正开，暮色有绸缎般的质感。在这里，十里相送多好，在这里，十里执手多好。

《诗经》里把蓼誉为高洁。蓼，淤泥滩上远比芦苇长得旺盛，红茎，秋天开米白色的花，辣味刺鼻。我讨厌死它了。我对植物作为象征体或喻体，一直抱有警惕和怀疑的态度。荷花也是如此。霜降之后，荷叶凋敝，一片枯萎，弥眼都是生死的伤感和垂怜。藕和荸荠一样，都是淤泥里葱茏生长的植物。荸荠一块皮或一截蔸落在淤泥里都会在来年春天长出发达的根系，地下茎块饱满甘甜。藕也差不多，没掏出来的藕节埋在地里，也会长出撑开的小伞一般的荷叶。它们都是地地道道的“贱种”。青蛙在荷叶上跳来跳去，露珠圆滚滚的，暴雨来时，噼噼啪啪打在荷叶上，有自然界从大地深处发出来的韵律。

莲花就是我们生命盛开的仪式。

气味的背影

县城像个牛头，两个弯弯的牛角是主街道，一南一北，在街中心的红绿灯分岔。往南徒步半个小时，一条河堤一直通往下游十余公里的城市。河堤下，是一片洋槐和柳树茂密的河滩。过了河滩，江水冲刷出了一片滩涂，滩涂上全是桑树、池塘和河汊。河汊交织，在入水处汇集，形成长江的内支流。

在江边客居的几年，这是我唯一在傍晚或休息日去溜达的地方。端午之后，雨季慢慢结束，红螯虾在河汊的草丛里，爬来爬去。尤其在傍晚时，它爬出水面，找透风的地方乘凉。我们几个人穿雨鞋戴着头灯，提铁桶，用火钳去夹红螯虾。夹一个多小时，一个铁桶装了一半。我们像是一群饿慌的人，回到住所，洗虾剥壳，用姜蒜和辣椒整锅煮。把一锅虾吃完，差不多下半夜了，睡意全无，又接着吹牛。红螯虾呈圆筒状，甲壳坚硬，前三对步足为螯状，其中第一对尤其强大坚厚。我们把没有剥的虾，扔到院子前面的一个池塘里。

滩涂多蛇。我怕蛇。我把裤脚卷进雨鞋里,在衣服上洒风油精,远远就能闻到我身上的樟脑油味。蛇多是一些乌梢蛇、花蛇和水蛇,一堆牛屎一样堆在草丛边,或一根枯树杈一样搁在烂泥里,脚踩上去,嗞嗞嗞,我们一惊吓,蛇滑进了水里。滩涂也多青蛙和癞皮蛤蟆,鼓起气囊,呱呱呱地叫。盛产红螯虾要到桑葚熟了。桑树有几十年的老桑树,也有三两年的桑苗。当地人不吃桑葚。我们在清晨,用竹竿钩一个铁钩,去挂桑葚吃。桑是一种落叶乔木,在南方,在沙地或河边,桑树长得特别快,三五年,树即成行,桑叶喂蚕,蚕吐丝结茧,谓之蚕丝。

桑是极富人文色彩的植物。麻是一种草本植物,在田间地角,不用种植,也会疯长,刀砍镰割,十几天又长出半人高,叶子猪耳朵一样肥,粗糙,一副生活不愁吃喝的样子。麻秆可以提取纤维,织布。桑和麻结合,便成了古代乡村日常生活的缩影。晋代陶渊明《归园田居》诗言:"相见无杂言,但道桑麻长。"唐孟浩然《过故人庄》云:"开轩面场圃,把酒话桑麻。"喝两杯酒,干点农活,和朋友烛下夜谈,确是一种惬意。梓是落叶乔木,叶子长得晚落得早,到了三月末尾,它才长出一撮撮的叶子,稀稀拉拉,霜降来了,它的籽白白的,翻出枝头,一挂挂,沉甸甸地下坠,树叶发黄泛红,秋风吹吹,落了满地,被风卷着跑,秋雨一来,树全光了,像个年迈的老人。梓籽可以榨油,油脂用以制作肥皂或洗涤粉。桑和梓结合,便是故乡,父母之邦。外出远游的人,回到家里,在后院必种桑和梓,以示对父母的敬重。榆树,在南方的河边，池塘边，茂密的树叶像个宽大的斗篷，春天开一串串雨伞一样的花，初秋翅果像扁豆荚。记得小时候，去河边游泳，用小刀把指头粗的榆树枝切成半截筷子长，枝干挤压出来，把树皮削薄，放在嘴巴里当喇叭吹，嘟嘟嘟呜呜呜，直到腮帮鼓胀发麻。桑和榆，都是喜长在河边的树，夕阳斜斜照下来，穿过树梢，昏昏黄黄，甚是美，黄昏已经来临。南方有种桑的传统，在一块田里，世世代代以养蚕为生。桑树长了十几年，乡人没办法采摘桑叶，便把桑树砍了再种，周而复始。世间如何变化，朝代如何更替，桑还在，田还在，只是养蚕的人换了一茬又一茬，人间的酸苦谁又能道尽呢？当然，在夜晚的桑林里，痴男怨女月下相约，无暇听蝉鸣，也无暇听江水，想着私奔的事，美好而忐忑。《汉书·地理志下》曰："有桑间濮上之阻，男女亦亟聚会，声色生焉。"说的就是这个声色之事。

水果之中，我爱葡萄、香梨、桑葚。桑葚是不可储藏之物，极易腐烂，蚊蝇蛾蚁喜食。桑树花开得像个小棒槌，黄白色，像毛毛虫的触须一样，花谢了，粉粒落满地面，小棒槌变成了青绿的桑葚。漫长的雨季来了，桑叶披挂了整个树身，桑葚泛红。雨季结束，桑葚转黑，灌满了浆水，甜甜的酸酸的。桑葚是踏着雨水脚步慢步走的浆果。小满见三鲜——黄瓜、芸薹、桑葚，都是好东西。我们戴一个草帽，提一个篮子，带一块纱巾去桑地。滩涂是肥沃之地，泥巴地有阴湿的泥浆，杂草丛生，也多芦苇。桑地却平整，看起来也不荒芜，浓浓郁郁的桑树像是江堤的一道篱笆墙。晨光煦暖，桑叶油亮。鸟雀从不同的方向飞来，啄食桑葚。

这是鸟的盛宴。想想也是。正是鸟孵卵喂雏的时候，雏鸟每天要吃营养丰富的食物，食量大，一家多口，嗷嗷待哺。老桑树上，便有很多鸟巢，雏鸟在巢里探出毛茸茸的小脑壳，喙黄黄的，张开，喳喳喳，叫个不停。也有练飞的鸟，扑啦啦从树上落下来，撇着小翅膀，摇摆着身子，啄食地上的桑葚。

叽叽喳喳，叽叽喳喳。桑树林里，有了各种鸟叫声。很多鸟，我都不认识。我像到了另一个国度，熙熙攘攘，街上各色鸟等涌了出来，可惜我听不懂这个国度的语言，甚至察言观色也不会。桑葚熟，昆虫也多，蜘蛛，蜻蜓，螽斯，草蜢，豆娘，蝉，卷叶虫，触手可及。《诗经·螽斯》：

螽斯羽，诜诜兮。宜尔子孙，振振兮。
螽斯羽，薨薨兮。宜尔子孙，绳绳兮。
螽斯羽，揖揖兮。宜尔子孙，蛰蛰兮。

看样子，儿孙满堂，齐贤有焉，处处可遇见的。桑葚在无意间，把我带到了一个自然界的圣殿里。我常常觉得，一个无人踏足或鲜有人踏足的地方，一个被人遗忘的地方，往往是被一扇虚掩的门关住了，推开门，我们会发现那是一个奇异的世界。（我想，对于一个艺术家而言，不仅仅要去思考这个世界，构思心中的世界，更要熟悉这个已然发生的世界，尤其是去熟悉被遗忘的世界，回到世界原始的出发地，那么他或她的血液里，会有一种源源不断的力量，犹如地层里的熔岩一样喷发出来——因为他或她拥有自己的美神。）我们会对这个奇异的世界，充满了好奇，惊讶，疑问，凝思，我们还是一个婴孩，即使我们已经年老。

河汊里，有很多泥螺和泥鳅。休息日，我们也去摸螺，捉泥鳅。但把更多时间放在林间的小路上。我们在小路间穿来穿去。河滩上，柳树洋槐，还有零散的几棵榆树，绿得十分招摇。尤其是柳树，歪歪扭扭地长，柳枝垂到地面，摇摇摆摆，婀娜多姿。虞美人散开在斜坡上，嫣红，有寂寞的娇羞，像待字闺中的二八女子。瓜叶菊花红白相间，给清寂的河滩增添了闹意。一些较为空旷的地方，牵牛花在盛开。河汊在阳光下，倒射出荡漾的水光，迷离，让人觉得时光悠远。

滩口有一个渡口，已经荒废多年了。系缆绳的木桩还在，埋在泥层里，木质开始腐烂，黑黑的木屑脱落。渡口深入水里的台阶，是石头砌的，大圆石，有光滑的平面，石头和石头之间的泥缝，长出了牛筋草。有很多个下午，我独自坐在这里，望着宽阔的江面。浑浊的江水，一浪又一浪地打来。很多年前，这里是一个繁忙的码头，摆渡人摇橹，头戴斗笠，来来回回地运送货物和客人。上游的大桥建好后，渡口成了水乡人记忆中的遗迹。江水上涨，滔滔的水浪淹没了渡口，浪声轰隆轰隆，一直传到遥远的村舍。

江水不再上涨的时候，春天已远逝。桑葚熟，胡瓜黄，雏鸟飞。

我又去了另一个异乡。

在南方，村舍、街头、田垄、河滩，都会看见桑树。桑树是一种非常普通的树。妇人采桑叶，在干燥的土屋里，摆上竹团席，养蚕。蚕白白胖胖，日夜吃桑叶，沙沙有声。蚕丝一批批卖到街上去，再买回酒、食盐。桑葚熟了，孩子用一根长竹竿，把桑葚打下来，塞在嘴巴里吃。晚唐诗人王驾《社日》："鹅湖山下稻粱肥，豚栅鸡栖半掩扉。桑柘影斜春社散，家家扶得醉人归。"这就是陶渊明式的理想生活了。南北朝民歌《采桑》："蚕生春三月，春桑正含绿。女儿采春桑，歌吹当春曲。"让我想起了故园的三月。故园有桑林，在河滩的沙田，叶生桑枝，圆圆肥肥，黄鼬在刨洞，乌鹊在傍晚飞起，晚归的妇人着青衫，晚霞落满饶北河。陶渊明在《归园田居》说"狗吠深巷中，鸡鸣桑树颠"，随意、恬淡、有趣的生活，谁不喜欢呢？

桑，是气味浓烈的背影，故土的背影。竹枝的栅栏里，蚕在酣睡。桑葚紫红。江水远去。

有一种花叫乡愁

油菜，亦称油白菜，是白菜的一个变种，十字花科、芸薹属植物，喜雨。在南方，它是一种普通的一年生草本植物，和荷、荸荠、番茄一样，在田间、河塘边、山坳里十分常见。在三月初至三月底，开出黄色的花，从初开期、盛开期到凋谢期，足足一个月。

在十五年前，婺源并没有那么多油菜花。

1998 年初春，我去婺源，从县城徒步去武口，看见油菜花星星点点地在田畴里盛开。我停了下来。星江在河心形成了一个沙洲，似半残的月牙，沙洲上的柳树刚刚抽出新绿，晨雾疏淡地织在树枝上，织在远处的屋舍，几个打鱼人坐在竹筏上，把网抛向江心，初升的太阳还没爬上山梁，晕散的阳光沉沉地浸透了露水。金黄的油菜花星散在沙洲上，和部分裸露的褐色泥土、青翠的灌木、轻轻摆动的柳树、浮起一层薄光的江水，在这个早晨，不再怒吼，也不再沉睡，蕴含着青草味的曙光，给我阵雨降临后的感觉，我把这美妙的感觉一直保留到星宿渐渐隐去。星江围拢了一片斑斓的田畴，白墙黑瓦的屋舍退回到远古的记忆里，墨绿的山冈有一条弧线，和江水交叉。

多年之后，我才知道那里叫月亮湾。

2012 年 3 月，我从安庆返回上饶，在思口一个自然村吃午饭。村里只有三户人家，在一个桥头。桥下是星江。村子对面的山腰有一座古寺，古寺深藏在几棵巨大的苦槠树和樟树里。村子并无外人往来，妇人在烧菜，男人在院子里锯木头，准备在一块空地里搭一座茶楼。房子依河而建，屋后是几块菜地，种了莴苣、葱、生菜、大蒜、莜麦菜、春包菜、辣椒、茄子、丝瓜、南瓜、番茄。河边是茂密的灌木和芦苇。东家的儿子坐在桥底下钓鱼。水有十余米深，幽蓝。下游是一片油菜地。我穿过一条一百余米长的石埂路，到了油菜地。这是一块山地，沿山势垦出一条沟，一畦一畦，一垄一垄。花势正旺，花瓣饱满。蜜蜂在花地里，嗡嗡嗡。细腰蜂在阳光下扑闪着透明的羽翼，似乎不知疲倦，翩翩起舞，直至死亡。我想起东荡子的诗句："给你，或另一个你一样的人/仿佛很早以前我就来过，在这里有过生活/原野上的蔷薇回味着风的秘密与滋润/可它也有过分离，哭泣和爱情的死亡。"

花和叶交叠在一起，金黄与灰绿间染在一起，一根枝干抽上来，手指一般粗，丫枝一节一节散开。空气里漂浮着似有似无的绒毛，河面偶尔有断裂的树枝浮浮沉沉。阳光照在粗粝黑质的瓦楞上，旧年的桂竹冒出尖尖的笋芽。油菜是快速生长的植物，也是快速死亡和腐烂的植物。年前下种育苗，元宵后，春雨来了，从山梁从江边，像雁群一样围拢而来。天是阴暗的，雨抽一根一根的丝，柔柔软软，湿纸一般蒙在地里，蒙在水面，蒙在树梢，继而淅淅沥沥，噼噼啪啪，压下来，地面溅起泥浆泡，鲤鱼在水里翻跳，树木也像吹翻了的油布伞一般。油菜仿佛是一根喷水枪，把水饱饱地吸进去，灌满枝干，喷到枝丫喷到叶子上。叶子肥肥的，厚厚的，筋脉充血似的肿胀。紫玉兰开了。桃花开了，在屋角，开得喊喊喊地叫。蔷薇开了，在田野的矮墙上，红的一丛，白的一丛，黄的一丛，花朵一簇簇，从藤蔓上翻盖下来，一蓬蓬。油菜花吐出金色的蕊，花瓣羞赧地伏在枝梢上，安扎一个营寨。桃花初谢，油菜花完全盛开，像一群蝴蝶聚集在一起。杜鹃花开了，山野热闹了起来。油菜花一天接一天地赶路，到一个转弯角不见了，先是三五朵地消失，接着是一群一群地消失，一个暖夜后，全消失了。它们消失的时间，和来的时间是同样的快。油菜结成了条形的长角果，一串串，枝杆弯下了身子，进入了暮年。长角果发黄，枝杆发黑，收了油菜籽，晾晒几日，烘焙，木榨里散发浓浓的菜油香，金亮的菜油从槽里汩汩流出，夏天也到了。油菜杆砍断，泡在水田里，秧苗抽穗时，油菜杆全烂了，成了泥浆的养分。

我坐在农人的家里，和他谈起了星江，谈起了油菜花。他儿子把钓上来的一条草鱼，烧了一碗葱油鱼。鱼有两斤多重，切块，红辣椒丝和葱丝搭配起来，甚是好看。星江上游，河床狭窄，山上的植被腐烂物冲刷下来，野生鱼养得肥肥的。油菜花和屋舍之间,隔了一片芭茅地,芭茅疯狂地长,尖尖的青蓝色的叶子使油菜花看起来有些恍惚。油菜花是最具人烟气息的一种植物,它和屋舍、河水、灶膛、油香粘连在一起,组成了我们的家园。它是我们身上长出来的植物,和白菜一样,与我们相依为命。自小见多了油菜花,在饶北河两岸铺展而开。春天踏在它的小腰姿上,曼曼而舞,甩开金黄色的短袖,耸起青黛色的冠峨,迎风翩翩。只觉得油菜花是春天大地油画中,色彩极其厚重的一笔,黄色的颜料不是涂抹而是堆叠上去的。油画是一个立体的色盘,山川是浓眉的青翠,河流是浅蓝,油菜花则是日出初照的迷眼炫目,是春天至美的一极。到了思口,才觉得,之前我对油菜花的认识,是极其浅薄的。它不只是一种花,更是我们对故园情思的培育和绽放,是一个生根发芽、年复一年轮回的故园符号。

不知从哪一年起,大概是 2003 年,婺源县开始大规模种植油菜花,对农户实行现金补贴,把油菜花作为一个春季旅游的核心产品,销往全国。每年年初,我都会接到外地朋友的电话,说婺源的油菜花如何如何,要来看看。婺源的宾馆,无论在县城还是在乡村,被游客挤得爆棚,一个沙发位子还可以卖两百块一夜,乡下连停车的空地也挪不出来。把油菜花作为旅游商品炒热到极致的是江岭。2011 年春,我带了三十多个朋友去江岭,也是唯一一次去江岭。江岭从晓起进去,二十多分钟便到了,坐落在一个两山相夹一溪中流的山坳里。这是一个缺地少田的山区地带,当地人沿山边剥下地衣灌木茅草,把山地垦出来,形成梯田,面积并不大,站在村口,一眼把梯田尽收眼底。在未旅游开发之前，这里适合种小麦、一季稻、高粱等粮食作物，和豌豆、蚕豆、苦瓜一类的菜蔬，地褐黄色，并不肥沃。如今，一梯一梯的油菜花在葱油的山峦下，显得香艳，招摇，肆无忌惮地展露自己原本娇羞的野性。村里的妇人沿路摆起小摊位，卖霉干菜、山蕨、黄豆、春笋、茶叶，卖自家酿的谷酒、小鱼干，也有卖假字画、旧木窗。客人从车里下来，兴奋起来，啊啊啊地疯叫，手机照相机咔嚓咔嚓，留此存照。我似乎有些无动于衷，心里甚至一下子难过起来。这个社会，无论是城里人还是山里人，无论是富裕还是贫穷，都活得非常可怜，滋养我们内心的东西，在日渐丧失，我们的内心日渐匮乏，贫瘠。在这个时代里，我们在遭罪，同时也是罪人。客人是来自安庆的，其实长江东南岸的东至，从大渡口到经公桥有非常壮观的油菜花地，开车至少要一个小时，才能穿越油菜花地。在江西，在贵州，在浙江，在福建，在安徽，东至的油菜花是我见过连片种植面积最大的，至少在五万亩以上。每半个月，我会在安庆与上饶之间往返一次，途经东至。大渡口和东流，是平原和丘陵相间的地带，油菜花一望无际，在春日下，我们能听到它们优美的合唱，它们像一群小学生，无忧无虑，矜持地唱儿歌。落叶的乔木还没完全长出叶子，孤单单地兀立在平原上，有时是一丛。有小杨树，有柳树，更多的树我叫不出名字。在小村前，一般有竹林或苦竹林，尧渡河贯穿东西。这里是舜的躬耕之地，尧在此渡河访舜。平原开阔，油菜花汪洋肆意，人迹稀渺，古意浓郁。

可能我再也不会在三月去婺源了，当油菜花铺满山野，金黄的毛毯一样缝补在河流两岸，而我们所要寻找的东西已无影无踪。它已不是家园的一部分，也不是油画中灿烂的部分。我想起多年前，一个人去婺源乡间，坐在小中巴上，脸贴着玻璃，油菜花和蔬菜、小麦、豆苗间杂地种在一起，黄黄绿绿，疏疏密密，渔人在星江上收网，一顶斗笠一袭蓑衣出没烟雨中。油菜花与我挨得那么近，几乎脸颊贴着脸颊，它的芳香有少女的体温，它薄薄的脸充满了迷人的汁液。它拉起袖珍式的小提琴，哆哆啦啦嗦嗦，民歌响彻，整个大地有了回声。

其实，我的故土有种植油菜的传统。冬天，把地翻耕出来，垦出一块块的地垄，立冬之后，栽上油菜秧苗，日日浇水，浇上半个月，秧苗便油油地阔展了枝叶。浇水的木勺，有一根长柄，勺子只有一个菜碗那般大。一木勺浇水三株。匀着，抖动木柄。初夏，采了油菜籽，晒干，用一个箩筐挑到油榨，去榨油。油榨在河边的一栋老房子里，榨油的师傅打赤膊，穿一条肥裆的大裤衩，光着脚榨油。油菜籽烘焙一个时辰，倒进一个圆形的碾子里，碾压成粉末。碾子的四个木轮子，固定在一个十字架形的木架上，水车在窗外咿咿呀呀地转动。水车利用水的动力，日夜不歇地流转。木碾跑起来，呼呼呼。屋子里油香浓郁，阳光从木格窗斜照进来，有几分恍惚。把油菜粉末挤压在一个圆形的稻草窠里，用铁环箍起来，踩实，成了圆饼。一块块的圆饼，竖起来，装进木槽里。木槽像一头雄壮的大象。嘿呀吼，嘿呀吼，嘿呀吼。榨油的师傅拉起一根大圆木，撞击榨槽里的木楔子，油汩汩地淌出来。

少年时代，我常随父亲去割熟油菜。麻白的油菜杆，割下去，啪啪生脆地响。割油菜不能抖动手，不然油菜籽会落在地里。收割上来的油菜杆一排排地放在晒席上翻晒。油菜籽在太阳下，从荚子里掉下来。荚子晒裂的时候，会响，像天牛飞起来时翅膀的扇动声。

去年暑假，我爱人带小孩，还特意去青海看百里油菜花。爱人说，青海的油菜花，看十天半个月也看不完。我说，老家那么多油菜花，在初夏时节，也是让人忘归的。爱人说，那是你看惯的田野，怎么看都是美的，可没办法和青海的相提并论。她在城市长大，有很多东西她没法体会。我只要看到油菜花，就想起饶北河边的冬田，翠绿的油菜，在大雪里只露出两片耳朵一样的叶子。大雪无垠。在我到外地工作之后，不经意间，看见一片油菜地，也会无意识地驻足。金黄的油菜花，似乎在催促我，该回老家看看，年迈的父亲母亲，又老去了一年。

紫月亮

水果之中，我最爱葡萄。一口一个，不用嚼，抿起嘴巴，吮吸，把浆肉吸了进去。浆肉满是水分，甜甜的，吃三五个，五脏六腑顺畅，被清洗过一样。

第一次吃葡萄，在什么时间呢？不记得了。可以确定的是，在十八岁之前没吃过。不像其他人，我吃的水果比较单一。十三岁之前，假如野果不计的话，我只吃过柚子、枣子、枇杷、梨、柿子、板栗、水蜜桃、柑橘。香蕉、苹果都没吃过，只在小学自然课的挂图上看过。柚子吃得最多，院子里栽过两棵，一棵红瓤一棵白瓤。深秋，树上挂满了深黄色的柚子。想吃柚子了，用竹杈叉一个下来。竹杈对着柚子蒂，转动，蒂便折断，柚子落下来，有时还打在头上，咚。菜刀早已捏在手上，把柚子按在地上，转一圈，像个地球仪，对着柚子的洼眼，轻轻切一个“十”字形，手插进去掰开皮，把柚瓤抱出来，一瓣瓣分开，一人分三两瓣，揣在裤兜里。柚子皮泡在开水里,做腌制柚子皮吃。

在没吃过葡萄之前,一直觉得柚子是最爱的水果。一瓣柚瓤,像个头梳,针瓤里,水汪汪白晶晶的甜。乡村穷窘,也没其他水果吃。没水果吃,嘴巴却馋,便把菜地里的黄瓜、金瓜、包皮瓜,摘起来吃。我以前说过一个故事,不妨再说。我一个表姑,年龄小我两岁。她爸爸种了一畦黄瓜,她每天去摘瓜架上的黄瓜吃。她妈妈以为遭窃,站在菜地骂半天,也没人应她妈妈。她妈妈暗地里在黄瓜上下毒。表姑哪知道这些呢,把毒瓜偷吃了,腹泻几天。她妈妈后悔死了,几根黄瓜差点要了自己女儿的命。

徐勇常向我提起这个事。我们还是毛头小伙子时,在县城工作,每个星期都要去发贵兄家玩,每次去玩,发贵兄会端一盘苹果出来。我对徐勇说,以后成家了,家里每天有一盘苹果,我满足了。

葡萄,我最早认识这个水果,是小时候背唐代王翰的《凉州词》:"葡萄美酒夜光杯,欲饮琵琶马上催。醉卧沙场君莫笑,古来征战几人回。"葡萄不但可以吃,还可以酿酒喝。葡萄不但使人思乡绵绵,还让人肝肠燃烧。李白爱葡萄酒,他在《襄阳歌》说自己"一日需倾三百杯"。他在《宫中行乐词八首·之三》《对酒》《襄阳歌》里都写到了葡萄酒。苏东坡作为美食家和酿酒家,也酷爱葡萄和葡萄酒,在《谢张太原送蒲桃》《饮酒四首·之四》里都有浓墨重彩的一笔。陆游是个一生心灵悲苦的人,说起葡萄酒,涎水三尺,在他《夜寒与客烧干柴取暖戏作》中有言:"槁竹干薪隔岁求,正虞雪夜客相投。如倾潋潋蒲萄酒,似拥重重貂鼠裘。一睡策勋殊可喜，千金论价恐难酬。他时铁马榆关外，忆此犹当笑不休。”

先人食用葡萄，可谓历史久远。《诗经·蓼木》：“南有蓼木，葛藟累之；乐只君子，福履绥之。”《诗经·葛藟》：“绵绵葛藟，在河之浒。终远兄弟，谓他人父。谓他人父，亦莫我顾！”葛藟即葡萄。先人给葡萄取了很多名字，如“蒲陶”“蒲萄”“蒲桃”“葡桃”。李时珍在《本草纲目》中释疑：“葡萄，《汉书》作蒲桃，可造酒，人酺饮之，则醄然而醉，故有是名。”“酺”是聚饮的意思，“醄”是大醉的样子。

《诗经》所记载的葡萄，可能是野葡萄。野葡萄在南方也十分常见。在山沟阴湿地带，在悬崖下的潮气之地，我见过很多。三月藤蔓开始抽芽，攀附在杂树或崖壁上，四五月开花，一串串，每朵花一个个小蕾，花瓣细小，淡淡黄色的白芽，抱成一撮，九月份结豆子大的浆果，黑黑的，手一捏，浆水飚射出来。乡人割猪草，背一个扁篓，在水沟边，把灌木上的野葡萄藤割下来，卷成一卷，压在扁篓里。过个三五天，野葡萄的藤蔓，细细地弯曲，绒毛一样，又冒了出来。先人种植葡萄，是在汉朝张骞出使西域之后。张骞带回了西域可栽培的葡萄种子，才有了栽培葡萄。

在1990年之前，饶北河流域没有大面积地种植葡萄，哪怕是一亩地。有人种，也只是在院子里，搭一个毛竹架，任葡萄攀缘。到了夏季，一家人坐在葡萄架下，乘凉，喝茶，嗑瓜子，吃西瓜，甚是惬意，至于葡萄生多少，甜不甜，似乎不那么关心。我大哥在后院里种过葡萄，两株，十几年了，葡萄也没长出一个，藤蔓像一张席子，把整个后院全盖了。在安庆的时候，我种过五株葡萄。一次，我在上饶市苗木市场，买冬枣、梨、桃的苗木，看到葡萄苗，一并买了。葡萄苗有三厘米粗，硬硬的，皮糙，和冬枣树干差不多。我挖了一块地，请人扎葡萄架，过了两个月，出芽叶了，薄薄嫩嫩，藤蔓箍着架杆爬。过了两个月，葡萄叶被小虫全吃了，看起来像蛛网。我再去打理，怎么也长不出芽叶，留待来年再长。兄长学云种了一个葡萄园，十几亩地，他叫我好几次去看葡萄园，我都没去。每年出葡萄了，给我一箱。葡萄小小的，像珍珠，格外甜。我说，我也想种一个葡萄园，剪枝修苗，多有意思，还可以吃自己种的葡萄。学云兄说，种葡萄很累人，虫灾厉害，鸟灾也厉害，葡萄熟了，引来很多鸟，专门雇人赶鸟。

我见过最大的葡萄园，是新疆的吐鲁番——一个城市就是一个葡萄园。军旅情歌《吐鲁番的葡萄熟了》响遍大街小巷。每个院子都有大大的葡萄架，葡萄挂在粗壮的藤上，像一个个紫月亮。

伊索有一个寓言故事《说葡萄酸的狐狸》。狐狸想吃甜葡萄，跳了几次也吃不到，便说，葡萄酸，不好吃。这个故事大家都知道。我不是很赞成这个入了教科书的故事。熟透了的葡萄，是甜的，谁都想吃。可食肉动物不会吃。狐狸是食肉动物。事物的发展演变，有时会相互转化，酸可以变甜，过度的甜会发酸，发酸是腐烂的开始——越甜的东西越容易烂。酸和甜没有分界线。人也是这样，过于甜蜜会伴随忧伤，忧伤的事回忆起来会甜蜜。

丙申年(2016)冬至后的第一天，我去了横峰县龙门乡钱家村，看葡萄园。有人疑惑："葡萄一个也没了，没什么可看的。"

我想看的，就是没什么可看的葡萄园。深冬肃杀，不远处的灵山白雾萦绕，暖阳在地面浮起一层鹅黄。这个葡萄园，从最初种植户种两亩开始，到全村人种植近千亩，已近二十年，远近盛名。前两个月，我爱人对我说了好几次，去龙门摘葡萄吧，龙门葡萄甜，同事都去过了。我们却一直没成行。葡萄全落叶了，乡人正在整理园子。葡萄是落叶藤本植物，褐色枝蔓细长，近圆形单叶互生，卷须或花序与叶对生，浆果多为圆形或椭圆形，有青绿色、紫黑色、紫红色。霜冻后的葡萄藤，有些发白，遒劲，像书法中的枯笔。冬日的葡萄藤有生命的苍劲感。这是一种特别有生命轮回的植物。开花结果，都是大部分植物有的。可葡萄藤落叶了，像人的衰老——一年衰老一次的植物，却在衰老之前把多汁味美的浆果馈赠于我们。在新疆，我看过百余年的葡萄根，雕刻成人的脸、人的手、人的身体，无比震撼。长葡萄的每一根藤，都通往我们的人心，不但输送甜汁，还携带着我们对过往岁月的深刻记忆：密集的纹理让我们窥见，它每一年的生长都有着我们不可知的艰难。它的汁液血红色，以至于葡萄酒成为天主教、东正教圣餐的一部分，作为受难耶稣血液的象征物。

看见葡萄，我就想起爱人的眼睛，水汪汪的很动人。一双动人的眼睛，会让人陶醉。作为水果的一种，我还不知道还有哪一种水果，比葡萄更具美学价值——月亮一样圆润，河水一样滋养。每一颗葡萄里，都有一条奔腾的内陆河。

漆

四舅结婚的时候，我还小。三哥喝了三天喜酒回家，大病一场。他得了漆病。漆病即漆中毒，脸部、手部皮肤过敏，并慢慢臃肿，奇痒难耐。三哥，是家中唯一会漆中毒的人。大哥油漆结婚家具，三哥又漆中毒。这是一种难以忍受的过敏症。得了两次漆病之后，家里有油漆师傅上工做活，便让三哥待在另一间屋子里，避开。那时家具时兴用土漆漆，漆得红艳艳，画上大丽花。做油漆的师傅叫米粉槌，穿一件花衬衫，穿一双牛革半高跟皮鞋，咯哒咯哒，走在巷子里的石板路上，脚步声特别响亮。他做三天，休息两天，让东家不怎么待见。母亲也说："做个手艺，哪有那么累，怪不得讨不到老婆。"他每次出门，用菜油抹一下头发，梳得油光发亮。但他油漆做得好，细致，用上二十年也不脱漆，色泽鲜艳如初。

三十多岁了，米粉槌还是单身。他和我祖父是忘年交，荡荡

如蜂蜜，用一个木轮子在滚筒里搅动，晒几天，兑入一定比例的桐油，成了熟漆。油漆匠会教徒弟手面功夫，怎么上漆，什么时间上漆，怎么画画，在什么器物上画什么画，但不轻易教徒弟熬漆的手艺，甚至终身不教。到了传授熬漆手艺的时候，一般是师傅觉得徒弟对自己始终恭敬，没有异心，人品敦厚，否则，宁愿带进棺材里，烂在泥里。

生漆呈乳黄色，空气氧化后为深红色，又逐渐深化为黑色。漆添加了铁粉，是深黑色。夜黑如漆，是最黑暗的夜了。漆添加了胭脂，是深红色。胶红如漆，是花朵绽放的极致。黑漆深沉内敛，红漆富贵典雅。漆添加了金铂，是流光溢彩；漆添加了银铂，是星光闪烁。生漆存放时间长了，会凝固。凝固了的生漆便不能再用了。生漆置于木桶，用硫酸纸密封，可长时间保存。

祖父六十来岁的时候，便置办了两副棺材。一副是祖母的一副是他自己的。米粉槌挑一担小木桶，来我家。他也漆棺材。他穿一条喇叭裤，轻轻哼唱着："好漆清如油，照见美人头，摇动虎斑色，提起钓鱼钩。"祖父露出空洞的嘴巴，说，漆上心点啊，这是千年床，马虎不得。米粉槌拿出漆刷，拍拍身上的围裙，说，老哥郎，我知道的，人生漆两头，孩子的摇篮要漆好，老人的寿枋要漆好。用砂布擦一遍寿枋，打瓦灰，上一层底漆，阴干两天，再上一层大红漆。两副棺材漆了十来天。一个漆，一个在边上看。他们有说不完的话。

"老哥郎，寿枋板材结实，板钉长，抱在手上沉手，是一副好寿枋。"

“房子做好了，办寿枋是最后一件大事了。”

“好事，人最后都是要办一副的，晚办不如早办。”

“早办是好，人不知道自己什么时候走，也不知道自己往哪里走。寿枋是人最后的一叶舟，管它漂哪里。”

“漆生，也漆死。我漆了多少东家啊，漆床，漆八仙桌，漆脚桶，漆水桶，漆寿枋，漆来漆去，说到底漆一生一死。”

“死比生更长，寿枋是马虎不得的。”

祖父给米粉槌说过几门亲事，最后都不了了之了。不了了之的原因是女方说米粉槌不种田，光靠做油漆怎么养得了家。米粉槌听祖父说了女方意见，都乐呵呵地笑，说，死伯才会放下油漆不做去种田。死伯是笨猪的意思。米粉槌到了五十多岁时，才讨了一个老婆。他的老婆是他妹夫的嫂子。妹夫的哥哥病死在烧炭的炭窑里，大雪天，连下葬的棺材都没有。米粉槌在妹夫村子做油漆，听说了这事，给妹夫哥哥买了一副赤膊棺材，连夜赶工，上漆，才得以出殡。妹夫觉得嫂子需要一个过家的男人，照顾两个小孩，便做了媒。

讨了老婆的米粉槌，再也没穿过花衬衣喇叭裤了，穿上了劳动布解放鞋，头发也毛楂楂，早上天麻麻亮便去种田，种了田再去上工做油漆。他常到我父亲手上借钱，说：“哥郎，孩子去学校都去不了，三个孩子，我就是讨饭，也要培养他们读大学，做功夫的人太苦太苦。”他叫我祖父叫老哥郎，叫我父亲叫哥郎。

祖父还没过世，米粉槌便过世了。祖父路都走不了，由我哥搀扶着，去了下村，送米粉槌最后一程。米粉槌死了也是没棺材的，临时去棺材铺买了一副，油漆师傅也找不到，由画师胡乱刷了半天，抬了上山，时辰等着，不能迟了吉辰。不像现在，村里随时可以找出三五十个油漆师傅，可这些师傅没一个会漆生漆的，都是涂化工漆，学半个月出师，去浙江的义乌、宁波、温州和温岭一带，做家庭装修，个个都被人师傅师傅地叫着。

漆，是最具东方神韵的元素之一，和瓷器、汉字、书法、二十四节气、围棋等一样，能形象描绘出东方气质。早在7000年前，新石器时代的河姆渡已有了漆木器。1978年文物部门发掘时，漆木器仍然"朱红涂料，色泽鲜艳"。

1625年，西塘人杨明在《髹饰录》原序中说："漆之为用也，始于书竹简。而舜作食器，黑漆之。禹作祭器，黑漆其外，朱画其内，于此有其贡。周制于车，漆饰愈多焉，于弓之六材亦不可阙，皆取其坚牢于质，取其光彩于文也。后王作祭器，尚之以着色涂金之文、雕镂玉珧之饰，所以增敬盛礼，而非如其漆城、其漆头也。然复用诸乐器，或用诸燕器，或用诸兵仗，或用诸文具，或用诸宫室，或用诸寿器，皆取其坚牢于质，取其光彩于文。呜呼，漆之为用也，其大哉！又液叶共疗疴，其益不少。唯漆身为癞状者，其毒耳。盖古无漆工，令百工各随其用，使之治漆，固有益于器而盛于世。别有漆工，汉代其时也。后汉申屠蟠，假其名也。然而今之工法，以唐为古格，以宋元为通法。又出国朝厂工之始制者殊多，是为新式。"可见漆的使用和漆工艺，陪伴着先人的繁衍生息。

瓷器、汉字、书法、二十四节气、围棋等，之所以几千年来让我们痴迷，不仅仅因为流淌着我们古老的文化血液，更是因为它是一种活的艺术。我们写下的每一个字都代表着自己的气质、个性、磁场。漆也是如此。土漆和颜料最大的不同是，漆液在上漆的过程中，分分秒秒都在发生变化。土漆里有一种物质，叫漆酶，它在不同的温度不同的湿度中，所呈现出来的色彩完全不一样。上漆的过程是一位正在发生的过程，而不是一个固定的过程，如围棋的千变万化，如节气的气候流变。漆的厚薄，也呈现不同的色泽。漆的过程，也是一个个体生命再现的过程。

漆艺人，都有一个密封的阴房，阴房里的湿度使漆酶发生物理化学变化，慢慢阴干，形成漆膜。漆追寻器物原始质的呈现，如木纹，如稠色。漆所呈现的光泽，让人安静，它细腻，它柔和，它内敛，它温润。漆就是天上的月光，照在大海上，使大海更深沉；照在霜上，使霜更透彻；照在瓦上，使瓦更古朴；照在山梁上，使山梁更静谧。

鄱阳脱胎漆髹饰技艺六代传人张席珍，是一位闻名遐迩的漆艺人，他的作品“光泽圆润，外形若骨，刻绘精细，手法自然，巧夺天工”。可惜我没见过。市群艺馆馆长徐勇几次对我说带我一起去看看，我都没机会去。髹漆、陶瓷、丝绸，被誉为传统古工艺的绝活，我不能不去看的。

漆艺之美，来自一棵树和一个人的完美结合。我不知道地球上有多少种植物，事实上，每一种植物都有自己液体。液体是树的血液，是树的内陆河。而能够形成一个民族符号的树，可能也只有漆树了。漆液在刀口上，慢慢滴，滴在蚌壳上，散发清香，绵绵无穷。它漆在木质上，漆在金属上，漆在丝绸上，漆在瓷器上，有美丽的花纹和源源不绝的慈祥光泽。从我们的琴，我们的剑，我们的车架，我们的门窗和衣柜上，我们看见了一棵树和漆艺人的生命质地。漆光永远是一种不会让人寒冷的光，是漆艺人柔和的眼神。

米粉槌已经故去很多年了。他不知道漆艺是什么，他只是一个乡村手艺人，我还保存着他送给我的竹笔筒。竹笔筒上了土漆，画了一朵杜若花，嫣红的花蕊雪白的花瓣，我用湿巾擦洗一下，还是活色鲜艳。每次从笔筒里抽出笔，我便想起他的花衬衫，和他那河水一样哗哗的笑声。

枣树的血脉

仲春，买了两株蜡梅树和两株蜀柏，带回小院栽。去年在小院种了两株马家柚和两株蜡梅。冬天，万木凋零，梅花傲雪，紫红，炽热，和攀满青藤的矮墙、凋落的石榴树，正是深冬的境界。蜀柏是给祖父祖母坟地种的。他们已故去二十余年。七十八岁的母亲，见我买来树苗，说，这么干硬的苗，长大了肯定不好看。我说是梅花树，我们村里还没梅花树呢，浪费了这么好的山水。母亲正在蒸千层糕。米浆在木盆里，白白的，母亲用勺子把米浆舀进蒸笼里，米浆变灰，变黄，皱了皮，再舀米浆浇上去。米香一圈圈散发，绕梁不散。母亲说，骢骢和安安怎么不来呢，该多来几次，熟悉一下老家气味。我说，两个孩子都上课，不好耽搁。

我吃了一碗冷粥，上床睡了。身体不好，不能吃热食，也疲倦，没精力说话。可能睡得太早，到了晚上十一点多，开始做梦。一个庸碌的中年人，是没有梦的，既无噩梦也无美梦。二十多年前故去的人，并没有出现在我梦里，出现的是两棵大枣树。一棵大碗口一样粗一棵小碗口一样粗，紧挨着，在后院，开米黄色小花，蜜蜂嗡嗡嗡，翘着小细腰。树皮黑黑，有规则均匀的裂缝。树冠婆娑，高过了瓦檐。瓦檐下，有一扇柴扉。塌陷的门前台阶，露出青白色的河石。两只斑头鸫在瓦檐和枣树之间跳来跳去。

靠在床上坐了几分钟，我披衣站在窗前。窗外是朦朦胧胧的田畴，稀薄的天光浥下来，有稠绒感。青蛙和昆虫在吟叫。雨后的空气，有一股恬淡。石榴树完全长出了新叶，葳蕤，翻盖下来。枣树去哪儿了呢？我再也看不到。我有些伤感。

老屋的后院子里，有一间矮小的瓦房和两棵枣树。大哥在盖房时，把枣树砍了，盖了两间厨房，枣树当了柴烧。正是安安出生那年。枣树是祖父年轻时栽种的。记得我小时候，枣子熟了，祖母整天坐在树下，端一个箧箩，做针线活。祖母守着，我们谁也吃不到枣子。中午，她有午睡的习惯。我们——我的兄弟姐妹和表兄弟——端一根竹竿，劈劈啪啪打枣，在我们捡拾枣的时候，祖母不声不响站在柴扉前，吓得我们魂飞魄散，四处而逃。我的祖母，没有谁不怕的。她踮着一双小脚，用柴枝追打我们。到了傍晚，祖母叫我大哥架一副木梯，爬上树，把熟了的枣摘下来，分给我们吃。枣由她分，一人一碗，她说，宝儿，不是不肯给你们打枣，而是打枣把没熟的也打下来，可惜。对后辈，她叫谁都是宝儿宝儿的。她也是个慈祥的人。她说，我牙齿掉光了，吃不了枣，都是给你们吃的，我只是守着。有时，祖父为了打枣，也跟祖母翻脸吵架。祖父心疼孩子,说早吃晚吃都是吃,小孩也都是闹闹,你这个年纪一大把的人,怎么老和小孩一般见识。祖母说,哦,我管枣子的权利都没了,是不是我对这个家没发言权了呢?我祖父再也不说了。有一次,我趁祖母午睡,爬上树摘枣,树干太滑,站不稳,重重跌了下来。母亲慌了,抱着我躺在竹床上,手足无措。祖父拿起柴刀,说,这是枣树惹的祸,把树砍了,看看你们怎么兴风作浪。

邻家孩子也会在中午来院子摘枣吃。孩子踩在板凳上,爬上矮墙,钻入南瓜架,躲起来,确定院子无人,爬上树摘枣吃。而祖母看见了,也不说什么,扛一把木楼梯,架在树下,扶孩子下来。

鬼节前后,枣盛熟。暑日,贪玩的孩子脸上晒出了红斑,我们叫枣斑,半红半紫。熟枣向阳的部分有斑。选枣吃,把有斑的枣挑拣出来,塞进嘴巴里,爽口,脆脆甜甜。盛熟时,满树的枣缀满枝头。灰鹊来了,叽叽喳喳,啄食枣子。

灰鹊喜欢在枣树上筑巢。田翻耕了,灰鹊衔来枯枝干茅草,在枣树桠上筑巢。像一顶倒扣的草帽。枣树刚刚发叶,疏朗,小圆叶青翠欲滴。雨季还没来临,但春日绵绵的细雨,很少会停歇。雨绵绵软软,纺下来。我们拍打一下树身,圆叶沙沙沙沙,落下水珠,透亮圆润。夜雨冗长。我睡在枣树边的厢房里,听着树叶摇落一地的雨声。乡间,有多种雨声,是不可以忘怀的,雨声带着广袤天空的静谧和深邃,带着南方淡淡的忧郁和感怀之人的细腻。潺潺的屋檐水,在孤夜汇聚成深深的孤单;冬日残荷被细密的雨珠一粒一粒地敲打，凛冽，脆响，像生命之哀唱；芭蕉滚雨声，是彻骨的思念；唯独雨落在枣树上，风情曼妙。灰鹊有长长的尾巴，灰白色羽毛，尖尖的喙，在树上跳来跳去。孵雏鸟的时候，枣树开花了。花细密，米黄色。在果树之中，我挚爱的花是枣花和柚子花。不像梨花，不像桃花，不像石榴花，盛开时那么绚烂，显得招摇轻浅。枣花柚子花朴素，如河边洗衣的豆蔻少女。我日日在树下观望孵鸟。幼鸟第一天钻出鸟窝，我肯定是知道的。它耷拉着头，灰白的疏疏稀稀的毛楂，浑身无力的样子，笨拙而可爱。

盛熟了，把箩筐吊在树上，把枣子摘下来。祖母用一个小畚斗，装上枣子，分送给巷子里各家小孩吃。剩下的枣子，用圆米筛晒在屋顶上，做干枣。

我家的枣，是米枣，个小甜脆，含糖量高，谁都爱吃。米枣即金丝小枣，如米圆润，是南方枣中佳品。巷子里，也有邻居种了枣树，是绵枣，个大绵实，吃起来像嚼棉花，晚熟，且不甜。枣吃多了利尿。有一年，我读初二，去同学王长兴家玩。我提了半篮子的枣子去。我们睡在二楼，边吃枣边聊天。二楼没卫生间，下一个木楼梯，转一个拐角，才有卫生间。王长兴奶奶的卧室在拐角的房间，我们怕惊动老人睡觉，蹑手蹑脚下楼。楼梯松动很大，楼梯板咯咯咯作响。他奶奶问："你们怎么了，已经上第七次卫生间了。"我们又不敢笑出声，捂着嘴巴，笑得前俯后仰。

枣树每年都会从主根里分蘖出来，长几株幼苗。我们把幼苗移栽给村里的人和亲戚。我三姑父是个爱种花种果树的人。

他家的前院和后院里，种了柿子树、橘子树、梨树、苹果树、椪柑树。只是苹果树只开花，不结果，他说，这是什么树，像个女人，长得那么漂亮，却不生育。三姑父把枣树移栽过去，说，丈人的枣子，小、甜、脆，一口一个，刚刚好，没菜的时候，还可以拿来下酒。他的前院有半亩地，鸡鸭鹅在树底下刨食，玩耍，下蛋，拉屎，扑啦啦地乱叫，地特别肥，枣树三五年蹿上围墙，越过窗户，一串串地结枣。我大姑二姑，也都移栽了枣苗种在院子里。邻居通前叔叔建了一栋泥瓦房，在祖父故去那年，他移栽了一株，种在门前一座坟边。通前叔和我家是世交。他爸爸绰号叫和尚，比我祖父大两岁，以兄弟相称，肝胆相照，有酒一起喝，有肉一起吃，有架一起打，至死如此。在我八岁那年，和尚祖父故去。通前叔继承了他爸爸杀猪和榨油的手艺。他的大儿子军军大我一岁，一起在郑坊中学读书三年，枫林到郑坊有七里路，我们徒步去，扛着米袋背着书包提着菜罐子。每个礼拜天下午去学校前，他妈妈焖一锅糯米饭，用咸肉和白玉豆焖，香腻柔滑，我也理所当然地上桌吃两大碗。

大姑已去世二十多年了，先祖父祖母而去。表哥是个游手好闲的人，整个家败落了，一栋瓦房一直空着。表哥借住在村里，房子也不翻修。大姑家离我家两里路，我已二十余年没有去了。去年正月，表哥的儿子找到我，说：“我爸爸要把老屋卖了，变几个钱用用，你跟舅公说说，老屋不能卖。”我说：“老屋当然不能卖，我给你爸说。”二姑在十几年前，拆了老屋，修了新房，枣树也砍了。三姑一家住到了县城，老房子也无人照看，只有过年了回家住几天。三姑对我哀叹:“枣子熟了,都无人摘,烂在树上。”说着说着,她用手绢擦泪水。我估计她想起了她父亲。她自己也有七十岁了。大哥盖了房子之后,留了一株枣苗,栽在围墙侧边,如今也有小碗口粗了。

枣、花生、桂圆、石榴、莲子、葡萄、荔枝,盛在一个果盘中待客,是最好的祝福了,寓意多子多福。“一天十个枣,健康活到老”是我们的乡间俚语。枣补血气,是众所周知的。枣可鲜吃,也可制蜜枣、红枣、熏枣、黑枣、酒枣及牙枣等蜜饯和果脯,还可以作枣泥、枣面、枣酒、枣醋。枣树是鼠李科植物,皮糙枝弯,落叶小乔木,或稀疏灌木,四月生叶,五月开花。

在南方的村子里,枣树是最常见的一种果树。枣树耐干旱,少病虫害,对土质也没有特殊的要求,分株即可移栽,成活率高。我想,枣树也是最具乡村情感伦理的树。人爱吃,鸟也爱吃。每一家院子里的枣树,都带有人的体温。

我也是一个爱枣的人。记得有一年,我去太原,什么也没买,就是买了十几斤柳林大枣回来。新疆一个朋友,问我爱吃新疆什么水果,我说新疆大枣。朋友又寄大枣来。

每个院子里,都需要种上一棵枣树。我是这样想的。打枣,是孩童的乐事,用一根竹竿,斜着树叶面啪啪地打。枣子滚落下来,滚到泥浆里,滚到草丛里,滚到石缝里。我们端一个搪瓷脸盆,一颗一颗地捡。从井里吊一桶水上来,哗哗哗地冲洗。到了夏天,溽热如焚,我们拖一张竹床摆在枣树下,盘腿纳凉。萤火四溢,流光如洗,天幕瓦蓝。轻摇的蒲扇,一次次地拂过鼻息暖暖的面孔。这些面孔,是我们生命的纹理。为什么会梦见两棵枣树呢?因为枣树里居住着故去的亲人。

我要种枣树。天麻麻亮,我晃悠着到通前叔家。泥瓦房趴在山坳边,后面是一片菜地。墙体有雨水冲刷的沟壑,一条条。红瓦变成了黑褐色。蒙蒙细雨,村舍静谧,香椿树涩涩的气息有雨露味。我一个人站在通前叔院子里。狗趴在一根烂树蔸边,伸着舌头,一副对谁都麻木不仁的样子。一个女人从屋里走出来,手上拿个脸盆。我叫了一声婶。她愣了好一会儿,说,你是谁家的,这么早溜达。我说我是傅家的。她放下脸盘,哦了一声,说,快来坐,多少年都没见过你了,我都不认识了。她的头发有些花白,脸上长了绵厚的肉,穿一件红底黑圆斑的短袄。我说不坐了,溜达溜达。这时通前叔从地里回来,扛一把锄头,脚上的雨鞋都是泥浆。我说,叔,这么早下地了。通前叔说,去老头子坟地看看,垦了坟草,清明了多事。你这么早来走走,坐坐。我说,来看看你家枣树,有幼苗的话,想移栽一株去种种。他用锄头扒开树下杂草,说,幼苗出来了。我说,你这棵枣树都有钵头粗了,黝黑黝黑,和我家那一株,一模一样。他说就是你家移栽过来的。他又说,你不如栽枇杷,或者花厅早梨,嫁接品种,甜得凶,要种枣,冬枣最好,又大又甜,还滋补。

拿着幼苗回到家,母亲把早饭烧好了。我几个侄子忙着整理竹箕、锄头、柴刀、香、鞭炮、幡纸,预备上坟去了,问我:“叔叔,你今天也去夏家墓吗?”夏家墓是祖父祖母安睡的地方。我说,你们去吧。二十多年了,每年清明我都回家,但从没上过坟。

我会在家里静静坐上一天,像期待一次重逢。

我把蜡梅拿到另一个地方去种了。母亲纳闷,问,怎么不种了,梅花开起来好看。我说,院子种枣树,幼苗挖来了。母亲说,枣花比梨花桃花都好看,细白,细黄,黄粟米一样。我说,昨天后半夜,我都没睡,老想着种枣树,等我种的枣树婆娑的时候,我可能都老了。母亲说,人哪会那么容易老呢。

忍冬花的春天

在菜市场路口，一个六十多岁的老师傅，坐在板凳上，两边各摆了一个篮子，篮子里是满满的花，蒂微红，花丝微黄，小撮地从一根藤茎上抽出来。暴雨如注，地面跳起密密麻麻的水珠。我躲在老师傅的太阳伞下，问几多钱一斤呢？老师傅说，二十块钱。我蹲下身子，把烂树叶挑拣出来，说我全买了。老师傅说，你哪要得了这么多呢，几年也吃不完，又不是买白菜，白菜还可以泡泡菜呢。他的脸上有一层黄黄的黑，蜡蜡的质感。我说，下雨了，你卖完了早些回家。老师傅从口袋里掏出两个塑料袋，把花装起来，过了秤，足足三斤八两。回到家，我把花摊在箢箩上，女儿见了，问这是什么花，整个房间都是香味。我说，金银花怎么不认得呢。由于忍冬花初开为白色，后转为黄色，故名金银花。

箢箩在阳台搁放了三天，变得焦黄。我扒开一看下面的花，

上个月，一位远方的朋友，患口疾很长时间，我便想到寄一些忍冬给他。但忍冬花还没开，我积余的忍冬也不多了，便寻思着今年要晒一些忍冬花。没想到，雨季太长，第一次晒便腐烂了。我开始关注天气预报。隔了一个星期，又买了两斤，花色是油亮的黄，把箧箩搁在外阳台上翻晒。我一天把忍冬翻动两次，晒了两天，花色转为素黄了，心想，再晒两日，便完全成了干花。我准备好了盒子，以备储存，寄给朋友。朋友常患口疾，也常咳嗽，没有比忍冬花更适合的常备药了，即使不患热疾，也是可以偶尔当茶泡的。第三日，临时外出了，在外待了两天，回到家，直接去阳台，看见箧箩空了。问女儿金银花去哪儿了。女儿说，昨晚下了阵雨，雨星飞溅到箧箩里了，湿了花，又扔了。我很是沮丧。

我也是常患热疾的人，口腔很容易溃疡，薯片、油炸花生、油条、甘蔗，几乎不敢吃，因夜间工作较多，也常引起肺火上升，我便常备野生葛粉、金银花。喝金银花茶，连续喝两天，口腔溃疡便会痊愈。冰箱里没有金银花，和我的案桌上没有《现代汉语词典》是一样的。我又接连三天去菜市场，找金银花买，可再也没看到卖金银花的，不免有些凄惶。

络石藤和金银花，在很长时间里，我辨识不出来。就像洋姜和葵花，在它们没开花之前，我也辨识不了。物种有很多奇妙性，两个完全不同科的植物，在凡人的眼里，几乎是一模一样的。络石藤是夹竹桃科植物，常绿木质藤本，具乳汁；茎褐色；多分枝，嫩枝有柔毛；叶对生，具短柄，幼时有灰褐色柔毛，后脱落，叶片卵状披针形或椭圆形；花白色，高脚碟状，萼小。金银花属多年生半常绿缠绕及匍匐茎的灌木。小枝细长，中空，藤为褐色至赤褐色。卵形叶子对生，枝叶均密生柔毛和腺毛。夏季开花，苞片叶状，唇形花有淡香，外面有柔毛和腺毛，雄蕊和花柱均伸出花冠，花成对生于叶腋，花色初为白色，渐变为黄色，黄白相映。球形浆果，熟时黑色。确是完全不一样的植物。络石藤和金银花相同的是，都可解毒消肿。

春花秋月，是季节绽放出来的。花是时间的信使，是大自然留给人间的灯盏。春天来了，报春花拉起了春光的钟摆。满山满坞鲜艳夺目。故园的后山垄上，春意热烈。涧溪边的石蒜，荒地上的野百合，墙垣上的野蔷薇，都开了花。忍冬开起来，却是有些寂寞。忍冬一般长在向阳略潮湿的地带，和灌木、芭茅长在一起。细嫩的青叶如蛇吐信子一样，慵蜷地伸出来，和野山茶发青时差不多。花苞也被青色的叶瓣包住。我们几乎看不到花，浓郁的香气无意间暴露了秘密。春阳娇媚。待忍冬花枝繁硕，姑娘便提一个篮子，去采花。花不用手摘，而是用剪刀剪。一枝一枝地剪。

阁楼上的吊窗，用一根树枝撑开，青篾丝编的圆筐，搁在吊窗的木架上，晒忍冬花。细芽一样的白花，晒了半日，便卷曲，金色如粟。这时，春天已结束。忍冬，是一种告别的花，作别香粉一样的春天。忍冬怒放，像一群鹭鸶兀自站立在枝头，振翅吟唱，故而又名鹭鸶花。

前几日，我去铅山，拜谒稼轩墓，访瓢泉。在瓜山下的瓢泉，我看到了满树的金银花。瓢泉前，有一块空地，空地边有一垛矮墙，墙边长了一棵杉树，金银花罩住了整棵树。在花前，我想到了远方的朋友。春天的时候，金银花给瓜山抹了一层阳光的色彩，它是追着春天的脚步而来的，春天消失，它也消失。和金银花相遇，便是和春天相遇，每次相遇便有了故人重逢的感觉。金银花，每年都可以相遇，而故人却并不如此，甚至可能终生不相逢。春天，是山野百花盎然的时候，野菊、野蔷薇、野百合、芷兰，在田埂上，在屋前的墙垛上，在废弃的红薯地里，装饰着大地。我格外喜爱这种学名叫忍冬的金银花。站在忍冬花前，我默咏杜甫的“正是江南好风景，落花时节又逢君”。我不禁眼眶涨满了春天的潮水。

神的面孔

我不知道，人世间假如没有草木，会是怎样的。没有草木，会不会有昆虫？会不会有夜晚凝结的露水？会不会有掬出蓝色液体的星空？会不会有鱼群、飞鸟和猛兽？不会有的。我们也不会有故乡。故乡是什么？是漫山遍野的油茶花，是春天在田畴里掀起浪涛的紫云英，是岸边栖息了白鹭的洋槐，是池塘边六月灌满糖浆的桑葚，是萝卜，是白菜，是大蒜，是鱼腥草，是荷花，是笨拙的土豆……是硬硬的木柴，是软软的棉花，是板凳，是八仙桌，是温暖的床，是门前的酸枣，是水井里的青苔……是饭，是蓝印花布，是竹篮，是温热的中草药——它们，穿过时间黑暗的甬道，变成了蓝色火焰或黑色的记忆游丝，沿着亘古不变的动脉静脉，分布在我们灼热的胸腔里。我们作为一个异乡人，循着植物的气味——即使是化为灰烬的植物，比如炊烟，比如火盆里燃烧的木炭，比如父亲写来的一封三言两语的简函——追寻我们草木茂密的出生之地。事实上,当我们历经人世诸多苦痛,会领悟到我们所有的出发,最终是另一种形式的返回:返回到一棵树下,返回到荒草萋萋的墓前,返回到芦苇吹拂的河流,返回到一根母亲尚未燃尽的灯芯里。我们返回的脚步是迟缓和犹疑的,茕茕然,茫茫然。故乡的草木将成为指引。我们终将不会迷路,星月下,风雪夜归。

“彼黍离离,彼稷之苗。行迈靡靡,中心摇摇。知我者谓我心忧,不知我者谓我何求。悠悠苍天!此何人哉?”(《诗经·黍离》)消失了。“彼采艾兮,一日不见,如三岁兮”(《诗经·采葛》)消失了。“六月食郁及薁,七月亨葵及菽,八月剥枣,十月获稻,为此春酒,以介眉寿。七月食瓜,八月断壶,九月叔苴,采荼薪樗,食我农夫”(《诗经·七月》)消失了。“参差荇菜,左右流之。窈窕淑女,寤寐求之”(《诗经·关雎》)消失了。

《诗经》消失了。

“江南可采莲,莲叶何田田,鱼戏莲叶间。鱼戏莲叶东,鱼戏莲叶西,鱼戏莲叶南,鱼戏莲叶北”(《江南》)消失了。汉乐府诗歌消失了。

竹简没有了。绢绸没有了。纸也无从发明。毛笔也不会有。

不会有四书五经,楚辞汉赋,不会有《茶经》《天工开物》。也没有唐诗宋词元曲。

没有张骞出使西域。没有昭君出塞。

写“浴兰汤兮沐芳”,“纫秋兰以为佩”的楚大夫屈原不存在了。

采菊东篱下的陶渊明不存在了。“宁可食无肉,不可居无竹”的东坡居士也不见了……

没有草堂和秋风所破的茅屋。没有山寺桃花。没有竹里馆。

兰亭雅集的王羲之去哪儿呢?富春江上的黄公望去哪儿呢?鸟眼看人的八大山人去哪儿呢?做木匠的齐白石去哪儿呢?

《黄帝内经》《金匮要略》《神农本草》《本草纲目》都不会有的。

“好一朵美丽的茉莉花,好一朵美丽的茉莉花,芬芳美丽满枝丫,又香又白人人夸,让我来将你摘下,送给别人家,茉莉花呀茉莉花……”美好的歌谣也不会有了。

是的,我们的文明史与草木紧密相连。没有草木,也不会有文明,不会有人世间。人类史就是草木的供给史,草木翻开了人类的篇章。草木是人类史的序曲、筋脉和结束语。

我遥想,一百年前,我们的家园是怎样的呢?在赣东北,是古树参天,月月有花,季季有果,处处是百花园。随意走进一座山,都是深山不见人,白云生处有人家;随意走进一个村舍,都是山水的画廊,“雨里鸡鸣一两家,竹溪村路板桥斜。妇姑相唤浴蚕去,闲看中庭栀子花”(唐·王建)。祖父曾对我描述过,在他孩童时期,村后的山垄是有老虎和狼出没的,一两个人不敢进山。山垄里的杉木松木比磨盘还粗,抬头不见天。我小时候,山垄里还有土狼、黑熊，一年中也会被村里人遇见几次，豺则是十分常见的。后山的树，可以做房柱。四月梅雨，我拎一个竹篮，去山冈上采蘑菇，半天能采小半篮。后山有成片的桉树，铅灰色的树皮甚是朴素雅美，松树和杉树使整座山常年墨绿。我们上山砍柴，每次都能看见麂在溪涧惊慌地逃窜。1983 年，我十三岁。这一年，山垄里的树全砍完了，分给各家各户。村人当时并不知道，这是万劫不复的灾难。20 世纪 90 年代中后期，村里号召劳力上山种树，连片种植，连续种了几年，都无功而返。山垄里，没有树了，只有茅草、芭茅、藤和小灌木，水源慢慢枯竭，喝水成了难题。

在没有公路和电的时代，动物、植物与人和睦相处。有了公路，卡车进来了，猎枪进来了，有了电，电锯和电网进来了，水泥钢筋包围了我们的家园，野兽躲进了深山，甚至无处可躲无处可居，直至灭绝。我们开始寻找逝去的家园，寻找失落的伊甸园，为了看一片原始的山林，亲近一条初始的河道，我们坐了一千公里的火车。

2015 年深秋，我去横峰新篁，意外地看到了我遥想中的林中村落。在白果村，千年的银杏在细雨中招展，金色的叶子圆盖一般，地上铺满了金黄的树叶。陈坞千年的金桂，像绿色的喷泉。在平港村，板栗树、红豆杉、苦槠、枫树，都是上千年的，在村舍的后山，形成密匝匝的树群。平港处于地势平坦的河岸，隐身在密林里，墨绿的苦槠和紫红的枫树在山坡上，像一幅古老的风景画。我想起俄罗斯风景画家伊萨克·列维坦（1860—1900）

笔下的《金色的秋天》《雨后》《白桦丛》。在橘园里,我们采摘橘子,在山涧边,我们采摘禾本草莓。站在古树群下,看着新篁河静静地流淌,低垂的瓦蓝色天空覆盖了原野,薄薄的粉黄阳光给村舍蒙上了温暖和煦的色调,从对面山垄延伸出来的田畴里,是各种青翠的菜蔬。邻近的落马岭是原始的草甸,一坡一坡的草浪在起伏延绵。我悲喜交加。眼前的新篁河和千年的古树群,我似乎回到了百年前的原始山村,我问自己:从哪里来,我在何处,去往何方。河流从哪里来,经过什么地方,最终汇聚何方。河流汇聚的地方,难以想象它的源头。

草木,使我们免于挨饿受冻。草木给予我们食物,给予我们温暖,去除我们的疾病,填充我们的心灵,滋养我们的美学。草木是我们的父母。

无论哪一种植物,都有一副神的脸孔。有丑陋的人,但没有丑陋的植物。有残忍的人,但没有残忍的植物,植物只有一副柔肠。每一种植物以神的意愿,长出俊美的模样,各不相同。我愿意日日与植物为邻。我乡间的家门口,有一条半米宽的小溪流,溪流边有一堵矮墙,百米长的矮墙上长了许多植物。我说说这些植物吧,它们是我每天拜见的神。

指甲花:有一年,我大嫂从菜地地角挖了一株指甲花,栽在水池边,过了两年,在墙垛上繁衍了十余米的指甲花。指甲花是一年生草本植物,立冬后落叶,枯烂而死,开春发芽,浅黄的茎秆多汁,初夏开浅黄浅红的花,到了仲夏,繁花似火。仲夏后,花结籽，像芝麻壳。指甲花花色多种，纯白如冬雪，紫红若晚霞，嫣红似胭脂，绛紫像火焰。宋朝诗人杨万里写《凤仙花》："细看金凤小花丛，费尽司花染作工。雪色白边袍色紫，更饶深浅四般红。"多么的绚烂呀。指甲花是中医常用药，种子亦名急性子，茎亦名透骨草，清热解毒，通经透骨。烂指甲了，把指甲花摘下来，捣烂，包扎在指头上，换三五次，便痊愈了。小孩得了百日咳，摘鲜花熬水煎服，喝个几次也好了。指甲花可治妇女经闭腹痛，治白带，治水肿，治腰胁疼痛，治骨折疼痛，治鹅掌风和灰指甲，治跌打损伤，治呕血咯血。乡人都说蛇怕指甲花，有指甲花的地方，蛇都不会去。房前屋后，最多的花便是指甲花了。这可能与指甲花含有发挥油有关吧。指甲花学名凤仙花，也叫金凤花、好女儿花、急性子、钓船草，药名透骨草。我最讨厌的名字是凤仙花，像一个出自青楼的歌女。叫指甲花多好，像从自己手指上长出来的一样。

菖蒲：一丛菖蒲长了好几年，还是那么一丛，十几柱。不是它不繁衍，而是它长在一块水泥地里的一抔泥土上。一抔土，便是它的宿命。浇水泥地的时候，那里有一个石头，浇水泥地的人偷懒，没有把石头挖出来。过了两年，石头被一个打木桩的人，打裂开了。大哥看着裂开的石头，怕小孩摔倒刺破头，把石头挖出来，随手栽下这株菖蒲。菖蒲是多年生草本植物，根茎横走，稍扁，分枝，外皮黄褐色，芳香，叶片剑状线形，肉穗花序斜向上或近直立，狭锥状圆柱形。谁都不会在意一株菖蒲。就是鸡鸭鹅，也不会吃它。到了端午，找不到艾草插门楣了，才想起门口还有菖蒲，会拔几株，插在门楣的墙缝里，驱邪防疫。《吕氏春秋》说冬至后五十七日，菖始生，是百草之中发叶最早的。李时珍说蒲类之昌盛者，故曰菖蒲。可见，菖蒲是百草之中，生命力最旺盛的。很多植物可致幻，菖蒲便是其中之一。菖蒲全身有毒，不可直接供人食用。有菖蒲之处，无蜘蛛、蚜虫。在年少时，我常常把菖蒲和生姜弄混。其实生姜属于姜科，菖蒲属于天南星科，茎块和株茎都相差甚远，更别说花了。只是它们青绿油油的叶子相似罢了。作为一种植物，菖蒲也许可以作为草民最好的隐喻，遇土即安，匐地而生，生生不息。

藿香蓟：去年初秋，我在门口散步，小溪边有一种草本植物开了很多花，小朵小朵的，像菊花。花朵竖在枝头上，像一架架小风车。风吹来，“风车”呼啦啦地摇。这种植物乡间田埂太多了，花色有菊黄的，有银白的，有淡紫的。可我叫不上名字。沿溪边，我来来回回走了十余次，一丛一丛地看。我拍了十几张图片，发给诗人夏午辨认。夏午呵呵呵取笑我：“藿香蓟。”我有些沮丧。这么大名鼎鼎的植物，天天在身边，我居然无识别之力啊。

爬墙虎：矮墙上，爬满了小叶爬墙虎。红茎圆叶，四季常绿。我出生的时候，它们就有了。也许，祖父出生的时候，它们也有了。有矮墙的时候，它们就有了。它们是壁虎的故乡。

美人蕉：电线杆旁边有两丛美人蕉，一丛开黄花，一丛开红花。蕉中的美人，是至美了。蕉与荷，是文人挚爱的植物。唐朝诗人杜牧写《芭蕉》：“芭蕉为雨移，故向窗前种。怜渠点滴声，留得归乡梦。梦远莫归乡,觉来一翻动。”情意绵绵,款款有致,动人心弦。雨打芭蕉,夜雨打芭蕉,孤寂的夜雨打芭蕉,怎么不让人伤感,怎么不让人思念远方的人呢?离离远行人,迟迟不归乡,许是人的一种至痛。美人蕉也叫红艳蕉、昙华、兰蕉、矮美人,是热带和亚热带植物,姜目。绿叶肥阔,立冬后,叶子开始枯萎,变枯色变麻色,零落凋敝之气,肃穆黯然。吴昌硕和张大千均善画蕉。蕉红时有雍容之气,凋敝时有衰老凛冽之姿。一种植物,两样的生命之势,也是我们一生的缩影吧。

水芹:溪边有很多水芹,清明之后茂密地生长。水芹属于伞形科,多年水生宿根草本植物。别名水英、楚葵、刀芹、蜀芹、野芹菜等。小溪流不通畅的时候,父亲会扛一把锄头,把水芹全部铲了,倒进水田里。可要不了一个月,溪边又长满了水芹。我爱人去老家时,会采水芹菜,洗净,焯水,凉拌,浇上酱醋,吃得津津有味。母亲便站在一旁,说:“水芹有什么可吃的呢?吃多了牙龈会痛。”

鹅肠草:鹅肠草又名繁缕,别名五爪龙、狗蚤菜、鹅馄饨、圆酸菜、野墨菜、和尚菜,是石竹科越年生草本植物,茎枝细弱,一节一节地长,像植物中的百足虫。立春后,开始发叶,到了农历三月,开始老去。老而不死,如百足虫死而不僵。一年到头开星白的花。矮墙上,鹅肠草怎么拔也拔不完。它的一生,大部分在劫难中度过。但再大的劫难,它也会度过。

铜钱草:祖母在世的时候,到了秋燥,嗓子会干咳。她提一个箢篮,蹲在水坑边拔铜钱草,洗净晒干,煮水喝,喝三五天,嗓子便不痒了。她的堂弟是个老中医,对她说,铜钱草可是个好东西,和艾叶一起煮水,拿来泡澡,浑身舒爽。小溪边,铜钱草撑起一把把圆叶伞,给青蛙遮太阳,给鱼虾纳凉,也是昆虫的迷宫。现在有许多城市人,用一个瓷器钵养铜钱草,摆在案头或饭桌上自是十分养眼。诗人颜梅玖写过一首《铜钱草》的诗歌:

我喜欢把她们养在水里
喜欢她们一尘不染的样子。下雨的夜晚
她们陪我看书,写信,发呆
为我打着一朵朵小伞

我流泪的时候
她们一言不发,只是将心事默默地发芽
一个夏天过去了
有的个子长高了,有的低眉顺眼

我想,前世她们一定个个都是
温柔的姑娘
点着油灯,做着针线
不说话

每天晚上,
在南风吹来的窗户旁

我都会和她们坐上一会儿
看着这些年轻的姑娘
我就又活了下来

“点着油灯,做着针线”,一个娴静柔善的女子。它还有一个鲜有人知但十分动人的名字,叫积雪草。积雪,想想,冬天就到了,路上的归人满身白雪。

这些不起眼的植物,给了我四季的暗语。故园之所以为故园,不但有亲人,还有日日相依的植物。草木滋养了我们的肉体,也滋养了我们性灵。我不膜拜任何人,但我膜拜动植物。它们是我们的神。神谱写了人类史。

去野岭做一个种茶人

新篁的王晓峰几次对我说，要把山林里的甜茶移栽下来，开垦一片甜茶园，免得甜茶消失了。王晓峰问我："你知道甜茶吗？"我说当然知道，甜茶是土茶的一种，茶叶厚实，肥绿一些，还结茶籽，茶籽和龙眼差不多，也可以泡茶，农人用茶籽放在脸盆里泡茶，暑天，热气难耐，喝一大碗甜茶，解渴又解暑气，十分畅快。几次去新篁，去葛源，去青板，都没喝上甜茶。或许甜茶过于老土，品相粗糙，上不了桌面，不方便待客吧。在崇山的老徐家，倒喝了两次甜茶。野茶青绿，毛尖细细，味是涩后甘甜，喝起来很是顺爽，可惜是塑料杯泡的，若是瓷器杯泡茶，色泽还会清透些。

深山出好茶。我去恩施时，很多人便向我推荐硒茶，出租车师傅也自豪地说，硒茶可抗衰老，可防血管硬化，似乎硒茶是不老灵药。后来我才知道，恩施是中国硒之乡。到了咸丰县，在茶楼喝茶，也是喝当地的野山茶。泡茶的女子说，野山茶喝了一杯，第二天咽喉不痛，长期喝，不得咽喉炎。我品不来茶，喝起来倒是很提气，香气清幽，微苦微甜。我问山上哪有那么多野山茶呢。野山茶是常绿乔木，很难采摘。泡茶的女子说，人是用绳索吊树上采摘的，所以野茶昂贵。我看了一下茶价，几乎每斤都在千元以上。我身边玩的朋友，都是资深茶迷，提包里随时放着好茶叶，前几年是黄山毛峰，后来是正山小种、肉桂岩茶，或是祁门红，现在是黑茶或安吉白茶。茶叶和烟一样，都是他们离不开的。一个朋友，茶喝了十七八年，工资发到手，第一件事便是买一斤好茶叶，在办公室、家里，各摆了一副茶具，他说，能喝上一杯好酒、一杯好茶，一生无它求了，能喝到死，一生也算完满了。我以前也喝茶，因有浅表性胃炎，把茶戒了，现在喝一杯，如喝咖啡，整晚入睡不了。

婺源有种茶的传统，大鄣山茶是绿茶上品。上饶的其他地方鲜有种茶的，即使种，也只是乡人在地角山边种几株，待谷雨时分，采摘几篮子，做手工茶，留在家里待客泡泡。在灵山下的茗洋、望仙，在武夷山北麓的篁碧，在怀玉山下的南山，在大茅山下的龙头山和桐西坑，在铜钹山下的岭底，都能喝到上好的高山手工茶。谷雨时，妇人围条围裙，上山，采摘抽芽的嫩茶叶，放到铁锅里烘烤，搓揉，翻晒几日，茶叶便做好了。高山手工茶，制作简单，保留了山野的元气，清香弥漫，气韵悠长。可惜手工茶量少，也鲜有外卖的。

但每去一个地方，我还是非常愿意去品当地的茶。茶和豆腐是一样的,一杯茶便可见山水的灵性。去青板,肖建林便带我去一个叫山帽凸的山里。山路像盘结的盲肠,我坐了十几分钟车,有些恍惚了。越进山,树林越茂密。树林是灌木林,阔叶的,油绿得发黑。也有延绵的毛竹林,在山腰以上,兀自随风汹涌。到了山帽凸山顶,车停了下来。我看看,海拔只有几百米高,可能是进山的路偏长,以至于山给我高海拔的想象。山体被垦荒了两个山坳,连绵近千亩。陪同进山的人有一个浙江安吉汉子,四十来岁。他说,找了好几个省,才找到这个地方,日光照射足,又多雾,雨量充沛,非常适合种安吉白茶。垦荒的山体,被人工垦出了一垄垄的条坑,条坑上栽种的茶苗已经成活了,叶子疏疏地黄稀稀地绿。安吉汉子给我讲了很多安吉白茶的故事,可我几乎没听进心里。我脑海里,始终盘踞着他那句话:“第三年,就能喝上新茶了。”

继续往山帽凸进山,到了祝家垄。这是一个废弃的山中小村,有五六户人家,夯土的泥瓦房。高大的柿子树上挂满了小灯笼一样的柿子。橙黄的柚子悬在柚树上,已开始腐烂。墙垛下的木柴,被树虫噬空,腐化,落下灰扑扑的木尘。门口两畦大蒜还是油绿绿的,畦垄铺上了茅箕。茅箕黑枯枯的。屋后的高粱无人收割,倒伏在地里。七八只蜂箱还是崭新的,放在廊檐下。要走的人,始终是要走的。要回来的人,却再也回不来。细雨中,向下延伸的山脊像是沉入翻滚的大海。油茶花在雨丝中,开得过分孤独。有一户人,在门前晒场上,垦挖了一块地,种上茶苗。我猜想这种茶的人,是一个花甲老人,家里的门锁着,似乎那不是他的家,他像他的先祖一样,逃难或逃灾或逃凶,来到这个山顶,见一片地,种上茶,有那么一日,日上三竿,他可以摆上一张小桌,坐在竹椅子上,慢慢喝,慢慢回味简单的一生。安吉汉子说,可以把这里修葺一下,作民居旅游,把当年下放的知青请回来看看。我一下子想起了我多年的挚友苏万能兄长。他曾在这一带度过青年时期,早晨习武,夜读诗书。他刚毅正直的性格,和这座深山相关。我在蒙昧的青年时期结识了他,如今已二十余年。他一直视我为弟弟。我突然期盼,天降大雪,我就约他融雪煮茶,坐在这山野里,看看灰蒙蒙的天空,看看被雪淹没的林海,我会给他朗读孟浩然的《岁暮归南山》:“北阙休上书,南山归敝庐。不才明主弃,多病故人疏。白发催年老,青阳逼岁除。永怀愁不寐,松月夜窗虚。”雪中一碗茶,或许比酒入肠更炙人,茶越喝越渴,越喝越醉人。我不明白这个在晒场种茶的人,怎样参悟人生呢。原原本本的寂寥,原原本本的独自一人面对深山,原原本本的独自一人面对剩余的另一个自己。一个有强大孤独感的人,他的心里足够容纳一座深山野林。

茶树,可能是最贴近我们的一种树了。进门一杯茶,上桌一杯酒,是我们的待客之道。婺源是中国的茶乡,漫山遍野是茶园。每次去婺源,我都喜爱去看茶园,一坡一坡的,沿着山边,沿着公路边,甚是美。茶园,相当于女人的头,梳得整洁,发亮,有层次。这和黄山的太平是极其相似的。太平人,五亩茶园养一家人,婺源也差不多如此吧。茶园是需要常年打理的,把人困在园子里,男人除草施肥,女人采茶,还要做茶,摆摊子卖茶叶,一季一季的茶上市，一季季地忙碌，等秋茶卖完了，一年已近尾声，大人又老了一年，小孩又长高了一截。所以，婺源人很少在外务工，千好万好不如茶园好，勤勤恳恳地营生。采茶的时候，茶园里便响起了清清丽丽的《采茶曲》：

溪水清清，溪水长
溪水两岸好呀么好风光
哥哥呀，你上畈下畈勤插秧
妹妹呀，东山西山采茶忙
插秧插得喜洋洋
采茶采得心花放
插得秧（来）匀又快呀
采得茶（来）满山香
你追我赶不怕累呀
敢与老天争辰光
哎，争呀么争辰光

左采茶（来）右采茶
双手两眼一齐下
一手先（来）一手后
好比（那）两只公鸡争米 上又下

溪水清清，溪水长

溪水两岸好呀么好风光

姐姐呀，采茶好比凤点头

妹妹呀，采茶好比鱼跃网

一行，一行，又一行

摘下的青叶篓里装

千篓，万篓，千万篓

篓篓新茶放清香

姐姐妹妹来采茶呀

青青新茶送城乡，送城乡

送呀，么送城乡

我不懂茶，茶禅和佛道一样，博大精深。我也不喝茶。喝了茶，会茶醉，整夜入睡不了。前几日在德兴，刘传金留了一罐手工茶给祖明喝。祖明拿出茶叶罐，摇一摇，茶叶不多了。他说，最后一撮茶，晚上喝了吧，你也喝一些。我说，手工茶难得喝，喝一杯吧。第二天，祖明问我："你眼睛怎么那么红啊？"我说，茶醉得太厉害，一夜无眠。祖明笑我："茶，这么好的东西，你都不知道享受，你确实是一个无趣的人。"我二十年之前喝茶，且爱喝浓浓的绿茶。我曾患有浅表性胃炎，医生告诫我别喝绿茶，我便戒了茶。我到福建工作时，又喝起了岩茶。福建人爱茶，嗜茶。记得在很多年前，我有一次去厦门，坐火车回来，同卧铺包厢的人，是两个闽南人，入铺落座后，他们便取出茶具，泡工夫茶喝。坐了十几个小时的火车，他们便喝了十几个小时，你一杯我一杯，兴味盎然。福建人爱红茶爱岩茶。我上班报到，便购买了茶具，还专门学习泡工夫茶。茶叶是我雇人到高山采的野生茶，再给茶厂加工。我也喝不完，送给外地爱茶的朋友喝。喝了茶的朋友也谬赞我："武夷山的岩茶，确实不同凡响。"每次做茶，我便做几百斤，用青花瓷茶罐装起来，看起来，也清雅。我办公室客人不断，有的人是来谈事，有的人是来喝茶。有一杯好茶，他们跑几十公里来喝，也是乐意的。

我身边的人，多为爱茶之人，什么东西都可以将就，唯独茶叶不可以。有一个朋友，每月领下工资的第一件事，便是买一斤好茶叶。出差了，什么都会忘记带，忘记身份证，忘记资料，忘记香烟，但茶叶不会忘记带。他有一个锡铁罐，那可是随身之物啊。

茶和笔墨纸砚、瓷器、丝绸一样，是我们最古老的文化之一。茶马古道是一条以茶为核心的人文精神超越之路，蜿蜒延绵数万里。我的朋友刘海燕是央视纪录片的编导，两次获得了金熊猫奖。今年她自驾，从云南往西藏，走了一个多月的茶马古道。她在朋友圈发了海量照片，看得我眼睛发直。当然，像我这样缺乏探险精神的人，也只能看看照片了。南方也有茶马古道，即福建，入江西，经鄱阳湖，至湖北襄樊，走陆路，达泽洲（山西晋城），在大同，分两路，一部分运往归化厅（呼和浩特），一部分经天镇运往张家口。茶叶研究者郑望在《坦洋工夫茶话》一文中写道：清嘉庆二十三年（1817），清政府规定茶叶运往广州必须走江西路，不准从厦门、福州等地转口。因此，闽东茶叶水运路线几乎中断。福安茶只能靠人力肩挑先运往崇安下梅（后改赤口），再转运江西铅山县河口镇（当时系江南大码头）。到河口镇后有两条路线：一条是入赣江水路向南往广州口岸后再到东南亚和欧美；一条是向北运往俄罗斯，以陆路为主。后一条商路成了与“丝绸之路”齐名的“茶叶之路”，也为坦洋茶商融入茶马古道开辟了道路。

河口，是信江中上游的一个码头，离我生活的城市不足五十公里。我常去。中国最早的红茶，在河口集散，发往世界各地，取名河红茶。茶叶的集散，使一个码头演变成了一个小镇，后又成了铅山县城。

陆羽写世界第一部《茶经》，是在上饶市的茶山祠。写《茶经》的时候，上饶叫广信。他所在的茶山祠，便是现在的上饶市一中。距离我家只有十分钟的脚程。可惜我从没去拜谒过这个把茶形成文化的人。我种田的父亲，曾在茶山祠读书，对陆羽颇为膜拜。父亲说：“南方，有两种植物贴近人的五脏六腑，一种是禾稻，一种是茶树。”父亲也爱茶，用碗喝。

父亲也种茶，但他没有茶园。他把茶树种在菜地边，种了几百株。清明后，母亲便提一个扁篮，去采茶叶。我也去采茶叶。菜地在一个山垄里，晨雾还没散去，茶叶还挂着露珠。茶也是母亲手工做的。用一口大铁锅焙茶。我还卖过茶叶，用手绢一包包地包好，提一个篮子，送到小镇卖，一包两块钱。

近年，我对城市生活越来越厌倦。厌倦城市的时候，我便想去找一个荒山野岭生活，筑一间瓦舍，种一片疏疏朗朗的小茶园，白天种茶，晚上读书，听溪涧流于窗前。从青板的祝家垄回来之后，我这样的念头，似乎更强烈了。

树上的树

第一次走进这个院子，徐永俊对我说：“在这里你要生活三年，慢慢适应吧。这是美好生活的开始，你看看，天上有彩虹。”准确时间是2013年7月17日下午4点。焦灼的地面刚被一场阵雨浇透，地上的灰尘卷起螺蛳肉一样的颗粒，草地上挂满透亮的水珠。东边，一道彩虹弯挂下来，被另一道彩虹包围着。双彩虹，这是难以见到的自然景象。像是两道通往苍穹的七彩拱门。不到一支烟的时间，彩虹消失了。徐永俊说，彩虹都没了，还望什么呢，那么出神。我哦了一声。事实上，彩虹，我只是瞄了一眼——围墙外，一道低矮的山梁上，有一棵高大的树，把我的魂魄勾去了。山梁只有三个围墙那样高，匀称地往南边以递减的海拔高度斜下去，约有两里长。整条山梁油绿、平整，被人工修剪过似的，整体看起来，像一个仰卧的女人——在肚脐眼的部位，一棵高大的树，冠盖亭亭，磅磅礴礴。这是一棵什么树呢？

怎么只有一棵呢?

翌日清晨,我连院子也没溜达一圈,便跑到山梁去了。山梁是荣华山的一支余脉,因修建一条土公路把余脉割断了,而剩下这一条,像蜥蜴断下来的尾巴。山梁是黄土质,西边的斜坡面是茶叶地和油竹地,东边的斜坡面是杂生灌木林和竹林,中间的山脊是一个宽约十米的平面,长满了和茶树、油竹一般高的山毛榉、山楂树、荆条、糖梗刺,与西边斜坡面融为一个整体。我在院子看到的斜面,正是西边的弧坡。东边的弧坡陡峭一些,竹林窝在坡地上,和略高一些的坡上的杂灌木形成一个斜面坡。四周并没有路上去,我去不了山脊,茶树和油竹密密匝匝,根本容不了人。我也去不了树底下,辨认是什么树。

无论在院子溜达,还是在门口土公路上散步,那棵树都特别醒目,站在那儿,不言不语,但又似乎有很多话要说的样子。有一次刮大风,我站在三楼窗户旁看它,它的树冠都被风包裹了,成卷,像一个背着大棉袋的人,眼看要被风掳走,拖拽,翻着跟斗,消失得无影无踪。但它兀自不动,像一个魁梧的人立定在那儿,只是大大的深色草帽被风挪了挪。我轻声地吟诵已故曾卓老先生的《悬崖边的树》:

……

它孤独地站在那里

显得寂寞而又倔强

它的弯曲的身体

留下了风的形状
它似乎即将倾跌进深谷里
却又像是要展翅飞翔
……

当然，这样的好奇心仅仅维持了半个来月，我又完全忘记了这棵树。或者说，管它是什么树，作为我这样一个仅仅是多看它两眼的人，又有什么区别呢？九月下旬之后，暑气消散了，我去山间转的次数多了起来，一天一次，有时两次或三次，但我打消了攀爬这条山梁的念头，没有路，我也无力去砍出一条山道来。一次，我用了一个多小时，把围墙四周查看了一遍。我怕围墙根基不好，或有塌方却没有维修，造成围墙坍塌。我看到山梁下，一路上有很多动物粪便，板栗一般大，形状和算盘子差不多。路两边长满了芭茅和茅荪，还有一些矮矮的小苦竹、小叶石楠、毛冬瓜树。我猜想，这里野兔一定很多，说不定还有狐狸、刺猬、獾猪。一群长尾巴的鸟，嘎嘎嘎，嘎嘎嘎，飞到树上。我又想，那棵树一定有很多鸟巢，有猫头鹰或喜鹊或雕鸮或斑鸫的巢穴。刚才飞去的一群，正是喜鹊，灰褐色和白色相间的尾羽，叫声喜庆，不是它还会是谁。我自言自语地说，又没客人来，你叫得我都慌了，丝毫不体贴一个客居人的苦楚。但我看清了那棵树的叶子，宽大，麻褐色，有斑白，只是远远地看，它是葱油绿，这是背景虚光的缘故。叶子是不是锯齿状呢？圆形还是椭圆形，抑或心尖形，不得而知。

有一次傍晚，夜幕即将降临，一个从南浦溪游泳回来的人——我一看就知道是本地人，下巴略尖，密胡楂儿，头发剪得很短，穿黄灰色肥大短裤，赤裸上身，显出汗衫的印子——我问："师傅，这片茶地怎么这么杂呢，看起来有四五年没修剪过，茶叶采不了啦。"答："茶叶不值钱，花费功夫大，没人管茶园了。"想想也是，茶园不大，花费时间不合算。周围几个小茶园，也都荒废了，杂木野藤茅荪，混杂地生长。我说，那山脊上怎么有一棵那么高大的树呢，是什么树呀？我递了一支烟给他。他的普通话有浓重的本土口音，浑浊，鼻子被堵塞了似的。他说，粗杂木都被砍了作柴火，怎么留了它呢？鬼才知道它是什么树呢。

入秋之后，晨雾大，暮霭也深。杂工志友说，这里黄鼠狼多，要不要买几个夹子捕黄鼠狼呀？我说，它又没犯罪，我们捕捉它干嘛。黄鼠狼即黄鼬，在地角矮墙打洞，多捕食鼠类蛙类小鸟类，常夜间出没，在寒冷时节也会在晌午出来，扭动着肥肥的腰身，摆着拖地的尾巴，一溜烟从眼前溜过。我反问："你怎么知道有黄鼠狼呢？"志友说，前两天到茶地那边摘野桂花，做花茶，看见茶树下有很多洞，肯定是黄鼠狼的，洞口有很多鸟毛。"你怎么上去的呢，没路可上的，我兜了好几圈也上不了。"我说。他嘿嘿嘿嘿地傻笑，说，河边有一条斜坡路上去，不过要带一把柴刀，路上好多野刺，也有杂树把路盖死了，砍路上去很快的。过了很多天，我见树上的叶子越来越少了，因为树冠透出了背面的光，我心急了，叫上志友，说，我们到那边山梁上走走。

南浦溪已完全羸弱了，水浅浅的，鹅卵石裸露了出来，螺蛳吸附在石面，黝黑黝黑的，牙签长的小鱼成群地游来游去。路口在一片竹林的低处，弯弯斜斜。过了竹林，原路可容纳三人，但疯长的杂木和苦竹往路中间压，比人高。野藤挂在上面，有野蔷薇、蒺藜，有一种藤粗粗的，黑皮，像蛇。边走边砍，差不多花费了近两个小时，才到那棵树下。我一眼认出了它，这个家伙，原来是野生板栗树。地上密密麻麻的板栗果壳，果壳有针一样密密匝匝的刺，果粒和蚕豆一般大，圆圆黑黑的，有光泽。落叶满地，有的已经碎烂，浅灰色浅黄色混杂。树上稀稀疏疏的叶子，像搅碎机里飞出的破布片。树上并没鸟巢，连一根草屑也没有。树有大腿粗，主干笔直，在三米高的地方分枝开杈，一层一层开杈上去，往上收拢，形成一个圆盖的树冠，圆盖有稻草垛那样宽大。我说，志友回去吧，收获挺大的。他睁大眼看我，张开嘴巴一会儿，合起来，哦了一声。他似有满腹疑问，但不敢讲，把想说的话吞了回去。到了溪边，志友拉拉我的衣服，说："来了这么一趟，你的衣服都被刺刮破了，可惜了。"我说，没什么可惜的，好比去相亲，约了三五个人，坐了半天的车，一看，姑娘丑死了，立马打道回府，浪费了车钱耗费了满腔热情；但不去看，怎么知道姑娘丑死人呢，万一是个大美人呢。更何况，树是没有好坏之分的，有贵重轻贱之别的是商人。商人以钱分类别，我们只需要知道树是不是活的，是不是开枝散叶，是不是开花结果。假如那是一棵桂花或檀木，早被人连夜挖走，卖掉了。你看看，这里很多的古墓被人盗，那是墓下有值钱东西，普通的坟墓谁盗呢？

野生板栗树逃过了刀斧，也许与野板栗可食用有关。炒食，香脆爽口。和苦槠的果粒一样,都是乡间常见的零食。炒熟,用一张黄纸包着,边走边吃,也可放盐剥壳炒,作下酒料。苦槠子还可磨碎,泡浆,过滤,煮熟,压箱,做苦槠豆腐。苦槠豆腐晒干后,可做酱菜或干粮菜。乡民以食为大,以生为本。而一棵野板栗树把这个山梁带到了一种内心滋养的境界:万物油绿时它蓬蓬勃勃,吐绿抽芽,万物凋敝时它苍苍渺渺,凸枝裸干。秋霜一重又一重,它已经没有一片树叶了,突兀在山梁,更显孤独苍劲,像一个张开臂膀的人,面向苍天大地,像是发问又像是恒久沉默。山梁有三个色块——茶地墨绿,油竹淡黄,芭茅深褐,中间顶部的野板栗树已空空,成了倦鸟的驿站。我站在院子里,远望它,觉得它不是从地里长出来的,而是从天降临的,像神示的诗篇。

桂花落

秋日，抱一本书，坐在院子里，晒着暖阳，随意地翻看，听桂花扑簌簌地落下，是人间至境。桂花落在书页上，落在椅子上，落在廊前，金葵色，幽香盈盈。

桂花是木樨科常绿灌木或乔木，一般生活在长江以南的地区。我种过非常多的桂花树。有野生移栽，有苗圃移栽。桂花树是非常容易成活的树，即使在艳阳高照的夏天移栽，多浇几次水，也会存活下来。在冬春季移栽，浇水一两次，也不枯叶。每年的三月，我都会去苗木市场，选桂花树，直干，一米以下无分杈，至于是丹桂还是金桂，或者是月桂、银桂，倒不是很重要。县城偏僻的街道，有临时的苗木市场，以丹桂、杉树、木槿、橘树、柚子树、梨树为主。

桂花树移栽一年后，便要修枝。我喜欢修枝。一把剪刀，一把小木锯，一把梯子，一双手套，是我单独放在杂货间的，谁也不可以动。剪刀是日本货，当年买的时候，花了我一千多块钱，用了七八年，还是很利索。细枝用剪刀修，粗枝用木锯锯。两米以下的枝丫或分杈，只留一根主直干，树冠修去密集的枝条。修剪了的枝口用刀口磨平磨圆，再用布条扎实，以免枝口发新芽。修剪一天，一般只能修十几棵桂花树。

每年冬季，修剪一次。修剪之后，埋一次肥。在离树根一米远的地方，掏一个半米深的洞穴，舀三斤油菜饼肥下去，浇足水再填土。树油绿地长，不分昼夜，树冠婆娑，旺盛地发育。

植物学家在对桂花的描述中，一般定义为灌木或小乔木。我不太赞同小乔木这一条。我见过参天的桂花树，比三层楼还高，显然不是小乔木。我在几个地方都见过。浦城县教师进修学校破旧的院子里，有一个冬瓜形的池塘，中间以拱桥相通。池塘边，有四棵高大的桂花树，树干比我的腰还要粗，四季常青，郁郁葱葱，斜斜地往池塘上方生长，盖住了整个塘面。许是桂花树的根须伸进了池塘的淤泥里，吃足了养分，长得忘乎所以，忘记了自己是小乔木的身份吧。浦城县是丹桂之乡，家家户户种桂花树，是自古的传统。临江镇杨柳尖自然村周贵兴家的院子里，有一棵千年桂花树，树高 15.6 米，树身 4.6 米，年产桂花 240 多公斤，主干九枝似九龙，故称“九龙桂”，丹桂飘香时，树冠如大红灯笼。横峰县新篁有一棵桂花树，我第一次去看的时候，正是前年十月初，油绿近乎墨色，树身满是青苔。乡人介绍说，桂花树已逾千年了。树高高大大，和百年香樟一样。1989 年我在乡村教书，村里也有一棵千年桂花树，树冠盖了一亩地，树身也要两人合抱，八月，桂花开，全村弥香。我的出生地有一座山，名五桂山，是崇山之中的一个陡峭山峰，有野生桂花树五棵，年代多久，乡人不可记，至少比村子历史久远，高耸云天。

乡民种树，有自己的选择。在院子里，除了果树，桂花树是种植最多的树了。桂花四季常绿，易活，花香，花可食。谁不喜欢呢。

“桂花糖，桂花糕，香香甜甜。”在深秋或初冬，巷子里有了悠长的吆喝声。这个时候，我们再也控制不住自己的脚步，循着拨浪鼓的当当声，寻找货郎，再也离不开。“不急，不急，一个一个来吧，每人分一块。”货郎用银白的切刀，切一小块给孩子吃。我们含在嘴巴里，慢慢吮吸。大人端一个畚斗出来，畚斗里是白米。三斤白米换一斤桂花糖。深深的巷子，吆喝声有民谣一般的腔调。当啷当啷，拨浪鼓一阵一阵地远去，消失在巷子的尽头。

前两天，在朋友圈看到沈书枝晒了一张她父亲筛丹桂花的图片。我有了片刻的恍惚，怎么秋天又到了呢？时间怎么这么快呢？时间在人的身上，或许是以加速度的方式流动的。小时候，觉得一年好长，漫长的学期，漫长的假期，每一天都是漫长的，每一个黄昏都是漫长的。上学的路漫长，背诵的古诗漫长，油灯的燃烧漫长。人之中年，在沙发打一下盹，便过了晌午，写了半截残文又到了掌灯十分，去看了三次老母亲便至白露。露寒，桂花落了。

桂花落了，白昼一日短一截。桂花落在树下的纱布上，或者落在竹篾席上，收起来，筛一筛，晒三五日秋阳，丹色桂花萎缩，成了丹褐色。泡茶，撮一些丹桂花下去；做老鸭汤，撮一些丹桂花下去。客人来了，从冰箱里拿出冰糖丹桂花，冲水喝。冰糖丹桂花放上十年，也不会变质的。

乡人爱做酱，做豆瓣酱，辣酱，也做桂花酱。用一个大缸，晒酱。晒在屋顶上，或晒在墙垛上，酱红色，香了整条巷子。

以前，我以为桂花树仅仅是以压枝的方法抚育秧苗的。我问过很多种苗木的人，怎么抚育秧苗，也都回答是压枝法。到了福建浦城工作后才知道，压枝法是最笨的抚育方法。浦城人摘春季桂花树枝，插在水田，过半年，树枝长成了树苗。有充足的水分，树枝可以长出树苗。我不知道，其他树是不是也可以这样。在其他地方，我也没见过这样的抚育法。

在更早以前，也就是我十来岁之前，我不知道桂花树长什么样的。我以为桂花树是离我们很遥远的树，像银杏、香榧一样不可遇见。在饶北河流域，桂花树叫木樨，桂花叫木樨花。在乡音中，木同目音，樨同屎音。木樨花也叫成了目屎花。我便讨厌这种花，觉得它是一种肮脏的花。

小学三年级，语文老师给我们讲了一个《山海经》里的传说：吴刚伐桂。炎帝之孙伯陵，趁吴刚学道，和吴刚之妻有私情，生了鼓、延、殳斨三个儿子。吴刚怒杀伯陵，激怒了太阳神炎帝，被发配到月亮，砍伐不死之树月桂。树高五百丈，随砍即合。吴刚便这样无休止地砍下去。

“月桂是什么树啊？我们都没看过。”这么神奇的树，我们没见过啊,多惋惜。语文老师说,月桂怎么没见过呢,就是我们院子里的木樨啊。

这是第一次知道桂花树即木樨。老师说,每月十五的时候,你们抬头看看月亮,可以看见吴刚用大板斧在砍月桂,还能听到斧头的砍树声呢,月亮上还居住着美丽的嫦娥,是最美的仙女。十五的圆月出来,我们坐在院子的竹床上,抬头仰望,月亮上的暗暗阴影,真像一棵月桂树在晃动,树叶沙沙响。

过了两年,又听到了吴刚的另一个神话——不是杀伯陵,而是想娶嫦娥为妻。嫦娥说,把月桂树砍倒了,我便做你的妻子。吴刚伐了亿万年,树还在,因为树随砍随愈合,是一棵神树。但吴刚不死心,便一直伐下去,不舍昼夜。

西方有一则相似的神话,是西西弗斯推石头的故事。西西弗斯得罪了宙斯,宙斯让他将一块巨石推上山,在山顶把石头竖稳,便免除他的一切罪恶。西西弗斯开始推石上山,将石头推到了山顶,但石头又滚下了山。他为了免除自己的罪,日复一日,年复一年,永不休止。这两则神话,都极具悲剧色彩,讲述了人的原罪和生命的悲壮感,具有深刻的隐喻。

当然,我还是比较喜欢吴刚为了爱情而伐桂的故事。虽然不深刻,但美好;虽然也是悲剧,但温暖。这个故事更贴近人性。这个故事,指明了生命中的另一个事实:过于美好的东西,都是虚幻的,像魔术师手上飞起来的彩带。诗人颜梅玖写过一首《桂花吟》:

……

它带来了美的形式,又越不出衰亡的内容

它和时代有一致的妥协性:

像某个事件——

虚无、困惑,又暗藏了疲倦

像一座遗址

它性感的香气,在我们的体内悄悄潜伏了下来

颜梅玖说出了事物的本质。当然,我不是悲观主义者,但我必须承认万物悲观的结局。初秋,气温骤降,桂花一夜盛开。花开半月,瞬即凋零。

唐代诗人王建在《十五夜望月寄杜郎中》中写道:“中庭地白树栖鸦,冷露无声湿桂花。今夜月明人尽望,不知秋思落谁家?”桂花和月,是秋赋的核心意象之一。夜露打湿桂花,月已中秋,教人如何不想家?桂花开,是秋熟。桂花落,是秋肃。

秋声之中,桂花飘落,是最寂然的。相比于虫吟,相比于纷飞黄叶飘零,相比于晚雨淅淅沥沥,相比于雁语呜呜,我们的耳朵几乎不可能听出桂花落地之声。无声的消失,是不知不觉的消失。

在寂静的院子里,躺在摇椅上,晒着暖阳,无所事事,书盖在脸上,瞌睡一会儿,是美事。醒来,茶凉了,盖在身上的衣服,落满了丹色的桂花,一朵,两朵,三朵……

草盛豆苗稀

陶渊明这个邋遢的老先生，写《归园田居》五首，我最喜欢的是那句“种豆南山下，草盛豆苗稀”。结多少果是不重要的，重要的是种下去。他种豆，是一种怡情，虽然他穷得连酒也买不起。穷怡情，是一种生命本真的态度。

黄土适合种红薯、包皮瓜、辣椒，但最适合种黄豆。如今，田地大面积荒芜，鲜有人在山上种黄豆，要种也只是在田埂上栽几排育种了的毛豆。毛豆日照期短，最长的不超过三个月，叶茂茎长，豆粒饱满，颗粒粗大。在田园的乡居生活中，是离不开豆的，像离不开水井一样。在山垄或在山南，垦出一片地，清明前撒下豆种，撮上草木灰，撮上几把黄土，浇几木勺水，隔上三五天，豆子会摇着小辫子一样的芽钻出来。芽是一根脆脆的茎，头上两瓣芽叶，像甲壳虫。这是一个童话世界。芽叶过个十天半月，由黄转绿，像甲壳虫长出的两只翅膀，豆芽成了豆苗。把豆苗移栽到地里，开始了日晒雨淋的一生。土黄豆苗矮矮的，叶子稀疏，中秋后，叶子发黄，豆荚鼓起来，像吃饱了的蚱蜢。豆叶凋敝，把豆秆拔出土，用稻草绑起来，挂在屋檐下或挂在竹竿上翻晒。豆秆发黑了，豆子从豆荚里蹦跳出来。土黄豆，颗粒小，滚圆。

在物质贫乏的年代，20 世纪 70 年代出生的乡村人，大多数人都有这样的生活经历。饿不住了，躲在豆丛里，坐在地上，剥生豆吃。黄豆也称大豆，是中国重要粮食作物之一，已有五千年栽培历史，古称菽，富含蛋白质、脂肪、碳水化合物、钙、磷、铁、胡萝卜素、硫胺素、核黄素、烟酸、卵磷脂、大豆皂醇、各种维生素等物质。大豆不但营养，而且还有药用价值。《贵州民间方药集》有言大豆："用于催乳；研成末外敷，可止刀伤出血，及拔疔毒。"因大豆富含植物性雌激素，是女性预防乳腺疾病的最佳食品。但黄豆含氨基酸种类少，含有消化抑制剂，妨碍消化吸收，会产生大量的气体，使肚子发胀。坐在地里吃饱了生豆，要不了一个时辰，鼓胀胀的肚子便会腹泻。

《广雅》云："大豆，菽也……角曰荚，叶曰藿，茎曰萁。"晒干了的豆秆，在灶膛里，噼噼啪啪烧得特别畅快，火苗青蓝色，水在铁锅里噗噗翻腾。曹植写《七步诗》："煮豆持作羹，漉豉以为汁。萁在釜下燃，豆在釜中泣。本自同根生，相煎何太急？"看样子，帝王之家的人，还不如山中种豆之人惬意。我儿子安安，在七岁的时候，看电视剧《三国演义》，便背下了这首诗，问我煮豆为什么烧豆萁啊。我说，那是兄弟以死相争的意思。以死相争，人世间，还是有许多东西比生命更重要的。其实我到现在还不明白,哪有比生命更重要的东西呢?

中国是一个豆制品十分丰富的国家,有毛豆腐、酿豆腐、豆花(又称豆腐脑、豆腐花)、麻婆豆腐、臭豆腐、干豆腐、豆腐皮、茶干、冻豆腐、豆卜、霉豆腐、豆腐乳。我见过很多偏食的人,有不吃带眼睛的,有不吃带鳞片的,有不吃带毛的,有全素食的,但我还没见过不吃豆制品的(疾病原因除外)。毛豆腐是徽州名菜。酿豆腐是客家名菜。麻婆豆腐是川蜀名菜,始创于清同治年间,由成都万福桥"陈兴盛饭铺"老板娘陈刘氏所创。因她脸上有几颗麻子,故称麻婆豆腐。临湖豆腐是上饶名菜。

山里人用石磨磨黄豆。山泉水泡了一天的黄豆,完全发胀了,黄圆珍珠般晶莹发亮,手抄下去,清凉的黄豆一下子让人安静下来。用木勺掭豆子掺入磨眼,石磨转动,白白的豆浆汁淌入木桶或木盆里。石磨一般是麻石磨或青石磨,人工凿出一条凹槽。豆浆汁用白纱布过滤出,倾入铁锅煮熟,加石膏,放在豆腐箱里压榨,豆腐便成了。元代的张劭写《豆腐诗》:"漉珠磨雪湿霏霏,炼作琼浆起素衣。出匣宁愁方璧碎,忧虀常见白云飞。蔬盘惯杂同羊酪,象箸难挑比髓肥。却笑北平思食乳,霜刀不切粉酥归。"新鲜黄豆的豆腐渣,其实也是一道上好的佳肴。铁锅的熟油噼噼啪啪作响,把豆腐渣翻下去热炒,半生熟,放两个鸡蛋清下去拌炒,熟透了,放蒜叶再炒。也是很多人的挚爱。闽北人把发酵了的豆腐渣,拌以调味酱汁搓团,放在竹编上,用米糠灰焖熟,摵开切片,熟油煎黄,抿一口酒吃一口豆腐渣片,或啜一口粥吃一口豆腐渣片,算是半个神仙。

苏东坡是个文学家、酿酒家，也是一个美食家，后半生颠沛流离，热衷于厨艺，不改达观性情。他写《蜜酒诗》：“脯青苔，炙青莆，烂蒸鹅鸭乃瓠壶，煮豆作乳脂为酥，高烧油烛斟蜜酒。”真是很有情致。山中人，最为敬客人的三样东西有老母鸡、新做一箱豆腐、蒸糯米打麻子粿。出箱的豆腐，无论怎么烧法，都是非常美味的。水煮，半煎煮，煎四面黄蒜叶炒，或煮肉、煮霜后白菜，或和青椒芹菜丝咸肉煮干锅，皆为菜中上品。豆腐是个娇贵的东西，到了第二天，便发酸，即使不发酸，口感也粗粝，便用筐箩把豆腐晾干，做豆干做霉豆腐做酱豆干等。

自小在乡间长大，常见乡邻做豆腐。我却从没把豆腐和美学联系在一起。忘记是哪一年了，我去广丰铜钹山，见一户人家做豆腐，我像傻子一样看了半天。时值初冬，做豆腐的妇人三十来岁，穿一件大红的棉袄，磨豆煮浆。黄黄的豆，白白的豆腐脑，木质的厅堂，黑黑的瓦屋，青色的砖墙，幽绿的柚子树，红红的棉袄，微笑的脸，长长的辫子，腾腾的蒸汽。我恍惚进入了油画世界。

我尤爱霉豆腐和豆卜。霉豆腐富含天然氨基酸，粘到舌尖，鲜味便散布全身。前几日，颜志华兄送我小罐霉豆腐，每小块豆腐都用箬叶包起来，很是精致。想必做这个霉豆腐的人，是个年迈的婆婆，坐在门前的太阳底下，洗净箬叶，一块一块地包，像给婴儿穿衣服，格外细致。豆卜也叫油豆腐、豆泡，用油把豆腐水分炸干，中空，呈金黄色。煮白菜，炆肉，炒野葱咸肉，炒白菜心，豆泡都是绝佳的配料。豆泡和白菜切细丝做馄饨馅，和榨菜紫菜切细丝做汤，和青椒切细丝做地皮菇羹汤，也是难得的配料。

豆腐娇嫩，是一种心肠柔软的食物，像一个皮肤滋润的女人。我常想，能把豆腐做出佳品的人，肯定是有一副好心肠的人，不邪恶，不贪婪，懂得养人爱人，有热热的血。这样的人，住在竹林或阔叶林里，喝甜美的山泉水，说温软的吴语。和这样的人生活在一起，即使艰难，也是美满的。一个内心腌臜的人，是不配去吃一块好豆腐的。鲁迅在《故乡》中写杨二嫂这个人物：“我吃了一吓，赶忙抬起头，却见一个凸颧骨，薄嘴唇，五十岁上下的女人站在我面前，两手搭在髀间，没有系裙，张着两脚，正象一个画图仪器里细脚伶仃的圆规。”我敢说，杨二嫂做的豆腐肯定不招人喜欢。

其实，我并没有看过草盛豆苗稀的景象。黄豆，家家户户都种。在孩童时代，祖父对我讲，在民国时期，他山地多，能产八十多担豆子。傅氏在村里是孤姓，受人欺负。收了的豆子，有一半会被村里的恶霸夺走。祖父善种豆。在后山，有一块黄土地，每年都种满了豆子。祖父垦出一块地，挑来两担沙子，打豆秧。打豆秧不需要施肥，早晚往沙上泼水，三五日，黄黄的豆芽露出了两片瘦削的芽脸。从炉里，扒出草木灰，往地上撒一层，豆芽第二天便绿了。憨头憨脑的豆芽，显得清秀，苗条。把开叶的豆苗选出来，移栽到黄土地里。黄土地铺了一层茅草，雨啪啪啪下，豆秧成了豆苗。盖了茅草的地，荒草是怎么样也长不出来的。把没有开叶的豆芽拔出来，做了一盘青嫩的豆芽菜。

在打豆秧的时候，我会暗自“孵”豆芽。我把豆子泡半天，放在鱼篓里，盖上沙土，早晚洒水一次，隔几天，豆芽便“孵”出来了。用铁盒养蚕和鱼篓“孵”豆芽，是我玩不厌的，乐此不疲。那时，我便觉得最美好的事情，便是看着动物和植物一天天地成长。

我们种豆，是为了收获豆子。“种瓜得瓜，种豆得豆”是一句乡间俚语。我的哲学老师，讲因果关系时，这句俚语，足足讲了一节课，我也足足趴在桌子上睡了一节课。种豆当然得豆啊，也得花。黄豆苗开花，甚美。可无人在意。花，多瓣，外瓣浅紫，内瓣深白，多像一张美人脸。可花期太短，花瓣收缩，豆荚毛茸茸地长出来了。其实，种豆也不一定得豆。豆子收获了，自己却吃不上。小时候家里穷，祖父年年会种出几担子黄豆，都卖给了公社的粮站。卖出不多的钱，供家里开销。一年难得吃几次自家做的白豆腐。种豆不得豆，便是大苦。

番薯传

临出门,母亲拎一个蛇纹袋交给我,鼓囊囊的。我提在手上,沉沉的。母亲说我喜欢吃番薯,挑拣了一些,让我带去。我撩开袋口看看,红皮还沾着灰白的泥尘。

霜降之后,摘了油茶籽,便开始挖番薯了。霜是个好东西,是糖分的催化剂。蒙了霜,番薯甜。我几乎不吃饭,一餐蒸一个番薯吃。我问女儿:“你要不要来一个?”女儿说:“太难吃了。”“番薯又甜又香,怎么会难吃呢?”我说,“我是吃番薯长大的,没有番薯,我早都饿死了。”女儿说:“一个时代有一个时代的苦,你饿得苦我读得苦。”热热的番薯握在手上,我沉默地看着。

差不多在八岁的时候,我便随父母一起去山里栽番薯了。山名叫烧灰,是一片黄泥山,要走三里路。父亲挑一担苗,穿一件棕色宽大的蓑衣,戴一顶尖帽斗笠,打一双赤脚,佝偻着狭窄的腰背,像一只鸵鸟。栽番薯,我们叫秧番薯。

四月,每一个人都在苦等一场瓢泼大雨,如江涛奔泻。父亲每天早上估摸着是否有大雨,手遮额头,瞧瞧,天边无染,下田去了。若是乌云滚滚,黑如锅垢,他便坐在长板凳上,眼巴巴地等雨从天而降。雨从山尖一阵阵地黑过来,黑得发亮,云罩着旷野,青蛙在水塘里跳来跳去,他穿上蓑衣挑上竹箕,拿一把剪刀,去茅坪坞的地里。地里的番薯秧苗油绿绿的,雨珠噼噼啪啪,水流哗哗淌,蚂蚁和甲壳虫浮在上面。不一会儿,茅坞坪各块地里,蹲满了人,弓腰,穿蓑衣,剪番薯藤。番薯藤剪回家,一家人坐在厅堂,把藤分节剪断。一节藤,留一个枝节,一个枝节有两片叶子。剪好的枝节,整齐地码在竹箕上,压实。

烧灰的地,前半个月,便挖好,一块块,土松泥碎。挖地是重体力活,来回的路偏远,还得上一个牛角一样的陡坡。中午的饭送去地里吃。我负责送饭,提一个竹篮,背一个军用水壶。烧灰以前不种番薯,是一片芭茅地。芭茅密密匝匝,人都进不去。在人民公社时代,村人饿不住,开始找地开荒。村里多礁石山,烧灰是唯一的黄泥山,村人把山烧了,几十个劳力上山挖了半年,垦出了这片番薯地。父亲坐在地头,给我讲垦荒的事情。他抓起茅草,搓搓手,端起碗吃,一钵头的饭,三下五除二,便干净了。他把水壶里的茶,倒进菜碗里,荡一荡,一口喝干。

一天挖两块地,一块地种两担番薯。父亲要挖十来天。两齿钳落进泥里,父亲会低低地“吼”一声。两齿钳像两根獠牙,是挖地的专用锄头。泥块翻上来,再用锄头脑敲碎。

剪好的番薯藤,追着雨势秧(栽种)下去。我跟在父母身后，戴一顶斗笠，身上裹一张塑料皮，去烧灰。父母秧秧苗，我分秧苗，把秧苗抄拢在手上，一条一条地递给父母。秧番薯秧，选雨后。大雨把地浇透，淌出了黄泥浆，秧苗易成活。过个十几天，秧苗的番薯叶枯萎了，软塌塌，焦白色。可藤茎爆出了青芽。

一个月后，藤蔓有了筷子长。一根竖起来的直茎，分出五六支藤蔓。父亲从楼上搬下油菜饼，捣碎如泥，和草木灰拌在一起，挑到地里。一个畚斗，抱在胸前，父亲把畚斗里的草木灰撮在番薯根下。撮完了肥，浇水。水在半里外溪涧里，从半截陡坡挑上来。一块地要浇两担水。我拿一把剪刀，剪藤蔓。一支直茎，留一支蔓。剪下的藤蔓挑回家，叶子摘下来做菜，但大部分喂猪。

蓼花在溪涧入河口的淤泥里，嫣红如炽。鱼从斗水上来，聚集在浅滩。暑假，我们没时间去捉鱼了。我们去扳番薯。番薯是一年生草本藤蔓植物，藤蔓贴地匍匐而生。蔓节会长根须。扳番薯就是把藤蔓翻上来，扯断蔓须，顺一个方向生长。一个下午，扳四块地。太阳大，晒不住，躲在石岩洞睡两个小时。石岩洞有一块大石板，睡上去，全身凉爽。地上焐一堆火，从地里掏几个番薯出来，焐在火里。番薯有小拳头大，裹着黄泥。睡醒了，番薯也熟了，皮焦黑略硬，掰开，红黄色肉囊冒出热腾腾的香气，吃起来粘牙齿，软绵醇厚香甜。

很多人以为番薯藤不会开花，大多数人一辈子没见过。其实番薯藤会开花，入秋了，日光照时间不足十小时，藤蔓便开出喇叭状的花，外白内淡紫，和牵牛花差不多，只是花色略有差异。

番薯和空心菜、牵牛、厚藤同属旋花科植物，花朵也相似。藤蔓开花，番薯长得慢，个头不大。秋分后，藤蔓纤维化，发硬，叶子打焉。孩童放了学，去割番薯藤。

番薯藤是猪食的好料。猪爱吃，越吃越肥。剁番薯藤，是妇人的事。番薯藤剁碎在脚盆里，用一口大土瓮装起来，压实，撒一碗粗盐。喂猪了，舀一大铁勺上来，拌上糠，煮熟，倒进猪槽。猪晃着大耳朵，叭叭叭，吃得山响。剁番薯藤，要剁十几天，剁得妇人腰酸腿僵硬。卖了猪，扯一块布，妇人给自己做一身衣裳。男人看着妇人新衣裳，说，剁番薯藤劳苦功高，新衣裳惹眼，好看。钱都是钱，面值都一样，可卖猪的钱，妇人舍不得花，那是一刀刀剁出来的，一铁勺一铁勺舀出来的，钱捏在手心，捏出一把汗。

霜降很快到来。油茶花开遍了山野，白艳艳的。芦苇在江边最后一次摇曳，绒毛般的白花飞上了天空，被风送往风落脚的地方。收割后的田野，堆着一堆堆稻草，发白的稻茬和觅食的麻雀，显得田野孤单落寞。油茶籽采摘下山，晒在院子里。箩筐被篾匠缝补好了。这是挖番薯的好季节，秋高气爽，四野素净，山梁的油松斜斜地透出阴凉的阳光。

挖番薯是男人的事。捡番薯是孩子的事。挖出来的番薯，裹着厚厚的阴湿的泥团，孩子把泥团搓下来，把番薯扔进箩筐里。

我家里的番薯，一年要收三十来担。番薯挖完了，第一场冬雪压进了窗台。雪带来了炉火。阁楼上的炉子搬了下来，生一炉子的木炭。番薯躺在地窖里,像一群战乱中躲藏起来的难民。

地窖在杂货间,是一个三米多深的地穴,上面盖木板。吃番薯了,掀开木板,架一把梯子,提一个大扁篮下去,捡番薯上来。每天都离不开番薯。清晨,捞了饭胚,剩下的米羹水煮番薯。一个大番薯,切八块,煮半锅。剁椒下番薯粥,至少吃三大碗。地窖的盖板,厚实,无缝,不能让老鼠掉下去。老鼠掉下去,会拉尿在番薯上,一窖的番薯便全烂了。即使不烂,番薯也有水泡味,会酸臭。春分后,地窖里的番薯,开始冒红茎青叶的芽。发芽的番薯最甜,煮粥煮黄粟米糊煮玉米糊,都是非常好吃的。

初冬,各家各户在屋顶晒番薯粉。番薯下了山,机番薯粉,是大事。番薯在一个大木桶里,用大扫把洗,用阔嘴锄翻动,半天洗四平板车。洗净的番薯,拉到碾米房,机番薯。番薯成了渣汁糊状物,妇人用一个包袱,把渣汁糊包起来,搓揉碾压,浆水用一个大木桶盛起来,沉淀一个晚上,淀粉积了厚厚一层,去水,把淀粉铲上来,一块块晒在大晒席上。妇人要搓两天,才能把番薯渣汁过滤出来,搓揉得手抽筋,手心发烫,火烤一样痛。

番薯粉大部分压榨粉丝,留下的部分入瓮。蒸粉丝的师傅,一个冬季都是忙的,在一张烟壳纸上写着各家蒸粉丝的日期。一个圆木质蒸笼扛在师傅肩上,早早来到东家厨房里。一天蒸六笼,上午三笼,下午三笼,晚上刨粉丝。蒸薯粉,把浆水洒匀,浇一层蒸一层,一笼三十六层。蒸上来,黑灰色,像个大圆饼,倒在团席上晾干。师傅有一个大刨,刨两头可以握。刨像条梭鱼。晚上,灯光灰暗,师傅用木榨把熟薯圆团,夹紧,一刨一刨地把粉丝刨在团席上，一绺一绺放好。刨到深夜，熬不住，师傅打瞌睡，鸡啄米一样耷拉下脑袋，可手还是有节奏地刨。

第二天早上，妇人用棕榈叶，把一绺一绺的粉丝扎好，挂在毛竹竿上晒。

我祖父挖出的第一担番薯，便挑到酿酒师傅家里，酿酒去了。稻谷高粱小麦，不够人吃，番薯是唯一可以拿去酿酒的粮食。番薯酒味略苦，入口不好，祖父买两斤冰糖来，泡在酒缸里。

晒了粉丝、薯粉，晒番薯米。番薯米是度春荒的主要吃食。把番薯切成黄豆粒般的颗粒，晒干，入瓮。过了元宵，饭甑里蒸的白米饭，有一半是番薯颗粒。有一年，家里的番薯米都吃完了，春荒还有一半，父亲急死了。短粮时间太长，借谷子都借不到啊。借谷子，挑一担空箩筐去，挑一担谷子回来，也不用过秤。箩筐各家各户一样大。还谷子的时候，挑一担谷子去，手上抱一个大畚斗，多还一畚斗谷子。母亲存了番薯渣。机番薯粉，母亲把过滤了浆水的番薯渣，晒干了，存了四麻袋，没地方放，放在楼上的空棺材里。四袋子番薯渣，渡过了下半个春荒。

番薯也叫红薯。台湾人叫它玉枕薯。江苏人安徽人叫它山芋。辽宁人和山东人叫它地瓜。河北人叫它山药。山西人和河南人叫它甜薯。四川人和贵州人叫它红苕。北京人和天津人叫它白薯。云南人叫它阿鹅。浙江人叫它洋番薯。江西人叫它番薯或红薯。江西人把番薯分成红薯、白薯、红心薯、粉薯、南瓜薯。番薯个大，憨态可掬，朴素得像个慈祥老人，我们叫懵番薯。

有一种番薯，叫爆皮番薯，红皮白心，一个约半斤重。我尤其喜欢吃。生吃,甜脆,像吃麻壳梨。爆皮番薯焖熟吃,香糯。焖在锅里,一里外也能嗅出。水焖干了,番薯流出松脂一样的糖,凝结在番薯皮上。吃的时候,把糖浆舔干净,再吃番薯。这种番薯,二十几年也没见了。有一年,在八角塘大菜场,一个刘家坞的妇人拉板车,卖番薯。我买了二十斤。妇人黑瘦个矮,问我怎么知道这个番薯好吃。我说,知道,是山地种出来的爆皮番薯,糖分足,口感好,难得一见的好番薯。妇人说,番薯一直是自己留种的,产量不高,但好吃,留了三十多年种。

街上也有卖烤番薯的,用一个铁桶烤炉,木炭火烤。无论是小学还是中学,校门口都会有烤番薯卖。我不买。卖的烤番薯,都是南瓜番薯,吃起来糜烂,虽然够甜。

现在很少有人焖番薯吃了。有一个邻居,叫财叔。一辈子砍柴卖。天麻麻亮,他带着十来岁的孩子,拉一架平板车,去二十里外的深山砍柴。车把上,挂一个蒲袋,蒲袋里是半袋的焖番薯和一罐腌辣椒。这是他的午饭。他说,他吃下去的东西,番薯至少有一半多。一辈子,他吃了多少番薯,数不清。

我大表哥,每年种很多番薯,挖一百多担。他门前的一片山坡种满了番薯。

母亲常说,番薯吃多了的人,属于番薯命。番薯命就是苦命。开荒挖地,秧苗,浇水施肥,割番薯藤,挖番薯,晒粉,刨粉丝,都是累活,重体力活。母亲的话,是对的。

油桐树下

浙江有两个地名，是我入迷的。一个叫桐乡，一个叫桐庐。这两个地方，离杭州都很近。桐的故乡，桐花烟雨，迷蒙迷离。桐下结庐，寒鸦啼鸣，雪落山巅。桐乡有乌镇和木心，桐庐有富春江和郁达夫。我都去过。

“带湖吾甚爱，千丈翠奁开。先生杖屦无事，一日走千回。”这是辛弃疾《水调歌头·盟鸥》的佳句。带湖就在我窗外，柳色褪尽，湖水轻浅，鸥鸟翩翩，油桐凋碧。带湖四周低矮的山冈，在五月，开满了油桐花。在辛弃疾的年代，带湖也是如此的——任凭世事如何沧桑，故生的植物不会变。

油桐是大戟科落叶乔木，在南方分布极广，一般在海拔千米以下的山地、丘陵地带生长，生命力极强。我在福建浦城工作时，单位围墙外有一处护坡，百米长，每年的雨季，护坡都会倒塌，泥土流失很严重。护坡上只有两样植物可以常态化生长，一种是芭茅，一种是油桐。油桐长了一年，高过了围墙，肥大宽厚的叶子伞盖一样。油桐五月开花，纯白色花瓣，有淡红色花纹。油桐花开在山坡上，皑皑白雪一般，因此油桐花又称五月雪。

桐树与油桐树不同，桐花粉粉的，有莹莹的油脂，花筒状。花开月余，花色转成暗黄，山风吹来，纷纷掉落。花落在水里，被水送走，飘零而去。不要去看桐花凋落，太残忍。草丛里，岩石上，都是零落的花瓣，枯黄色。我们站在树下，桐花啪嗒啪嗒地萎谢下来，落在我们的头发上，落在我们的衣服上，落花的声音会震动山谷。山涧在窄窄的河道激越奔流，桐花翻个跟斗，落在水面上，转眼不见了。

我听过一夜桐花零落声，在县城的一个荒坡上。我第一次和女朋友在房间里约会。雨从黄昏时分滴滴答答地下，绵绵如酥。荒坡有三五户人烟，油桐树蓊蓊郁郁。荒坡下，水浪滔滔的罗桥河直涌信江。荒坡像一块面包，油桐树像面包上的肉松。我们坐在床沿上说话，月光在油桐叶上白。月光和桐雨，蒙蒙的玉白色相互浸透交织。桐花在低低的雨声中，一朵一朵地落在窗前的屋檐下。我一会儿看她的脸，一会儿看落花，我恍惚，盛开的脸和飘落的花在我眼里交替。一年后，我们分手。八年后，我和她在街头偶遇，竟然认不出她。她站在商场门店前的台阶上，手上拿着一把收拢了的太阳伞，穿一条蓝色长裙。我过红绿灯的时候，感到有一双眼睛在看我，眼神热切。我看见了台阶上的女人，羞赧地微笑。我走过去，说，我几乎都不认识你了。她低着头，低低地说，你怎么会认得我呢？你认识的那个人早已死了。

在十余年前，我去寻找县城的教堂，又去了一次荒坡。坡上盖了很多房子，油桐树林还在，和绿黑的杉树林，间杂地长在一起。我站在当年的院子里，桐花像繁星，在枝头堆积。不知道谁家的音箱，开得震耳欲聋，在播放卢冠廷的《一生所爱》：

苦海
泛起爱恨
在世间
难逃避命运

相亲
竟不可接近
或我应该
相信是缘分
……

我迷惑间，似乎听到了桐花窸窸窣窣地飘落，而月光皎洁。不尽的雨声，歌声时远时近，飘飘忽忽，天边遥遥。

横峰县新篁，有一个自然村，叫乌石头，在一个狭长幽绿的山谷里，有我喜爱的一个村子，我去过七八次。村舍里有竹林和古枫树，秋日妍妍，溪涧敞亮。我也喜欢吃村子里的菜，地道农家风味。吃了饭，在溪涧中的河石上坐一会儿，赤足入水，览阅山色。村舍的对面山梁，是弥眼可望的油桐树。山势由北向南，由高到低地延绵，溪涧蜿蜒。油桐依山势横亘了山谷。油桐花开，山野寂寂，冈翠披霞，风吹来，桐花窸窸窣窣地摇曳。

古人有井桐之说。挖井的时候，在井边栽一株油桐树。油桐树皮灰色，枝条粗壮，叶片卵圆形。油桐树三五年，树冠可以把井院全盖住，妇人在井边洗衣淘米，可以避阳，下雨了也不会淋湿。孩子在井边玩耍，打陀螺，唱歌，玩累了，靠在母亲怀里香甜地睡去，清凉的树荫撒落下来，像梦中的一叶帆。帆把人带往远方，也把乡愁带往远方。当离家多年的孩子，在某一天回到故地，看见井边的油桐树，树叶纷落，秋风鼓起芦絮的翅膀，在屋顶上飞，他会怎么想呢？贾至说："忆昨别离日，桐花覆井栏。"

桐花雌雄同体，八九月结果。果子叫桐子。发育的桐子像青皮梨。桐子熟了，皮色由青转黑紫色，果壳慢慢开裂。桐树根须色泽形状如木薯，有毒。从外观上，一般人难以分辨。也因此多出乡间趣闻。在饥荒年代，生产队割稻子，十几个队员在一起，会相互取乐嬉戏。村里有一木匠，叫毛精，和打草绳的五盐，在一块田里割稻子。木匠对打草绳的，说，你和我换一个事做，你挑谷子，我割稻子，你同意换，我把两根大木薯给你。五盐个子矮，力气小，看看满满一担谷子，再看看两根大木薯，不知道怎么是好。边上十几个人起哄，说，两根大木薯，可以够一家人吃一天了，你还不换，我来换了，你别眼红。五盐弓起身子，挑了一天的谷子。一担谷子将近两百斤，一天挑八担。五盐一家人，到了晚上，个个提着裤子争抢着上厕所。毛精给的不是木薯，而是油桐根须，吃了，泻肚。

桐子落了，寒霜也即将到来。村里山冈多桐树，我们挑着扁篓去捡桐子。桐子有小饭碗大。我们抱着树，唰唧唰唧唰唧地摇。桐子落下来，在地上滚来滚去。桐子可以榨油，桐油不能吃，卖给油漆匠，刷家具。

我们把捡来的桐子，堆在院子的角落里，盖上茅草，泼两担水浇湿，过半个月，桐子壳开裂，散发腐烂后的油香。扒开茅草，桐子长出白白的菌毛。把果肉掏出来，送到榨油坊里，用水碓咿呀咿呀地舂烂，成了粉末。把粉末舀到大木桶里，烧起旺火，蒸一个时辰，桐子末便熟了。蒸汽在房间里，白白的，像一团晨雾。

趁热团饼，可是一件功夫活。稻草编织在一个铁环里，热粉末压在稻草上，用脚踩。团饼的人，边踩边跳边喊："哎哟……烫脚烫脚。"一木桶的粉末，团了十几块饼，团好了饼，团饼人的脚板也成了一块熟南瓜。把团饼拼在榨油的木槽里，开始榨油。榨油的人打赤脚，打赤膊，拉起木杠杆，撞击槽，桐油从槽口汩汩地流出来。榨油的人，食量好，用钵头盛饭吃，吃两钵头。桐油色泽金黄，盛在大木桶里。一木槽，可以拼二十四块饼，哪个人家会有这么多桐子呢？便三五家拼槽，你五块我八块他十块地拼，油量按团饼比例分回家。

做油漆的师傅，早在油榨坊里候着，一斤三块钱，用板车拉回家。油漆师傅有一口大铁锅，把新油放在锅里煮半个时辰，油突突突地冒泡，变浓，成了浆稀，成了坯油，漆大门漆水桶漆箢箩漆摇篮。漆了桐油的家具，不生蛀虫，也不会霉变。油漆师傅煮油不给外人看，怕别人偷艺。在煮油的时候，他会放坨生(氧化铝)，成了光油。光油漆丝绸漆金器。油漆师傅不轻易把煮光油的手艺，传给自己的徒弟。

秋燥，便秘的人多，土方法用尽了，也解决不了难忍之事。小孩误吞硬币，吃韭菜，吃了一碗，硬币还在肠胃里，父母急死。吃了毒蘑菇，误食的人口吐白沫，两眼翻白，手脚哆嗦，土郎中狗跳圈一样在原地打转，无计可施。榨油的师傅，从家里端一碗桐油来，说，喝了桐油，大事化了。桐油厉害，肠胃里的不洁之物短时间里排得干干净净。脚上腿上，生痈疽，三百草杠板归，都敷了两三个月，还是肿胀，溃烂，疼得人浑身乏力，整天冒虚汗。痈疽会并发其他恶疾，高烧不退，也因此有人丧生。长时间患痈疽的人会慢慢绝望，坐在门槛上，痴痴呆呆地看着太阳升起，落下。在最绝望的时候，桐油出现了。桐油灯点起来，烟熏疮口，熏得整条腿发黄发黑，疮口开始滴毒水，一天滴十几滴，滴了三五天，消肿了不痛了，可以走路了。乡村户户都有一盏桐油灯，用一个竹筒做灯挂，筒口安一个灯碟，碟里的灯芯在夜里发光，光晕一圈一圈像佛光般美丽。

油桐树容易栽植，把油桐子埋在地穴里，第二年即可发芽。油桐树木质疏松，木色雪白。古人制木筏，用它。用故土之木，造去往异乡之舟，似乎有着某种隐喻。春繁冬简，落木萧萧。前几日回老家，见油桐树已经开始落叶，浅黄色中透出几分麻白。树底下落满了桐子。现在乡村，油桐子已经无人捡了，油榨房在二十年前就关闭了。稀稀的雨，从稀稀的树叶间落下来，落在我头上。我摸摸自己的头发,也是稀稀的,想想,离开故地,已经三十年有余了。油桐树上有一个空空的鸟巢,脸盆一样大。我也看不出是什么鸟的巢。

人是一层一层长的,每一层里,都有特殊的物质。这些物质包含:田埂上的野花,屋脊上的月亮,鸟嬉戏的油桐,石板路上轻轻飘落的雨,河边低沉的号子,羞涩的眼神,暗暗的灯光在夤夜孤独地跳动……所谓苍山远去,就是长出来的,又一层一层脱去。油桐兀立在可以眺望的地方,是他乡也是故乡。如辛弃疾一日走千回的带湖。油桐树下,千百年来,人来来回回地走,每一个人,都是陌生人。我也是其中的一个。

后记：与苇杭书

昨日，看见你朋友圈晒出了山楂。浅紫色，果粒饱满，想必是你自己在深山采摘的。山楂是秋分之物，我们在说秋天，秋天已经去了一半。南方山丘上，也有很多山楂。在向阳的山坡上，山楂树和细细的茅草生长在一起，秋天了，稀稀的树叶由墨绿色变成了黄褐色，山楂红了，茅草黄了，秋雁来了。我小时候上山砍柴，带一个小棉布袋，砍完了柴便摘山楂。蔷薇科中的很多植物结的浆果非常惹人喜爱，如野刺梨、山楂、悬钩子、草莓等。山楂核质硬，肉皮薄，味酸涩，适合做果脯。

这几天，断断续续阅读你的随笔《二人禅》，便觉得我们有许多相通之处。这几年，你一直坚持生活在北京郊区的深山里，一个人做纪录片，一个人写作，一个人种菜养花，读着读着，我似乎可以想象出你生活的状态。

我们都是内心极其孤独、细腻、丰富的人，并在孤独中深度体验着生命的寂静和流淌，也因此深深地爱上了孤独。一个有深切孤独感的人，他（或她）的血液里，有一条寂寞的河流。当孤独如秋天旷野般宽阔，我们会明白，我们都是旷野中轻轻摇曳的藿香蓟。

和你一样，我越来越喜爱植物，植物教会我认识生命和我们脚下的大地。当我们阅读《诗经》，阅读《楚辞》，我们认清了一个常识，即我们的文学史由植物和人的血液共同滋养。植物不但滋养我们肉身，医治我们肉身，还滋养我们心灵，在我们的容貌上，也留下深深印记。有人曾说："我们一生的所作所为，造就了我们去世时的模样。"我十分赞同这句话。

南方溪涧边或水田边，有一种常见的罂粟科植物，叫伏生紫堇。在四月，花迷离清丽，花瓣白紫，低低地招展。它有另一个让人哀伤的名字，叫夏天无。到了夏天，它便消亡了。在乍暖还寒的春季，它完成了发芽、生长、开花、结果的生命过程。夏天来了，它的地下茎块中空腐烂，以至于植株死亡。还有一种植物，在你结庐的地方，你随处可见的。这个季节，也正是它开花的时候。在凌晨，露水正盛，天空还荡漾着清水色，朝霞慢慢漫上来，它开出了月光一样纯白的花。太阳越烈，花也越盛。在废墟里，在墙垣上,在荒弃的菜园里,它可铺展出一个大花圃。太阳下山了,它便凋谢了。这就是旋花科植物朝颜。万物追逐阳光,朝生夕死也在所不惜。如飞蛾奔向烈火。太阳花也是这样的。

它们至美,以至于我们忘记了它们生命的短暂,或花期的转瞬即逝。

无论多绚烂,凋谢是必然的。

也许你还记得,在2016年5月13日,我们去横峰县新篁,看了好几棵有千年树龄的老树,有银杏、板栗树、香樟、枫树。千年的板栗树,我只在新篁看过。板栗树是壳斗科落叶乔木,可这棵板栗树不落叶,四季郁郁葱葱。我们站在栗树下,仰望密密匝匝的树冠和披冠而下的繁花。你还记得吗,树下有一座坟墓,荒草萋萋,老鼠或是黄鼬,掏出了深深的洞穴。树的右侧,是两栋废弃的黄土泥坯房,木窗已霉变。屋里空空,蜘蛛网像一张吊床挂在门框上。一棵千年之树,在一个村舍里,构成了生命最好的隐喻。它天天看着炊烟升起,看着太阳落山。它还看见了千百年来,每个村人的出生与离去。它看见了迎亲的队伍,也看见了送葬的队伍。在矮山坡上,在村舍里,它是那么孤独。这是时间的孤独,因为时间洪流已经失去流逝的意义,它不再被钟摆所囚禁。

我想象你生活的山区是这样的:磅礴的燕山山脉蟒蛇

一样卷起，苍茫，稀稀落落的灌木和荒杂的野草盖满了山梁，山下是落叶乔木，沿着山沟形成了灰暗的树林，不多的乡民依山而居。山上有山楂，有野柿，山路边有许许多多的地念。春天，雏菊开遍。你在院子里，种不多的蔬菜，种一两架瓜果。你是一个可以听见水在树枝里流动的人。你登山望远。你临水悠闲地散步。

你与植物为亲，醉心于细碎的日常，沉浸于阅读。山中一日长，人间一世短。这也是我向往的境界。我也常常一个人去山区，去广袤的田野。出发的地方，就是我们归去的地方。我秉承这个旨意。人至中年，我的记忆力开始衰退。我曾一度痴迷于采集植物标本，学习辨认植物，可一边学习一边又忘记了。

但我不为忘记而惋惜，这个过程给我愉悦。一个人在山间或在河边，或在田畴，我觉得自己会慢慢变轻。我越来越喜欢植物，植物给我的愉悦感，不是其他物质可以替代的。我写过一本散文集叫《万物柔肠》。植物有柔肠，有佛心。亚里士多德在《论灵魂》中说，灵魂有三个等级，植物的灵魂属于低等级。我不赞同。植物最具人性，像空气一样。植物通灵。我们通常以美与丑、好与坏、善与恶，用我们的审美标准和道德标准，去区分某件事物或某人。而我们去形容一种植物，从来不会出现丑、坏、恶这样的贬义词。

无论什么植物，只要出现在旷野，它出现的地方都是最适合的，无论开花或凋谢，无论蓬勃生机还是枯死腐朽，都是它至美的时候。地上没有一棵树是多余的，没有一棵草是多余的。草和树的生长从来不杂乱，雨露、风和阳光安排了它们最佳的生命姿势。它们和天上的星星没有区别。有哪一颗星星是多余的呢？亿万颗星星散落在银河里，密密麻麻，可我们怎么看，都不会觉得拥挤。就像人从来不会有多余的爱情一样。

在山中待久了，人不会面目可憎。

“当仲春来临，山谷的野菜疯长到极限。山居放养一年，苇杭的心也疯野如薇。只是，这因《诗经》而知名，古人常食的薇菜，如今已不在大众野菜之列。薇，即野豌豆。据说可以摘其嫩芽吃，也可以将成熟的野豌豆用来磨面炒着吃。小时候，家乡田间地头常见，但没有人吃它，它结的小豆荚则是我们常常揣在兜里的玩具，掏空荚内的豌豆籽，掐掉尾部，用力吹，就可以吹出各种声音，有的小伙伴掐出好几个，并排含在口中吹，小排箫一般。没听过哪个小伙伴能吹奏出一支完整的曲调……”读了你这样的文字，我会激动，世事多艰，你却从没改变你淳朴、纯粹的生命质地。一个人有过在乡间成长或生活的经历，是多么宝贵。

始终如一的是，我们都属于乡间田野的考察者。而你走得更远更广阔，去实地考察，你走了大半个中国，还去了印度、缅甸和美国。而我只停留在南方的田野和山区。我们都是追寻着河流去浪迹的人。我们沿着太阳的光线，沿着鸟飞过的山脊，我们一次次奔赴心中的远方。我们不为别的，只为看更广阔的大自然，在大自然中找到完整的自己。

今年五月下旬，我去贵州的梵净山，在山脊线上走路的时候，遇见了一个老僧，我被彻底地震撼了。黄昏，晚霞开到荼靡。梵净山下了零星的细雨。我们沿着山脊线下山。弯弯的石板道，在低矮的灌木间，忽隐忽现。石板道两边，杜鹃花开得疯狂。梵净山有百合杜鹃，白如晨霜；有猴头杜鹃，红若火焰。山风和新雨，把花打落满地，向下曲折延伸的古道上，铺满了花瓣。一个老僧迎面上来，着僧袍，穿芒鞋，背一个橘黄色的棉布袋，低头踏阶而行。迎面的时候，我也没在意看他。错肩十余米，我回头望山崖，见老僧驻足，回首看山下。我看清了他的容貌，清瘦，矍铄，慈祥。梵音从不远处的寺庙隐隐传来，暮鼓悠远沉沉。我看着台阶上缤纷的花瓣，突然有一种想蹲在路边哭泣的感觉。

我们都是等待神来认领的人。

每一次去山里或去旷野，即使是同一座山或同一片旷野，见到同一棵树，见到同一片草滩，新奇感和愉悦感都会有增无减。植物永远不会让人厌倦。这是植物与人最大的不同之处。植物的面目永远和蔼可亲,它随时被施予自然的恩慈。在散文集《大地理想》中我以数万字之巨描写了荣华山。荣华山中一条三百米长的山道,我走了近千次,只为看看山道两边的植物,在每一天所呈现出的不同的生命感。这种生命感,就是植物给我的神性启示。

植物不但给我们大自然的美学,还塑造我们的皮囊,也给我们宗教般的圣洁。我们不要去做水泥构筑的囚徒,去回归内心,去回归生命,去回归草木间。草木间有神庙。索甲仁波切上师又说:“我们把生命造成黑暗狭小的笼子,却又把它当作整个宇宙。”他在《西藏生死书》的开篇《在死亡的镜子中》写道:“修行让桑腾接受死亡,也让他清楚地明白,痛苦可以是一个深度的自然净化过程的一部分。”草木同样可以净化我们淤积了泥沙的生命。

秋天很快会过去,南方山区即将层林尽染。厚厚的晨霜让万物又一次回到寂静休眠的状态。你有时间了,可以来。我们去看霜叶飘零,看冬菊映雪,听溪流轻唱低吟。我们应该到了这样的年龄:学会去接受最宝贵的东西在消失,渴望的却迟迟不会来,但一定会来。一切生命的根本规律,就是无常。我们看看草木,一切了然于心。我们去听听山中冷雨从树叶滑落的嗦嗦之声,我们也会面带微笑,一如我在梵净山偶遇的老僧。